CPSIA information can be obtained
at www.ICGtesting.com
Printed in the USA
LVHW112019030423
743357LV00006B/645

9 789391 037505

شہر میں سمندر

(ناول)

شاہد اختر

Arshi Books
innovation in print

ISBN: 978-93-91037-50-5

Shahar Mein Samundar
by Shahid Akhtar
Arshi Books, Thane, India
2nd Edition : February 2023
Printer: Sangam Prints, Mumbai

کتاب: شہر میں سمندر
مصنف: شاہد اختر
اشاعت دوم : فروری ۲۰۲۳
باہتمام: اشعر نجمی
سرورق: حسین منصور علی

Arshi Books
innovation in print

Corporate Office
B-403, Saubhagya Park, N.H. Road,
Opp. Asmita College, Mira Road (E),
Dist. Thane - 401107, Maharashtra (INDIA)
Contact: +91 9867482434, E-mail: arshibattiwala@gmail.com

انتساب

خلد آشیانی

امی اور **ابو**

کے نام جن کی تربیت اور دعاؤں کی وجہ

سے حرف شناسی کا شعور پیدا ہوا۔

ابواب

یہ بھی کہنا ہے

'شہر میں سمندر' میرا پہلا ناول ہے اور 2005ء میں پہلی بار یہ منظر عام پر آیا پھر دو برس بعد اس کا دوسرا ایڈیشن بھی شائع ہوا۔ اس وقت اتنی زیادہ کاپیاں نہیں چھپتی تھیں، اس وجہ سے جلد ہی بازار میں عدم دستیابی کی صورت پیدا ہو گئی مگر چوں کہ ناول کے تعلق سے ایسا مثبت ماحول نہیں تھا جیسا کہ اب ہے اور میں نے کوئی کارنامہ بھی نہیں انجام دیا تھا کہ اگلے ایڈیشن کے متعلق سوچوں۔ وقتاً فوقتاً لوگ خواہش کا اظہار کرتے رہے تو میں نے متعدد احباب کو فوٹو کاپی فراہم کروادی تھی۔

اٹھارہ برس میں منظر نامہ حیرت انگیز طور پر تبدیل ہوا ہے تو ایک بار پھر سے خواہش نے بال و پر نکالے اور اس کے تیسرے ایڈیشن کے امکانات روشن ہو گئے۔ ناول کے تعلق سے چند معروضات ہیں جو پہلے کی اشاعت میں نہیں ہیں، اس بار شامل کرنا چاہتا ہوں۔ مثلاً یہ کہ اس ناول کا پہلا ڈرافٹ میں نے 1985ء میں لکھا تھا۔ بمبئی سے واپسی پر کچھ عرصہ بعد جو کچھ ذہن میں تھا، میں نے قلم بند کر لیا اور کہیں رکھ کر بھول جانے کی شعوری کوشش کرتا رہا، کیوں کہ ناول کی اشاعت کے بارے میں تھوڑا صبر کرنا چاہتا تھا اور بس۔ میں افسانے لکھتا رہا اور برابر موقر جرائد میں شائع ہوتے رہے۔

1990ء میں میری ملاقات شعیب نظام سے ہوئی جو اُس وقت جوہی میں میرے گھر سے کچھ ہی فاصلے پر مقیم تھے۔ شعیب نظام سے میری قربت بڑھی اور جلد ہی خاصی بے تکلفی ہوگئی۔ پہلی بار ''شہر میں سمندر'' کے چند ابواب انہیں سُنائے۔ انہوں نے خوشگوار حیرت کا اظہار کیا ساتھ ہی کچھ اقتباسات حذف کرنے کو بھی کہا۔ یہ میرا پہلا اور آخری تجربہ تھا کہ کسی نے یہ بتایا کہ ''میاں یہ نہیں لکھنا ہے۔''

2001ء میں پہلے افسانوی مجموعہ 'برف پر ننگے پاؤں' کی اشاعت کے بعد میں نے یہ مسودہ نکالا اور نئے سرے سے ایک بار پھر لکھا۔ اب تک یہ بات بھی سمجھ میں آچکی تھی کہ ایک خلش اور بے اطمینانی تو ہمیشہ رہے گی خواہ میں کتنے ہی ڈرافٹ لکھوں یا کسی قدر انتظار کروں۔ غرضیکہ 2005ء میں ایجوکیشنل نے اس ناول کو شائع کیا۔ میں نے کسی شعوری کوشش یا طے شدہ پروگرام کے تحت اس ناول کی تخلیق نہیں کی۔ بمبئی اور فلمی دُنیا نے مجھے بہت حیران کیا تھا اور میرے پاس کہنے کو جو کچھ تھا اُس کے لیے کم وبیش مجھے دوسو صفحات درکار تھے۔

آج تو ناول نگاروں کی ماشاء اللہ ایک لمبی فہرست موجود ہے اور یہ بہت خوش آئند بھی ہے۔ ایک نئی نسل کو سامنے آنا ہی ہوتا ہے کیوں کہ جب تک نئے لوگ آگے نہیں آئیں گے، اس عہد کی ادبی تاریخ مکمل نہیں ہوگی۔ ہر چند کہ کسی قوم کی شناخت صرف اُس کی تاریخ سے ہی نہیں طے ہوتی، وہاں کا ادب، تہذیب وثقافت اور اقدار کی صرف بہتر ترجمانی ہی نہیں کرتا۔ نسلوں کی تربیت میں بھی معاون بنتا ہے۔

پچاس سے سو برس کے درمیان فن پارے کی قدر و قیمت کے تعین سے متعلق اشاریہ ملنے لگتے ہیں۔ یہ اختیار وقت کے علاوہ کسی کے پاس نہ کل تھا اور نہ آج ہے۔ کرتب اور شعبدہ بازیاں بہت عارضی ہوتی ہیں۔

ناول کو چھوٹا یا بڑا بھی وقت ہی بناتا ہے اس کے باوجود ایک ناول کی تخلیق میں

بہت محنت لگتی ہے۔ بہت وقت دینا پڑتا ہے۔ تب کہیں جا کر مطالعہ کی نوبت آتی ہے۔ اس کے بعد غور وفکر اور اسرار ناول کی فنّی مہارت کا ذریعہ بنتے ہیں یا نہیں بنتے ہیں۔

گذشتہ سو برس کے اردو فکشن کی تاریخ اس بات کی گواہ ہے کہ جب وقت کی چھلنی چھانتی ہے تو دودھ اور پانی یکساں نہیں رہ جاتے۔ کرشن چندر اور عصمت چغتائی کا اسٹار ڈم (Stardom) ہم ابھی بھولے نہیں ہیں۔ سیلی بریٹریز (Celebrities) جیسی شہرت ومقبولیت ہم نے دیکھی ہے مگر آج تو ویسا نہیں ہے۔ کیا واقعی اردو کے یہ چاروں ستون اپنی جگہ پر قائم ہیں۔۔؟ ان کے برخلاف ضمیر الدین احمد اور نیر مسعود جیسے فکشن نگار دیکھے جنہیں لوگ ٹھیک سے جانتے بھی نہیں تھے مگر ان چراغوں کی لَو اب کون تیز کر رہا ہے؟ ذاتی پسند، ناپسند یا ردّ وقبول کا حق مجھے بھی حاصل ہے مگر اس سے کسی تخلیق کا مقام یا مرتبہ طے نہیں ہوتا۔ میری حیثیت صرف ایک اکائی کی ہے جسے اجتماعی شکل اختیار کرنے میں برسوں یا شائد کبھی صدیوں کا سفر بھی طے کرنا پڑتا ہے۔ تب کہیں جا کر وہ منارۂ نُور نظر آتا ہے۔

ذوق سچا ہے اور جنون بن گیا ہے تو اُنگلیاں ہی فگار نہیں ہوتیں منہ سے خون بھی تھوکنا پڑتا ہے۔ ذہن اور تربیت یافتہ قاری کو تخلیقات پر سُرخ چھینٹے دکھائی بھی دے جاتی ہیں۔

بمبئی بہت مختلف شہر ہے۔ اس کا مزاج کسی دوسرے شہر سے نہیں ملتا۔ کچھ مقناطیسی اثرات بھی ہیں۔ چھوٹنا مشکل ہو جاتا ہے۔ انہیں وجوہات کے سبب بمبئی پر مختلف زبانوں میں بھی بہت کچھ لکھا گیا۔ فلمیں بھی بنی ہیں۔

یہ شہر تعیش فراہم کرتا ہے، کرب اور اذیت بھی دیتا ہے۔ ہم زاد نے یہ سوال مجھ سے بھی کیا تھا کہ بمبئی ہی کیوں۔۔؟ میں نے بمبئی کو قریب سے دیکھنے کی کوشش کی ہے۔ لوکل اور بسوں میں سفر کیا ہے۔ چال اور جھوپڑ پٹی کے اندر جا کر دیکھا ہے۔ اصل بمبئی

انہیں مقامات پر ہے۔ میرے پیش روؤں نے فلم میں اکسٹرا کام کرنے والی لڑکیوں پر نہیں لکھا ہے۔ ماہم درگاہ کے پاس جا کر میں نے وہ دُنیا بھی بہت قریب سے دیکھنے کی کوشش کی ہے۔ میرے لیے بھی وہ سب کبھی ناقابل یقین تھا۔ کچھ پر بے پر کی یا کہنے کے لئے کچھ خام مواد کی ضرورت تو پڑتی ہی ہے۔ ہم زاد سے الگ جھگڑے ہوتے ہیں۔ حکایات خوں چکاں رقم کرنے کے جواز اسی شاخسانے سے نکلتے ہیں۔ جب کبھی ہم دونوں ایک دوسرے کو سمجھانے میں ناکام ہوجاتے ہیں، تو افسانے یا ناول کی شکل میں کوئی چیز درآمد ہوجاتی ہے۔

بعض باتیں، تجربے، واقعات، حادثات وغیرہ کی اہمیت اور معنویت کبھی ختم نہیں ہوتی، خواہ مثبت ہو یا منفی۔؟ اس ناول کی اشاعت اوّل سے اب تک اٹھارہ برسوں میں خارجی ہی نہیں باطنی بھی حیرت انگیز تبدیلیاں واقع ہوئی ہیں۔ یہ ناول اگر آج لکھا ہوتا تو کردار اور واقعات میں تو کسی تبدیلی کے امکان نہ ہوتے مگر بیانیہ کی سطح پر ضرور تبدیلیاں ہوتیں۔ جیسا کہ میں پہلے ہی یہ عرض کر چکا ہوں کہ یہ کسک اور بے چینی تو نہیں ختم ہوسکتی کہ کچھ وقت اور رک جاتے تو۔۔۔؟

دُور بیٹھا غبارِ میرؔ اُس سے
عشق بن یہ ادب نہیں آتا

عشق اور وابستگی کے بغیر کوئی سا ادب نہیں آسکتا۔ بس اپنی بساط بھر ایماندارانہ کوششیں جاری رہنی چاہئے؟

شاہد اختر

10/02/2023

بمبئی

یہ کیسی بستی ہے
میں کس طرف چلا آیا
فضا میں گونج رہی ہیں ہزاروں آوازیں
سلگ رہی ہیں ہواؤں میں
ان گنت سانسیں
جدھر بھی دیکھو!
کھوے، کولہے، پنڈلیاں، ٹانگیں
مگر کہیں!
کوئی چہرہ نظر نہیں آتا
یہاں تو سب ہی بڑے چھوٹے
اپنے چہروں کو
چمکتی آنکھوں کو
گالوں کو
ہنستے ہونٹوں کو
سروں کے خول سے باہر نکال لیتے ہیں
سویرے اُٹھتے ہی
جیبوں میں ڈال لیتے ہیں

عجیب بستی ہے
اس میں نہ دن نہ رات نہ شام
بسوں کی سیٹ سے سورج طلوع ہوتا ہے
جھلستی ٹین کی کھولی میں چاند سوتا ہے
یہاں تو کچھ بھی نہیں
ریل اور بسوں کے سوا
عمارتوں کو نگلتی عمارتوں کے سوا
زمیں پہ رینگتے بےحس سمندروں کی سوا
یہ قبر قبر جزیرہ کسے جگاؤ گے
خود اپنے آپ سے اُلجھو گے
ٹوٹ جاؤ گے
یہاں تو کوئی بھی چہرہ نظر نہیں آتا۔

ندا فاضلی

صبح کاذب

دن بھر کا تھکا ہارا سورج دور سمندر کی سطح پر ڈوب رہا تھا۔ عجیب منظر ہوتا ہے یہ بھی۔ سمندر کی پراسراریت اور ہیبت ڈوبتے سورج سے اور زیادہ بڑھ گئی تھی۔ میں جب کبھی سمندر کو دیکھتا ہوں تو مجھ پر افسردگی سی طاری ہو جاتی ہے۔ کبھی کبھی بہت خوف زدہ ہو جاتا ہوں۔ ٹھہرے اور خاموش پانی سے بھی۔ سمندر کے احترام کی نفی کبھی کبھی کرنا بھی چاہتا تو لگتا شدت پہلے سے زیادہ بڑھ گئی ہے۔

دیال آننداس بار بھی بتائے گا کہ یہ آخری شاٹ ہے مگراس بار وہ جھوٹ نہیں بولے گا۔ یہ واقعی آج کا آخری شاٹ ہوگا۔ اس خیال کے ساتھ کچھ اطمینان سا ہوا اور تبھی دیال آنند کی آواز گونجی۔

”This is the last shot اس کے بعد پیک اپ۔“

یہ کہتے کہتے اس نے اٹھارہ شاٹس کا طویل سین مکمل کرلیا۔ جب کہ صبح شوٹنگ شروع ہونے سے پہلے خیال ظاہر کیا تھا کہ ایک شفٹ میں دس شاٹس تو ہو جانے چاہیے۔ زیادہ تر شاٹس سوفٹ سے اوپر کے تھے۔

مجھے اسی وقت اندازہ ہو گیا تھا کہ ڈیڑھ شفٹ کے پیمنٹ کے بغیر پورا سین آج ہی ختم کرے گا۔ تمام دن خلوص کا ایسا مظاہرہ ہوگا جیسے اس سے زیادہ ہمدرد و محسن کوئی دوسرا نہیں۔ دیال آنند کی یہ عیاری یونٹ کے لیے کوئی نئی بات نہیں تھی۔ وہ تو اکثر اسی طرح کے حربے کا استعمال کر کے اپنا کام نکال لیا کرتا ہے اور پھر دیر تک پروڈیوسر فائننسر وغیرہ کے ساتھ کسی مہنگے ہوٹل کے شاندار سوئٹ میں لڑکی اور شمپین کے

ساتھ قہقہے بلند کرے گا۔ یہ ٹھٹھے یونٹ کو بے وقوف بنا کر اپنا کام نکال لینے کی خوشی کے مظہر ہوتے ہیں یا خود فریبی کا ثبوت۔ واللہ ہو عالم۔

دیال آنند پیک اپ کے بعد ہم لوگوں کو روکے رکھتا میری پریشانی کی وجہ صرف یہ تھی کہ دیر ہو جانے کے سبب مجھے خاصی دشواری کا سامنا کرنا پڑتا ہے۔ آخری بس بارہ بجے کی ہے اور یہ بس پکڑنا میرے لیے بہت ضروری ہے کیوں کہ میں روز ٹیکسی میں گھر نہیں جا سکتا۔ فلم لائن میں مفت خوری کی عادت اتنی پختہ ہو جاتی ہے کہ اپنی جیب سے خرچ کرتے ہوئے یہ سب کسی حد تک غیر ضروری لگتا ہے۔ کم سے کم کر ائے بھاڑے میں تو ایسا ہی ہوتا ہے۔

دن بھر کی تھکان کے بعد رات کے اس حصے میں اس قابل نہیں رہتا کہ مہا کالی کی چڑھائی آرام سے چڑھ سکوں۔ ہر بار میں دیال آنند کی خوشامد کرتا کہ مجھے چھوڑ دے۔ سگریٹ کے مرغولوں میں وہ میری بات اڑا دیتا یا کبھی زیادہ ترس آجاتا تو کہتا کما رسے ٹیکسی کے پیسے لے لینا۔ وہ اچھی طرح جانتا ہے کہ پروڈکشن منیجر کمار سے بھا ڑے کے پیسے مانگنے تو میں نہیں جانے والا۔ باندرہ کے سی راک بس اسٹینڈ تک میں اڑ کر پہنچ جانا چاہتا تھا۔ صبح سے شام تک کے واقعات ترتیب وار سوچنا شروع کیا۔

صبح دیال آنند کس طرح سب کا خندہ پیشانی سے خیر مقدم کرتا ہے پیک اپ ہونے کے بعد کب آنکھوں میں سور کا بال آجاتا ہے، بھنک تک نہیں لگتی۔ کتنا فرق ہوتا ہے۔ صبح اور شام کے دیال آنند میں۔ شاید اس کی ترقی کا راز اسی میں مضمر ہے۔ میں جب بھی سنجیدگی سے غور کرتا ہوں تو مجھے احساس ہوتا ہے کہ وہ قطعی غلط نہیں کرتا۔ اس کی جگہ اگر میں ہوتا تو میں بھی یہی سب اسی طرح انجام دیتا مگر میں ہوتا کاہے کو؟

دوڑتے ہانپتے ہوئے اسٹیشن پہنچا۔ پھر وہاں گردی کے دھکے کھانا، بسوں کی لمبی قطاریں، جس میں کھڑے ہر شخص کے متجسس چہروں پر ہوائیاں اڑتی ہوئی جیسے

اعمال نامے تقسیم ہو رہے ہوں۔بس سے اتر کر بھی سفر تمام نہیں ہوتا۔گھر تک پہنچنے کے لیے نصف کلومیٹر پیدل چلنا مہنگی کار میں بیٹھنے والا دیال آنند کیا جانے اور کیوں جانے؟

اپنے خیالوں سے نبرد آزما ہوتا ہوا میں آخر کار اسٹیشن تک آ گیا۔رسٹ واچ پر نظر ڈالی گیارہ بجنے کی ضد کر رہے تھے۔یہ جان کر کہ اگلی ٹرین فاسٹ تھی۔میں نے قدرے راحت کی سانس لی۔اس طرح دس پندرہ منٹ اور بچ جائیں گے۔جو آخری بس پکڑنے میں خاصے معاون ثابت ہوں گے۔اگر اسی وقت کمبخت نے چھوڑ دیا ہوتا تو میں جانے کب گھر پہنچ چکا ہوتا مگر اس نے اب جانے کا حکم جو دیا تھا بس وہی میرا سارا نظام درہم کرنے کے لیے بہت تھا۔

اکتوبر کے آخری دن تھے اور ان دنوں میں بمبئی کے موسم دفعتاً جوان ہوگئی کسی پنجابی دوشیزہ کی طرح حسرت بھری نگاہ سے دیکھنے اور اندر ہی اندر قطرہ قطرہ لذت محسوس کرنے والے ہوتے ہیں۔ٹرین اب تک رفتار میں آ چکی تھی ۔ میں نے کمپارٹمنٹ کا بغور جائزہ لیا۔اکادکا لوگ امیری اور غریبی کی طرح دور دور بیٹھے ہوئے تھے۔میں نے جوتے اتار کر پیر پھیلا کر سامنے والی سیٹ پر رکھ دیے۔کھٹر پٹر کرتی ہوئی پٹریوں کے بدلنے کی آواز میرے کانوں کے پاس گونجنے لگی۔نو مینس لینڈ کی طرح میں ماضی اور مستقبل کی فصیلوں کے درمیان مذبذب کھڑا یہ نہیں طے کر پارہا تھا کہ کس طرف جاؤں لیکن تبھی ماضی نے ہاتھ بڑھا کر مجھے اپنی طرف گھسیٹ لیا۔ ٹرین پٹریوں سے اتر کر میری رگوں میں دوڑنے لگی۔

پانچ سال دو مہینے ہو گئے تھے مجھے بمبئی آئے ہوئے اور اس اثنا میں جو کچھ بھی اچھا یا برا گزرا مجھے اپنے نام کی طرح یاد تھا۔

کانپور میں ایک کالج سے ایم اے کے بعد معمولی سی نوکری کے لیے جتنی

ٹھوکریں کھائیں ان کا درد آج بھی نہیں بھولا ہر چند کہ گھر کے اقتصادی حالات ایسے گئے گزرے نہیں تھے پر ابّا سے نظریاتی اختلاف کی وجہ سے اُن کی کمائی بہت گراں گزرتی۔ بے روزگاری کے طعنے اتنے زیادہ ہو گئے تھے کہ گھر میں رکنا مشکل ہو گیا تھا۔ ابا دل کے برے نہیں تھے مگر زبان بہت خراب تھی۔ اسی وجہ سے ان لوگوں کی نظر میں بھی اچھے نہیں بن سکے جن پر احسانات کیے تھے۔ ابا بڑے مذہبی قسم کے تھے مگر پیسے کو بہت اہمیت دیتے تھے۔ اس کی سب سے بڑی مثال یہ تھی کہ روزہ بھی رکھتے تھے اور رشوت بھی لیتے تھے۔

اوائل عمری میں میرا مطمحِ نظر ابّا جیسا ہی تھا جیسا کہ انہوں نے بتایا تھا پر جب سے میں نے ہوش سنبھالا ہے مزاج میں آوارگی ہی پائی ہے۔ جہاں تک ابا کا خیال ہے پر میں اسے قلندری کہتا اور بحث کے لیے ایک نیا موضوع ان کے ہاتھ آجاتا۔

دیر رات تک گھر سے غائب رہ کر اپنے جیسے دو چار ساتھیوں کو لے کر چائے کے ان ہوٹلوں پر جو ہماری طرح دیر رات تک جاگنے کے عادی تھے بیٹھا رہتا۔ جیب میں پیسے نہیں ہوتے پر اس سے اچھا وقت دوبارہ نہیں آیا۔ زندگی کی سچائیاں اور اتنے سارے رنگ بھی تو نہیں دیکھے تھے۔ اس اثنا میں لکھنے پڑھنے کا وہ شوق جسے عمر کی ناپختگی اور غیر سنجیدگی کی وجہ سے نباہ نہیں سکا تھا اب خلوت کے اداس لمحوں میں بارش کی پہلی بوند کی طرح ایک بار پھر خرد کی زمین پر ترشح کر رہا تھا۔ گو کہ پہلے اسے اپنا دم خشک مٹی کے آغوش میں توڑ دینا پڑا تھا مگر عرفانِ ذات کے علاوہ روز بروز مسائل کی بڑھتی ہوئی بارش نے زمین کے اس خطے کو جہاں اس پہلی بوند نے ریگزاروں میں اپنا وجود مدغم کیا تھا۔ نمو اور سرشاری بخشی تھی۔

زندگی کے تجربے اور مشاہدے جو تخلیقیت کا روپ لے کر مجھ میں سرایت کر رہے تھے، اب سرسبز و شاداب وادیوں کا گہوارہ بنتے جا رہے تھے۔ کم سے کم اپنے

بارے میں میرا تو یہی خیال تھا۔

دیویندر کی ایما پر میں بمبئی آ گیا۔ دیویندر میرے پرانے دوستوں میں سے ایک تھا اور دیکھتے دیکھتے معمولی کیمرا اٹنڈنٹ سے اکیوپمنٹ سپلائر بن گیا تھا۔ اب تو کانپور میں اس نے دومنزلہ بہت ہی شاندار مکان بنوالیا تھا بلکہ ٹائلس اور موزیک لگوا کر محلے کے کئی نوجوانوں کو بمبئی جانے کی ترغیب بھی دی تھی۔ کیونکہ اس کے بعد کئی لوگ بمبئی آئے اور پیسے کمانے کی ہوڑ میں کچھ تو یہاں جیلوں میں پڑے ہیں اور کچھ جو اپنے پیچھے اقتصادی بحران جھیلتے گھر والوں کو چھوڑ آئے تھے۔ یہاں پلے داری کر رہے تھے۔ یہ کام اپنے شہر میں اس لیے نہیں کر سکتے تھے کہ عزت کو بٹا لگے گا۔ اجداد کے مزاج کی یہ تقلید نسلوں کو ایسی فرسودہ اور دقیانوسی ذہنیت کا پابند بناتی ہے کہ اس تحفظ کی خاطر جان تک لینے اور دینے میں تکلف نہیں برتتے اور ایسی قوموں کا انجام ہمارے سامنے ہے۔ بس یہیں آ کر میں سارا حساب کتاب غلط کر بیٹھتا ہوں۔ اکثر لوگوں سے اختلاف ہو جاتا ہے۔ ایسی کسی تہذیبی و اخلاقی وراثت کو جو بنی نوع آدم کی جان سے قیمتی ہو میں تسلیم نہیں کرتا۔

بمبئی کے بارے میں عام خیال ہے کہ یہ دو بار آدمی کو خالی ہاتھ لوٹاتی ہے مگر تیسری بار نواز دیتی ہے جن پر یہ عقدہ نہیں کھلا وہ بےچارے دو بار ہی میں ہمت ہار جاتے ہیں۔ اس کے برعکس جو لوگ اس راز کو جانتے ہیں تیسری بار آ کر آج جانے کہاں پہنچ گئے۔

وہ لوگ جو ذہنی طور پر خود کو دوسروں سے بہتر سمجھتے ہیں اسی خام خیالی کی وجہ سے پہلے دو بار کوئی تگ ودو کے بغیر صرف اپنی آمد کا اندراج کرا کے واپس لوٹ جاتے ہیں۔ اس کا خیال ہے کہ ابھی یہاں کچھ نہ ملے گا جو کچھ بھی دستیاب ہونا ہے وہ تیسری بار ہی میں ہوگا جب کہ حقیقت یہ ہے تیس چالیس برس گزر جانے کے بعد بھی لو

گوں کو کچھ حاصل نہیں ہوتا۔ جھوٹی تسلیوں اور ایسے خوابوں کے علاوہ جو کبھی شرمندہ تعبیر نہیں ہوتے۔

بات دیویندر کی ہو رہی تھی۔ بیچ میں بمبئی آ گیا لیکن نہیں شاید میں غلط کہہ رہا ہو ں۔ بات بمبئی کی ہو رہی تھی اور وسط میں دیویندر آ گیا۔

دیویندر کے ایک اشارے پر میں اپنا ابوریا بستر سمیٹ کر ہندوستان کے Melting pot یعنی بمبئی آ گیا۔ بمبئی آنے کے چار مہینے بعد تک دیویندر مجھے اپنے پاس سے کھلاتا پلاتا رہا۔ جیب خرچ کے لیے الگ سے پیسے دیتا اور سگریٹ وہ ختم ہونے سے پہلے لے آتا۔ اس کے احسانات میری خودداری کے لیے کھلا چیلنج تھے۔ اس سلسلے میں اکثر میں اس کے اوپر جھنجھلا پڑتا۔ بعض اوقات جھڑپ بھی ہوتی جس میں زیادہ تر میں ہی بولتا اور وہ خاموشی سے سنتا رہتا۔

''تونے کیا اسی لیے بلایا ہے مجھے؟ میں واپس جا رہا ہوں۔ آنے پائی سے تیرا حساب کر دوں گا۔'' وہ مسلسل مسکراتا رہتا اور آخر کار مجھے بھی اس کے جذبوں کا احترام کرنا پڑتا۔

''ایسا نہیں کہ تیرے واسطے کام نہیں ادھر لیکن جس کام کے لیے اپن تیرے کو ملک سے بلایا وہ دیکھنا منگتا ہے تیرے اسٹنڈر کا ہے بھی یا نہیں۔ بس تھوڑا ویٹ اور کر۔ جلد ہی تیرے کو سیٹ کر دے گا۔ اپن تیرے کو لائٹ مین یا بوم مین بنانے کو نہیں لایا رے۔''

بھگوان سے پہلے ملک میں چچا میاں کو بھی منہ دکھانے کا ہے۔ مجھے یاد آیا کہ دیویندر ابا کا بہت احترام کرتا تھا۔ ''کیا ــ؟'' بمبیا انداز میں میری طرف دیکھ کر اس نے کہا۔ چہرے پر خلوص نمایاں تھا۔ میں کتاب اٹھا کر دوبارہ پڑھنے جا رہا تھا کہ پھر اس کی آواز سنائی دی۔

''تو نے ایم اے کیا اسی لیے پاس کیا؟'' میرے جی میں آیا کہ میں ایم اے کے متعلق اس کی غلط فہمی دور کر دوں۔ جانے کتنے ایم اے پاس رکشہ چلا رہے ہیں۔ مزدوری کر رہے ہیں۔ پر جانے کیا سوچ کر میں خاموش ہی رہا۔

''جب تک تیرے کو کام نہیں ملتا آرام کر کیوں کہ اس کے بعد آرام کو ترس جائے گا۔'' اس کی اس تاویل پر مجھے غصہ بھی آ رہا تھا اور رحم بھی۔ میں آرام بھی کہاں تک کرتا۔ بس کھانا اور سونا یا کبھی کچھ لکھ پڑھ لینا۔ سچ بات تو یہ ہے کہ اس میں بھی اس طرح دل نہیں لگتا۔ یہ کاروبار شوق جس کا تقاضہ کرتا ہے۔ ادھر کچھ روز سے میں اپنے معمولات سے بور ہو چکا تھا اور اندر ہی اندر میں نے فیصلہ کر لیا تھا کہ کچھ دنوں میں اگر کوئی تبدیلی واقع نہیں ہوتی تو میں واپس لوٹ جاؤں گا۔ دیویندر کے ساتھ کچھ ضروری چیزیں خریدنے میں بھی انا کی دوکان تک آ گیا۔ دوکان پر ایک گندمی رنگت کی جواں سالہ کی لڑکی کو بیٹھے ہوئے دیکھا۔ شاید وہ انا کی بیٹی تھی۔ دیویندر سامان خریدنے میں مصروف ہو گیا اور میں اس کے تیکھے نین نقش دیکھنے میں۔

''ایک کِس چاہیے؟'' دیویندر کے اس مطالبے پر میں بری طرح چونکا تھا۔ بے حیائی کا ایسا تصور کم سے کم دیویندر کے تعلق سے میرے ذہن میں کبھی نہیں آیا۔ حیرت کے ساتھ مجھے خوشی بھی ہوئی کہ دیر سویر دویندر نے میرا کچھ اثر قبول تو کیا۔

''دیتی ہوں بابا۔'' لڑکی نے پڑیا باندھتے ہوئے جواب دیا تو حیرت و استعجاب سے میری آنکھیں پھٹی کی پھٹی رہ گئیں۔ میری موجودگی سے بھی لڑکی کے حوصلے پست نہیں ہوئے تھے۔ میں اس کے عزائم کی داد دینا چاہتا تھا مگر خاموش کھڑا رہا۔ وقت کا تقاضا تھا کہ مجھے وہاں سے ہٹ جانا چاہیے لیکن اسی وقت لڑکی نے ایک پولی تھین دیویندر کی طرف بڑھائی، ''یہ لے۔'' دونوں ہی میری دماغی الجھنوں سے

بے خبر تھے۔ قدرے توقف کے بعد جب ہم دوکان سے واپس ہوئے تو کچھ قدم چلنے کے بعد میں نے دیویندر سے استفسار کیا۔

''یہاں پولی تھین کو کِس بولتے ہیں۔''

''ہاں کیوں؟ بڑی بے پروائی سے اس نے جواب دیا ''جھولے اور بیگ کو کیا کہتے ہیں؟''

اب تک صورت حال سے وہ پوری طرح واقف ہو چکا تھا۔ غور سے میری طرف دیکھتے ہوئے مسکرایا بھی، ''یار تو ہر چیز میں اپنے مطلب کی کچھ نہ کچھ نکال ہی لیتا ہے۔ اچھا ہوا چھوکری نے نہیں سنا ورنہ لفڑا ہو جاتا۔''

اگلے روز جب دیویندر جانے کے لیے تیار ہوا تو میں نے بھی ساتھ چلنے کا اصرار کیا۔ ''یار میں اب اس کمرے میں اور قید نہیں رہ سکتا۔ تیرے ساتھ ہی چلتا ہوں۔ وہاں کی گہما گہمی دیکھوں گا تو کچھ دل بہلے گا۔'' دیویندر فوراً راضی ہو گیا۔ میں یہ سوچ کر خوش ہوا کہ چلو آج تو اس نحوست سے چھٹکارا ملے گا جسے یہ بے وقوف آرام سمجھتا ہے۔

سیٹ پر پہنچنے کے بعد دیویندر اپنے کام میں مصروف ہو گیا اور میں خاموشی سے ایک کونے میں بیٹھ کر تماشا دیکھنے لگا۔ ''سائلنس، فل لائٹس، اسٹارٹ ساؤنڈ، رولنگ کیمرہ، ایکشن، اوکے پیک اپ۔'' کی آوازیں سنتا تو بے چینی اور بڑھ جاتی۔ دیر رات تک وہی صدائیں میری سماعت میں بازگشت کرتی رہتیں۔ اب تو فلم سے متعلق خواب تک نظر آنے لگے تھے۔ نیند سے بیدار ہونے پر خواہش اور شدید ہو جاتی کہ میں کسی طرح ان کے ساتھ کام کرنے لگوں۔ کتنا لطف آئے گا۔ زبردست تھرل ہوگا۔ اب ایک بھی دن کا انتظار میرے لیے مشکل ہو گیا تھا۔ انتشار و اضطراب میں کسی طرح دو دن اور گزر گئے۔ اس کے بعد مشکل آسان ہوگئی۔ میں خوشی سے

پھولا نہیں سمار ہا تھا۔ طبیعت میں صبح سے ہی بھاری پن تھا جس کی وجہ سے میں دیویندر کے ساتھ شوٹنگ پر بھی نہیں جا سکا تھا۔ دوپہر میں بالکل غیر متوقع طور پر دیویندر کے آجانے سے حیران وششدر تھا۔ اس سے قبل کہ میں کچھ دریافت کرتا، وہ خود ہی بول پڑا۔ ''چل بیڑو، تیار ہو جا۔ تیرا کام بن گئے لا ہے۔''

پہلے تو مجھے یقین ہی نہیں ہوا مگر دیویندر اس طرح کا مذاق مجھ سے نہیں کرتا۔ ہر چند کہ ہم آپس میں بہت بے تکلف تھے۔

''ذرا کپڑے وغیرہ ڈھنگ کے پہن لینا۔ دیال آنند کے پاس چلنا ہے۔''

''ک کیا؟ دیال آنند کے پاس؟'' اس نے بات دہرائی۔ اس کے بعد سارے تذبذب ختم ہو گئے۔

دیال آنند بالی وڈ کے چند بڑے ہدایت کاروں میں سے ایک تھا۔ بچپن سے میں اس کی فلموں کا عاشق تھا۔ کسی زمانے میں پہلے دن کا پہلا شو صرف دیال آنند کی فلموں کا دیکھا کرتا تھا۔ اس کی فلموں کی پسندیدگی کی خاص وجہ آرٹ، کلچر کی عمدہ اور معیاری پیش کش تھی۔ سستے اور پھوہڑ منظر اس کی کسی فلم میں نہیں دکھائی دیے جس کی وجہ سے کئی فلمیں فلاپ ہوئیں مگر اس نے معیار کے بارے میں کبھی Compromise نہیں کیا۔ دو گولڈن جبلی کے علاوہ نصف درجن سلور جبلی فلموں کا خالق یعنی دیال آنند۔ میں اس کے ساتھ کام کروں گا۔ کہیں میں خواب تو نہیں دیکھ رہا۔ دیویندر واقعی سچ بول رہا ہے۔ ایک بار اس پر شبہ بھی ہوا۔ اس خیال نے ذہن ودل میں روشنیاں بھر دیں۔ ویسے بھی لفظ چاہے جتنی بڑی چیز ہو جذبوں کی ترسیل اس کے بس سے باہر ہے۔

''دیال آنند کا ایک اسسٹنٹ بیمار پڑ گیا ہے۔'' تولیے سے منہ پونچھتے ہوئے دیویندر پھر گویا ہوا۔ میں توجہ سے اس کی بات سننے لگا۔

''کنٹی نیوٹی لکھتا تھا وہ۔ میں نے دیال صاب (صاحب) سے بات کرلی ہے۔کام کے بارے میں تو بالکل فکرمت کر۔اپن تیرے کوسب سمجھا دیں گا۔ پرسوں دیال کا یونٹ امر گاؤں جارہا ہے۔تیرے کو بھی ساتھ چلنے کا ہے۔بولے تو یہی کوئی پندرہ بیس دن کا پروگرام ہویں گا۔''

''یار تو مجھ سے ہویں گا ویں گا تو بولا مت کر، جی بُرا ہو جاتا ہے۔''اس کے لہجے پر میں نے ایک بار پھر اسے ٹوکا اور وہ ہمیشہ کی طرح ایک بار پھر مسکرا دیا۔

لائٹس، کیمرا، ناگرا؛ سب اپنا اچ ہے۔''بائیں ہاتھ میں آئینہ پکڑے اور دائیں ہاتھ سے اپنے بال قدرے نزاکت سے سنوارتا ہوا بولا۔اس کے انداز سے لگ رہا تھا جیسے دیال آنند نے اسے اپنی فلم میں بطور ہیرو سائن کرلیا ہو۔میں نے جلدی سے تہمد اتار کر الگنی پر پھینکی اور پینٹ شرٹ چڑھا کر تیار ہو گیا۔

''بولے تو یہ کام ہے تیرے مطلب کا۔اسی واسطے تیرے کو اتنے دن انتظار کرنا پڑا کیا؟اب جب تک وہ چھوکرا نہیں آتا تیرا کام نکّی سمجھا کیا؟''

ہاں پکا۔''میں نے نکی کی وضاحت کی۔

اوئے تجھے تو بمبئ کی بولی آ گئی رے۔''میں نے محسوس کیا تھا کہ دیویندر بھی مجھ سے کم خوش نہیں تھا پر اگلے ہی پل میں نے اسے کچھ فکرمند دیکھا۔

''کیا ہوا؟''

''کیا؟''تحیر میرے چہرے سے اتر کر لہجے میں آ گیا۔

''سبودھ کے ٹھیک ہونے کے بعد لفڑا ہوسکتا ہے پر تو چنتا مت کر اپن سب ٹھیک کر دیں گا۔''

''اللہ کرے وہ کبھی اچھا ہی نہ ہو۔''میں نے شرٹ کا آخری بٹن لگاتے ہوئے کہا۔دیویندر زیرلب کہے مرے اس جملے کو نہیں سن سکا ورنہ شاید وہ مجھے ڈانٹتا ضرور۔

▪ وہ دن تھا اور آج کا دن، چار سال آٹھ مہینے گزر گئے۔ دیال آنند کے ساتھ کام کرتے ہوئے کیوں کہ بیمار سبودھ پھر کبھی اچھا نہیں ہوا۔ یرقان نے اسے ایسا جکڑا کہ تابڑتوڑ وہ موت کی کبھی نہ چھوٹنے والی گرفت میں قید ہو گیا۔ اس کے بعد میں خود کو اس کی موت کا ذمے دار سمجھنے لگا اور اکثر اوقات یہ احساس شدت اختیار کر جاتا۔ جی میں آتا کہ میں کام چھوڑ کر لوٹ جاؤں لیکن اندر سے کوئی میرے خیال کی نفی کرتا۔ تب مجھے لگتا کہ میں خود کو ناکردہ گناہوں کی سزا دینا چاہتا ہوں۔ میں اگر نوکری چھوڑ بھی دوں تو اس سے ہوگا کیا۔ جو ہونا تھا وہ تو ہو چکا۔ اب میرے چلے جانے سے سبودھ تو زندہ ہو نہیں سکتا۔ اس شہر میں کتنے ہیں جو میری طرح سوچتے ہیں۔ میں قطعی غلط نہیں۔ مجھے بس اپنا فائدہ دیکھنا چاہیے۔ لیکن کہیں نہ کہیں اندر چبھن سی باقی رہتی مجھ پر کھارے پانی کا اثر ہو رہا تھا اور یہ مجھ سے چھپا نہیں تھا۔

مجھے لگا کہ گاڑی کی رفتار کم ہو رہی تھی۔ کھڑکی سے باہر جھانکا۔ یہ دادر اسٹیشن تھا۔ چار نئے لوگ کمپارٹمنٹ میں داخل ہوئے جس میں ایک نیا شادی شدہ جوڑا ابھی تھا۔ نیا اس وجہ سے کہ لڑکی کے ہاتھ پیروں کی مہندی کے ساتھ شرم وحیا کی سرخی بھی قائم تھی۔ لڑکی نقاب نہیں اوڑھے تھی جس کی وجہ سے صورت حال کا جائزہ لینے اور سمجھنے میں آسانی ہو رہی تھی۔ میرا خیال تھا کہ وہ ہنی مون پر آئے ہیں۔

ہنی مون پر بیوی برقع میں ملفوف رہے تو کا ہے کا ہنی مون۔ لاکھ وہ مذہبی گھرانے سے تعلق رکھتے ہوں۔ سر پر دوپٹے کو البتہ اس نے بڑے سلیقے سے ڈال رکھا تھا۔ ان کے مسلم ہونے کا سب سے نمایاں ثبوت یہی تھا۔ اچانک رودابہ یاد آ گئی۔ وہ بھی تو اسی طرح قرینے سے پلو ڈالے رہتی ہے بلکہ اس سے کہیں زیادہ محتاط رہتی ہے۔ لڑکی کی آنکھوں میں چمکتے لاج کے جگنو یہ استدلال پیش کر رہے تھے کہ وہ بمبئی کی نہیں ہے مجموعی تاثر اپنی ہی طرف کی چغلی کھا رہا تھا۔ آپ ہی فیصلہ کیا اور خوش ہو لیا۔

پردیس میں جب کوئی اپنے دیس شہر کا نظر آتا ہے تو ضروری نہیں کہ شناسا ہو لیکن اسے دیکھ کر خوشی حاصل ہوتی ہے۔اس کا اندازہ پردیس میں رہے بغیر لگانا بہت مشکل ہے۔ یادوں کے پرند اڑتے ہوئے گھر تک چلے گئے۔خاندان بھر کی لڑکیاں عورتیں ایک کے بعد ایک یاد آتی چلی گئیں۔ایسا لگا جیسے میں اب تک ایسی جگہ پر تھا جہاں عورت کا خیال بھی مفقود تھا۔شاید میں ایسے ہی شہر میں ہوں۔

گوشت پوست سے ماورا عورت کا وہ مقدس روپ جو یہاں سے پہلے دیکھا اور جانا تھا یہاں کہاں ہے۔بمبئی میں ایسے مواقع جب دختر حوا خود کپڑوں میں چھپاتی جھجکتی نظر آئے ذرا مشکل سے فراہم ہوتے ہیں۔یہاں ان کے پاس اتنا وقت کہاں کہ سروں پر آنچل سنبھالتی پھریں۔اکثر تو ایسے کپڑے ہی نہیں پہنتیں جس میں دوپٹا چنی جیسی کوئی چیز استعمال ہوتی ہو۔Skin Fitted jeans پر Fuck me کی ٹی شرٹ پہننے لگی ہیں۔کارخانوں میں کام کرنے والی عورتیں اور گھروں میں رہنے والی کنواریاں تک صبح شام بلاؤز پیٹی کوٹ پہنیں اور بالوں میں وینیاں لگائے ہزاروں کی تعداد میں گھومتی نظر آتی ہیں۔

جوڑے کی آمد پر مجھے اخلاقاً پیر سمیٹنے پڑے۔وہ دونوں میرے سامنے والی سیٹ پر بیٹھ گئے۔میں نے خیالوں کے ساتھ نگاہیں کھڑکی آہنی سلاخوں سے باہر اتار دیں۔دھراوی کی کھولیاں، جھگی جھونپڑیاں، کالے پانی کا گندہ اور متعفن جماوڑا کسی غریب کی بہت ساری میلی کچیلی بدبودار اولادوں کی طرح دور تک پھیلا ہوا تھا۔تبھی مجھے یاد آیا کہ یہ ایشیا کی سب سے بڑی جھونپڑپٹی ہے۔جی چاہا کہ فرط مسرت سے مسکراؤں۔کچھ تو ہمارے پاس بھی ہے جو پوری کائنات میں کسی کے پاس نہیں۔ کوشش کے باوجود چہرے پر فرحت کی دھنک کے لمحے فروزاں نہیں کرسکا۔میں ابھی بھی اسی طرف دیکھے جارہا تھا۔سڑک کے اس پار آسمان سے معانقہ کرتی ہوئی اونچی

اونچی عمارتیں اور اس طرف زمین میں لمحہ بہ لمحہ دھنستے فنا ہوتے قبروں جیسے مسکن۔ حیرت تھی کہ یہاں انہیں بھی گھر کہتے ہیں۔ ہمزاد فوراً تردید کرتا ہے۔ ''گھر نہیں ___ تم بھول گئے، یہ بمبئی ہے، یہاں سمندر ایسے ہی تھوڑی ہے۔''

ہمزاد سے تھوڑا اختلاف کا جی چاہتا ہے ''شاید ___ یہ وقت ہے جو ہمیشہ سے ہے اور ہمیشہ رہے گا۔'' اس کے بعد وہ غائب ہو گیا۔ میں آگے سوچنے لگا۔ ہر آدمی اگر ملٹی اسٹوری عمارت پر کھڑا ہو جائے گا تو نیچے کیا دیکھے گا۔ بھاگتی ہوئی سڑکیں یا ٹھہرا ہوا وقت۔ وہ وقت جو اس نے نوٹوں کے عوض خرید لیا ہے اور اب اسے پائپ میں بھر کر مزے لے لے کر پی رہا ہے اور گہرا کالا دھواں خارج کر رہا ہے اپنے شریانوں سے۔ یا وہ وقت جو کسی مہنگے ہوٹل کے نرم و دبیز گدے پر لیٹتی عورت کی مخملی اور گردنوں کے وسط میں قید ہے یا پھر ریس کورس میں گھوڑوں کی ٹاپوں تلے کچلتا ہوا۔

بس سے اتر کر جب میں مہا کالی کی چڑھائی چڑھنے لگا تو روز کی ہی طرح مجھے اپنے آپ پر ایک بار پھر غصہ آیا۔ کیوں رہتا ہوں یہاں؟ کون سی غرض ہے جو جانتے نہیں دیتی؟ یہ علاقہ اسٹاپ سے کھولی تک تھکا دینے والی چڑھائی۔ دو سال سے سن رہا ہوں کہ آگے غار کے پاس اسٹاپ بننے والا ہے۔ پچھلے انتخاب میں تو یقین ہو گیا تھا بلکہ امیدواروں نے باور کرا دیا تھا۔ کافی دنوں تک خوش فہمی میں مبتلا رہا کہ شاید آج ڈرائیور بس اوپر تک لے جائے مگر وہ دن کبھی نہیں آیا۔ لیمپ پوسٹ کی ملگجی روشنی میں ٹھہر کر رسٹ واچ پر نظر ڈالی۔ بارہ بجے کی سوئیاں حاکم و محکوم کی طرح اوپر نیچے تھیں۔ مجھے کوفت ہوئی۔ پتہ نہیں اپنی ذات پر یا نیچے دبی ہوئی سوئی پر۔ خواہ میں کتنی جلدی کروں اس سڑک پر آتے آتے بارہ بج ہی جاتے ہیں حالانکہ میں جان گیا ہوں۔ بمبئی میں رات بارہ بجے ہی شروع ہوتی ہے لیکن دن بھر کی بے طرح تھکان کے بعد بستر کے علاوہ کچھ اور یاد نہیں رہتا۔ دل یہی کرتا ہے کہ کسی طرح چارپائی تک پہنچ جاؤں۔

جوتے موزے اور کپڑے ادھر ادھر پھینک کر لنگی لپیٹی اور دھڑام سے بستر پر۔

ایک لمبی سانس کھینچ کر میں نے قدم تیز کر دیے۔ اکا دکا قدموں کی آہٹ آگے پیچھے سے نیم تاریک سڑک پر سنائی دے رہی تھی۔ مہا کالی کی یہ طویل چڑھائی مجھے ہر رات بہت گراں گزرتی ہے اور ہر روز اُسے عبور کرتے وقت دوستوں کے مشورے یاد آتے ہیں۔

''ابے__ اب تو پہاڑ سے اتر کر زمین پر آجا۔ یہاں بھی انسان ہی بستے ہیں۔'' کوئی جوہو میں رہنے کی دعوت دیتا تو کوئی باندرہ میں۔ کوئی دادر کی طرف بلاتا تو کوئی سا کی نا کا کی طرف۔ لالچ تو یہاں تک دیا گیا کہ کرائے کا بھی واندا نہیں۔ مرضی ہو تو دوں مرضی نہ ہو تو نہ دوں۔ کسی سے بتاؤں بھی کیا؟ بمبئی میں رہنے کو جگہ مل جائے وہ بھی مفت۔ آدمی اگر شریف ہوگا تو فوراً اپنے اعمال کا تجزیہ کرے گا مگر ایسی کوئی نیکی یاد نہیں آئے گی جس کے عوض اتنے بڑے انعام کا مستحق ہو۔ کوئی کارِ خیر ایک چھوٹے سے کمرے کا ہی نعم البدل ہو یقین نہیں ہوتا۔ یہاں تو مکان اور طرح سے ملتا ہے اور وہ لوگ بھی اور طرح کے ہوتے ہیں۔

میرا مسئلہ بھی تو کچھ اور تھا۔ اس مشینی شہر میں جہاں سانس لینا ہی خاصہ دشوار گزار کام ہے یہی ایک خطہ ہے۔ شور شرابے اور بھیڑ بھاڑ سے دور جہاں غار کی چوٹیوں سے پورا بمبئی نظر آتا ہے۔ عقب میں کمالستان اسٹوڈیو کا میلوں دور تک پھیلا ہوا سبزہ اس جس آلود شہر میں کم سے کم تازہ ہوائیں تو میسر کر دیتا ہے۔ روز علی الصبح میں جب کھنڈر کی بلندی پر جا کر بیٹھتا ہوں تو یہ سوتی ہوئی بمبئی پہلی رات کی دلہن کی طرح تھک ہار کر خوابیدہ سی لیٹی نظر آتی ہے۔ اور کچھ دیر بعد جب وہ نیند سے بیدار ہوتی ہے، ایک بھرپور انگڑائی لے کر بہت کچھ جھٹک کر اٹھ بیٹھتی ہے لیکن اب اسے دیکھ کر کسی فاحشہ کا تصور ذہن میں ابھرتا ہے اور پھر دیکھتے ہی دیکھتے چہرے پر روشنی کا غازہ

پوٹ کر آوارگی کی چوکھٹ پر کھڑی ہو جاتی ہے۔ نگاہیں عشوہ سازیاں کرنے لگتی ہیں اور چتونوں سے غمزے برستے ہیں۔ تب ہر کس و ناکس کو احساس ہوتا ہے کہ سمندر کتنا گہرا ہے۔ صبح دم چہچہاتے ہوئے پرندوں کے جھنڈ اپنے آشیانوں سے نکل پڑتے ہیں۔ شبنم کی طراوت اور نسیم صبح کی اٹھکھیلیاں بدن میں ہیجان سا برپا کر دیتی ہیں اور پہاڑوں کے عقب سے سورج کسی شریر بچے کی طرح آہستہ آہستہ سر نکالتا ہے جس کی شرارت آمیز شعائیں پہلے تو بڑی بھلی معلوم ہوتی ہیں مگر مسلسل بڑھتی ہوئی اس کی شیطانیوں سے تنگ آ کر مجھے وہاں سے اٹھنا ہی پڑتا مگر یہ تمام منظر ذہن میں سارا دن تازہ رہتے ہیں۔ یہ سب کچھ میرے لیے کتنا قیمتی ہے میں کسی کو کیسے سمجھا سکتا ہوں۔

یاروں کو بتا کر اپنی ہنسی نہیں اڑوانا چاہتا۔ خواہ مخواہ تشویش کے گھیرے میں آنے سے فائدہ بھی کیا؟ سچ تو یہ ہے کہ رودابہ کے علاوہ ساری وجوہات پس پشت چلی گئیں تھیں۔ اب اس کا خیال مجھے کس قدر Fascinate کرتا ہے۔ میں کسی کو کیا بتاؤں، اس کی بھنک بھی انہیں لگ جائے تو وہ جینا حرام کر دیں۔

میں اب تک اپنی چال والی گلی تک آ گیا تھا سامنے سے پنٹو بابا ہمیشہ کی طرح شراب کے نشے میں دھت لڑھکتا پھڑکتا ہوا نظر آیا روز کی طرح الٹی سیدھی انگریزی اس کی لڑکھڑاتی زبان سے پھسل رہی تھی کبھی کبھی تو شبہ ہوتا کہ یہ انگریزی ہی ہے یہ کچھ اور ٹھہر کر میں پنٹو بابا کا انتظار کرنے لگا۔ قریب آ کر پہلے اس نے مجھے غور سے دیکھا اور پھر ہاتھ اٹھا کر سلام کیا۔ کچھ لمحوں تک بغور اسے دیکھتا رہا پھر جانے کیا سوچ کر آگے بڑھ گیا۔ گانا اس نے اب تک بند نہیں کیا تھا۔ دور ہوتی ہوئی آواز بالآخر معدوم ہو گئی حالانکہ وہ ابھی تک آنکھوں سے اوجھل نہیں ہوا تھا۔ میں اس کے بارے میں سوچنے لگا۔ یہ شخص مجھے پہلے دن سے کچھ پراسرار سا لگتا ہے۔ نہ چاہتے ہوئے بھی میں اس کے بارے میں سوچنے پر مجبور ہوں، وہ بچے جو تمام دن اس کا مذاق اڑاتے

ہیں، اسے تنگ کرتے ہیں، وہ انہیں بھی سلام کرتا ہے۔ کبھی کسی کو روکا نہیں۔ اسے دیکھ کر لگتا جیسے وہ کچھ سنتا ہی نہیں۔ اس کے علاوہ بھی میں نے کئی چیزیں ایسی دیکھی جس کی وجہ سے میں مجبور ہوا کہ یہ آدمی پاگل نہیں ہے۔ میل سے بھری اس کی زرد آنکھوں میں مجھے جانے کیا نظر آتا کہ میں بار بار دیکھنے کی کوشش کرتا۔ مجھے خود پر حیرت بھی ہوتی پر لکھنے پڑھنے والے ایسے ہی ہوتے ہیں یہ کہہ کر اپنے آپ کو اطمینان دلاتا۔

اتنی رات کو نصف وسنسان سڑک پر جب کہ پہلے ہی مجھے اتنی دیر ہو چکی تھی، میں ایک ایسے آدمی کے بارے میں غور کر رہا ہوں جو کسی ایک کی نگاہ میں بھی معتبر نہیں بلکہ دیوانہ اور پاگل کے نام سے مشہور ہے۔ گلی میں قدم رکھتے ہی سب سے پہلے نظر رودابہ کی کھڑکی کی طرف گئی۔ کھڑکی کھلی ہوئی تھی مگر کمرے کی لائٹ آف ہو چکی تھی۔ ظاہر ہے بارہ بجے تک ایک بھرے پورے گھر میں میرے انتظار میں تو نہیں بیٹھی رہ سکتی اور پھر رودابہ جیسی لڑکی اس سے بھی زیادہ اہم بات یہ ہے کہ اس سے میرا تعلق ہی کیا ہے؟ صرف ایک پڑوسی ہونے کا پڑوسی کے جو حقوق ادا ہونے چاہیے وہ تو ہو نہیں پاتے یہ کہاں سے؟

مجھے یہ تک تو معلوم نہیں کہ وہ میرے بارے میں کیا سوچتی ہے۔ اس کے جذبے کس نوعیت کے ہیں پانی کے تعاقب میں سراب ہی تو مقدر میں نہیں لکھا کون جانتا ہے۔ ٹھیک ہے کہ لوگوں کی نظر بچا کر جس طرح وہ دیکھتی ہے، اس کے بعد کوئی ابہام باقی نہیں بچتا۔ مگر اس شہر نے اتنے دنوں میں جو کچھ سکھایا ہے، اس بنا پر میں کسی خوش فہمی میں مبتلا نہیں ہو سکتا۔ آگے بڑھنے سے پہلے ایک بار پھر یاس وحسرت سے کھڑکی کی طرف دیکھا جیسے دن بھر مزدوری کرنے والا شام کو ہاتھ آئے تھوڑے روپئے کو دیکھتا ہے۔ تبھی اپنے پیچھے کسی قدموں کی آہٹ محسوس ہوتی ہے۔ ایک تو رات میں آوازوں کا Volume خود بخود بڑھ جانا خوف میں اضافہ کرتا ہے۔ کبھی

کبھی اس طرح کے آہٹیں عفریت کا روپ اختیار کر کے اس درجہ ہراساں کر جاتی ہے کہ خود پر قابو پانا مشکل ہو جاتا ہے مزید کچھ بھی سوچے بغیر میں ناک کی سیدھ میں چلنے لگا۔ دروازے پر پہنچ کر ٹٹول کر تالے میں چابی لگائی۔ تیزی سے دروازہ دھکیل کر اندر ہو گیا۔ بھڑاک سے دروازہ بند کیا جس کی آواز دور تک گئی تھی۔ قدرے راحت کی سانس لی۔ مجھے ڈر تھا کی آہٹ قریب آ کر میرے شانے پر ہاتھ رکھ کر مجھ سے وہ سوال نہ کر بیٹھے جس سے اب منہ چرانے لگا ہوں۔ مجھے شبہ تھا کہ چہرے پر یکے بعد دیگرے آتے جاتے رنگ اس پر میری تمام حقیقت منکشف نہ کر دیں اور اس کے بعد ظل الٰہی کے حکم کی تعمیل ہو اور میں فصیلوں میں زندہ چنوا دیا جاؤں یا چوراہے کے وسط میں بیٹھا کر میری گردن قلم کر دی جائے۔ ہزاروں کبوتر گنبد و مینار سے یہ تماشہ دیکھیں یا پھر پولیس مجھے بکتر بند گاڑی میں بیٹھا کر آبادی سے دور لے جا کر گولی مار دے۔

کمرے کی کھڑکی کھولی تو سامنے رودابہ کی کھڑکی نظر آئی۔ کچھ لمحوں تک یوں ہی کھڑا رہا۔ تھوڑی دیر بعد ٹانگوں نے درد کی شکایت کی تو بستر جھاڑ کر لیٹ گیا مگر وہ کھڑی رہی۔ ساری رات میرے سرہانے رات کی رانی اور یاسمین بن کر مہکنے والی صبح کی پہلی کرن کے ساتھ مجھ میں بیدار ہونے والی وہ خوشبو جس کی مملکت میرے اعصاب پر روز بروز بڑھتی جا رہی تھی۔

کچھ دیر وہ میرے پاس گم صم سی کھڑی رہی اور پھر جانے کیا سوچ کر دبے قدموں سے کچھ اور قریب آ گئی۔ اپنی نرم و نازک مخروطی انگلیوں سے میرے بالوں میں ہاتھ پھیرتی رہی۔ پیروں کے پاس اس کے سرخاب کے پروں جیسے ملائم اور دبیز ہاتھ رینگتے ہوئے میری پنڈلیوں تک آ گئے۔ گھنے بالوں کو وہ انگلی اور انگوٹھے کے سرے میں دبا کر کھینچنے لگی۔ مجھے درد محسوس ہوا۔ راحت افزا درد۔ خواہش ہوئی کہ وہ تمام عمر میرے پاس بیٹھی رہے اور میرے بدن کا ایک ایک رواں اپنی پوروں میں دبا

کر کھینچ لے۔ اسی وقت شدت جذبات سے مغلوب ہو کر میں نے ہاتھ بڑھا کر اسے اپنی بانہوں میں بھر لینا چاہا مگر وہ ہاتھ آئی ہوئی مچھلی کی طرح پھسل گئی۔ میرے ہاتھوں میں صرف کاٹن کی دھاری دار چادر رہ گئی۔ میں نے چونک کر آنکھ کھولی تب تک وہ غائب ہو چکی تھی۔

غیر ارادی طور پر ایک بار اٹھ کر کھڑکی سے پھر باہر جھانکا۔ گلی میں وہی صدیوں کا اندھیرا__ کتوں کے رہ رہ کر بھونکنے کی آواز، سڑکوں پر سے آتی ہوئی لیمپ پوسٹ کی ملگجی سی روشنی، کسی کے کھپریل پر بلی کے کودنے کی آواز، سامنے خالی اور اجاڑ کھڑکی۔ چند ثانیوں کے بعد میں پھر سے لیٹ گیا اور سر سے پاؤں تک چادر تان لی۔

صبح آنکھ روز سے کچھ پہلے کھل گئی باقی نیند تہہ میں چپ چاپ رہی تھی۔

ڈبے میں پانی ڈال کر حوائج ضروری کے لیے سنڈاس کا رخ کیا۔ شروع میں لگا تھا جیسے میں چوری کرنے جا رہا ہوں۔ یہ سوچ کر ہی کہ لوگ دیکھیں گے تو کیا کہیں گے، شرم سی آتی تھی مگر چوں کہ مرحلہ ایسا تھا کہ ضبط ممکن ہی نہ تھا آخر کار چلا ہی گیا۔ یہ فطری اور بہت معمولی سی نظر آنے والی ضرورت اس شہر میں کتنی مشکل ہو جاتی ہے۔ یہ مجھے بھی معلوم ہو چکا تھا۔ میرا خیال تھا کہ لوگ مجھے آنکھیں پھاڑ پھاڑ کر دیکھیں گے۔ ان کی ہنسی دور تک میرا تعاقب کرے گی مگر ایسا کچھ نہیں ہوا۔ کسی نے آنکھ اٹھا کر بھی میری طرف نہیں دیکھا۔ یہ تو بہت بعد میں معلوم ہوا کہ یہاں تیسرا آدمی متوجہ نہیں ہوتا۔ کبھی کبھی تو دوسرا اور پہلا بھی یہ روش اختیار کر لیتا ہے۔

اپنی بے حیائی پر مجھے البتہ شرم ضرور آتی، پر وقت بہت سفاک ہوتا ہے۔ دھیرے دھیرے عادت پڑ گئی۔ معاملہ ایسا ہی تھا کہ مصلحت کوشی سے کام نہ لیا جائے تو کیا کریں اور کہاں؟ اتنے ماڈرن شہر میں رہنے کے باوجود مزاج Tissue paper کا نہیں ہو پایا تھا۔ بمبئی میں صبح اٹھنے کی ایک اچھی عادت ضرور پڑ گئی تھی

حالانکہ دیر سے سونے کے بعد الصبح اٹھنا اتنا آسان نہیں تھا اور پھر میرے جیسے آدمی کے لیے جس نے آدھی زندگی سونے اور گھومنے میں گزاردی ہو۔کوئی ایسا شخص جو نو بجے سے پہلے کبھی نہ اٹھا ہو۔طلوع ہوتے سورج کا منظر اس کے لیے کیا معنی رکھتا ہے۔دوستوں کو تو بہر حال کسی طرح اطمینان دلا دیتا پر کبھی جب اپنے آپ سے سوال کرتا ہوں کہ جلدی بیدار ہونے کی وجہ سپیدۂ سحری ہے__بس؟ جواب اثبات میں کبھی نہیں ملتا۔صبح اٹھنے کا مجھے سب سے بڑ فائدہ یہ ہوتا کہ لائن میں کھڑے ہو کر انتظار نہیں کرنا پڑتا۔لائن بھی کون سی؟ اجالا ہونے کے بعد بھیڑ ایک دم سے بڑھ جاتی۔اکثر لوگ اخبار اسی صف میں کھڑے ہو کر پڑھنا پسند کرتے اور باقاعدہ تبادلۂ خیال کرتے۔چال اور کھولیوں میں رہنے والوں کے بیشتر معاشقے اسی جگہ سے پروان چڑھتے اور کتنوں کے تو ضائع بھی یہاں ہوتے۔صرف معاشقے نہیں۔

میں اکثر سوچتا ہوں کہ اگر میرے دوستوں اور عزیز واقارب کو معلوم ہو جائے جو صرف یہ جانتے ہیں کہ میں بمبئی جیسے شہر میں فلم لائن سے متعلق ایک شاندار زندگی گزار رہا ہوں۔وہ کیا جانیں کہ زیست یہاں کتنی مشکل ہے۔حساس آدمی کے لیے یہ شہر کس قدر دشوار ہے۔کوئی کیسے جانے؟ وہ سچ جس سے ہزار اختلاف اور کبھی کبھی انحراف کا جی چاہتا ہو۔ہر بار مجھے خوف زدہ کرتا ہے۔بارہا یہ خیال آتا ہے کہ سب چھوڑ کر بھاگ جاؤں مگر اس شہر میں جانے کیا بات ہے کہ یہ اس کی اجازت بھی نہیں دیتا۔ہر بار گرفت پہلے سے کچھ اور مضبوط ہو جاتی ہے۔

روٹی کی جگہ بھجیا پاؤ کھانے والا زید سلمان پھر آخر کس بات پر اتنا وَٹ مارتا ہے تو__؟ ہمزاد کا یہ سول میرا مضحکہ اڑاتا ہے اور میں خجالت سے ادھر ادھر منہ چھپاتا پھرتا ہوں۔

گلی محلوں میں بچوں کا اس قدر شور ہوتا یا شاید بچے شور سے بھی زیادہ

ہوتے۔کبھی جب سارے کے سارے جمع ہوتے تو لگتا بمبئی اسی چال میں آکر ختم ہوگئی۔ پسماندہ طبقے میں بچوں کی زیادتی جانے کیوں اوپر والے کے منصوبوں میں شامل رہتی ہے۔سیاسی لوگوں نے حالاں کہ فسادوغیرہ کی تحریک چلائی مگراس میں بھی انہیں خاطرخواہ کامیابی نہیں ملی۔ یہاں تو آدمی کے علاوہ کچھ نظر ہی نہیں آتا۔ بڑھتی ہوئی آبادی کے بارے میں میری اپنی رائے بھی ہے وہ یہ کہ غریب آدمی اتصال سے جولذتیں حاصل کرتا ہے ہیولے سے ہیئت میں منتقل ہوکر ہمارے سامنے آجاتی ہے۔اسقاط کا طریقۂ کار اگرچہ انہیں معلوم ہے مگر وہ اس پر توجہ نہیں کرتے لیکن امیر زادیاں ان کی تقلید پر اتر آتیں تو یقیناً نوزائیدہ چار پیر والی کتیاں اور سور کا ہی دودھ پی کر جوان ہوتے۔قحط کے بغیر بھی۔

میں غار کی طرف سے ہواخوری کرکے واپس آیا تب تک نل پر پانی بھرنے والوں کی لمبی قطار لگ چکی تھی گو کہ پانی ابھی نہیں آیا تھا مگر ہنڈے کلشوں کا شور برپا ہونا شروع ہو چکا تھا۔عجیب سی افراتفری مچی ہوئی تھی ۔برش پر ٹوتھ پیسٹ رکھ کر دروازے کی چوکھٹ پر بیٹھ کر اطمینان سے تماشا دیکھنے لگا تبھی ٹوٹی سے گھر گھر کی آواز نکلی جیسے بیر دن ملک سے بات کرتے ہوئے کوئی پہلے ہیلو ہیلو بولتا ہے۔آخرکار موٹی سی دھار نل کی ٹوٹی سے گرنے لگی۔سب کی پانچھیں کھل گئیں جیسے ٹوٹی سے پانی نہیں چاندی پگھل کر آرہی ہو۔لوگوں کے چہروں پر خوشی اور راحت کے ملے جلے تاثرات تھے مگر میری متلاشی آنکھیں گھاٹن، ساؤتھ انڈین اور کرسچین لڑکیوں میں جواسکرٹ اور مڈی ٹاپ پہنے ہوئے تھیں، شلوار جمپر میں ملبوس رودابہ کو ڈھونڈ رہی تھیں مگر شرم وحیا کی چادر میں لپٹی وہ لڑکی جس کے عشق لا حاصل کا میں صید زبوں بن کر رہ گیا ہوں، رودابہ کہیں دور دور تک نظر نہیں آرہی تھی۔وہ غیرت کی تصویر جو سر سے دوپٹہ سرک جانے پر دہل سی جاتی تھی، نہ جانے کس کے گناہوں کی پاداش میں بمبئی آگئی

تھی۔ اگر چہ مجھے یہ کسی نے نہیں تبایا کہ وہ بمبئی کی ہے یا نہیں لیکن اس کے رکھ رکھاؤ سے یہ اندازہ لگانا قطعی مشکل نہ تھا کہ وہ یہاں کی نہیں ہے۔ سات مہینے ہو گئے تھے ہمیں سوریہ ونشی کی چال میں رہتے ہوئے۔ اس اثنا میں چال میں رہنے والے بوڑھے، بچے، مرد، عورت سے تھوڑی بہت جان پہچان ہو گئی تھی۔ مگر یہ لڑکی اب تک ایک پہیلی بنی ہوئی تھی۔ اس کا نام تک مجھے نہیں معلوم تھا۔ بھلا ہو بے بی کا جو ایک روز نل پر کھڑی چیخ رہی تھی ''اے رودابہ ___ تیرا گھڑا بھر گیا۔'' جب وہ ہانپتی کانپتی سر پر آنچل سنبھالتی تیزی سے باہر آئی۔ میں اسی وقت وہاں سے گزر رہا تھا ورنہ تو نام بھی نہ معلوم ہو پاتا شاید۔

''کب سے بلا رہی بابا پر سنتی اِچ نئیں کب کا گھڑا بھر گیا۔'' میں نے سوچا کہ ابھی کہاں بھرا ہے۔ بھر گیا ہوتا چھلک بھی پڑتا۔ زیر لب مسکراتے ہوئے میں آگے بڑھ گیا۔ نام جان کر کسی قدر خوش ہوا تھا۔

اپنے حصے کی دو ایک بالٹی کسی طرح میں بھر لیا کرتا تھا ورنہ یہ ذمے داری دیویندر کی تھی لیکن اس دن وہ بھی بھول گیا۔ پانی کی قیمت بھی بمبئی آ کر مجھے معلوم ہو گئی تھی۔ اس کا نام معلوم ہونے کی خوشی میں پانی کی قلت پس پردہ چلی گئی۔ کئی روز تک زبان پر نام کے ذائقہ کو قطرہ قطرہ اپنے اندر جذب کرتا رہا۔ کئی دن لگے اس نام سے بے تکلف ہونے میں۔

جس جگہ پر اس کا نام سنا تھا، پہلی بار زیارت بھی اسی مقام پر ہوئی تھی۔ مڈی اور مائیکرو مڈی پہننے والی لڑکیوں کے غول میں گھری کچھ نادم، کچھ گھبرائی سی۔ اس کی مصفا مقدس آنکھیں فرط حجاب سے لدی ہوئی تھیں۔ ان لوازمات نے ہی مجھے اپنی طرف متوجہ کیا تھا ورنہ اس کی خوبصورتی میرے لیے اتنی اہم نہ تھی۔ اس کی وجہ شاید یہ رہی ہو کہ میرے شب و روز پری زادوں کے ساتھ گزرتے مگر روح کی گہرائیوں تک

اثر کرنے والا یہ حسن جو اس عجیب لڑکی کو دیکھ کر ہوا کبھی اور کسی کے لیے نہیں ہوا۔ اپنی گومگو ہوتی حالت پر سب سے زیادہ حیرت مجھے خود تھی۔ نہاں خانوں میں مسرت و انبساط کے پھوٹتے سر چشموں کی وجہ سے زندگی کے تئیں مطمئح نظر تبدیل ہو رہا تھا۔ جینے کی خواہش شدت اختیار کر رہی تھی۔ حیات اتنی خوبصورت ہے، اس کا اندازہ اس سے پہلے نہیں ہوا۔ یہ بلا کسی سے کچھ پوچھے بتائے بغیر اس طرح قابض ہو گئی تھی کہ میرے تمام اختیارات ختم ہو گئے۔ جب جب اسے دیکھتا ہوں تو لگتا ہے جیسے مجھے اس کا کچھ ادھار چکانا ہے۔ میں نے غور کیا تھا کہ مجھ پر نظر پڑتے ہی وہ کچھ اور زیادہ محتاط ہو جاتی ہے۔ حالانکہ دوپٹہ سینہ تو کجا سر سے بھی ڈھلکا ہوا کبھی نہیں دکھا۔ آدمی کی شناخت اس شہر سے زیادہ مشکل کہیں اور ہو مجھے نہیں لگتا پر اپنے اس خیال پر مجھے شرمندہ ہونا پڑا۔ مشرقیت اس کی رگ رگ میں بھری ہوئی تھی۔ دہلیز کے باہر دوپٹے کو لے کر وہ ہمیشہ ہی بہت چاق و چوبند نظر آتی۔ بے خیالی میں بھی کبھی سرکتے ہوئے نہیں دیکھا۔ اس سے زیادہ تو میں اس کے ہاؤ بھاؤ پر غور کرتا۔ جتنی زیادہ کوشش کرتا اتنا ہی اس کے بارے میں سوچنے پر مجبور ہوتا اور وہ نہایت سادگی سے میری آگہی کے صحن میں محبت کے گل بوٹے لگاتی رہی حتیٰ کہ چاروں طرف قوس قزح کے رنگ بکھرتے جا رہے تھے۔ دن بھر کی تھکان اور اکتاہٹ کے بعد جب رات کو لوٹتا ہوں تو غالب کی غزل سا پُر اسرار اس کا وجود تہہ بہ تہہ گہری معنویت اپنے اندر سمیٹے ہوئے صرف میری تکان ہی دور نہیں کرتا، فرحت اور تازگی کی جاوداں ساعتیں بھی بخشتا ہے اور پھر میں ان لمحوں کو اوڑھ کر آنکھیں موند لیتا ہوں۔

صبح صادق

میں فلمستان اسٹوڈیو میں 'میں تمہارا ہوں' کی شوٹنگ کر رہا تھا۔ ہیروئن دیپالی کے اب تک نہ آنے کی وجہ سے ہیرو کے Solo shots لیے جا رہے تھے لیکن دیپالی جب اس کے بعد بھی نہیں آئی تو مجبوراً دیال آنند کو Break بولنا پڑا۔ مجھ سے کہا کہ موبائل پر ایک بار اور Contact کرو۔

ڈانس ماسٹر وجے کا اسسٹنٹ ششی تو خیر ناچ کر تھکا تھا لیکن خود وجے سیٹی بجانے اور 'میوزک میوزک' چلانے میں ہی بری طرح نڈھال نظر آ رہا تھا۔ وقفہ ہوتے ہی وہ کرسی پر ڈھیر ہو گیا۔ اٹنڈنٹ نے کیمرے اور ناگرہ وغیرہ بھی کنارے لگا دیا۔ لائٹس مین کھانا کھانے جا چکے تھے۔ دو ایک لوگ البتہ سامان کی نگرانی کے لیے رک گئے تھے۔ پچھلے آدھے گھنٹے سے مجھے پیشاب لگ رہا تھا۔ دیال آنند کو مجھ میں نہ جانے کیا نظر آ گیا تھا کہ دوسروں کے بھی کئی کام مجھ سے کروا لیتا۔ لاگ بک میں کی نمبر کا اندراج، اسٹاک شاٹس Sound effects کی ترتیب، ریکارڈنگ کے لوپ، ڈبنگ کیو شیٹ تیار کرنا Nagative,Prints اور آواز کے ٹینکوں کو بچھانے کی جانچ پڑتال کے علاوہ Editing سیٹ میں Tipes code کے استعمال تک کا کام کسی نہ کسی بہانے لیا جا چکا تھا۔ حالانکہ مجھے سیکھنے کا موقع ملا مگر اب ناگوار گزر رہا ہے۔ پیشاب اب اذیت ناک ہو رہا تھا۔ آگے کچھ بھی سوچے بغیر میں فلور سے باہر بھاگا۔ لپک کر ٹوائلٹ میں گھسا۔ وہاں سے نکل کر قدرے راحت کی سانس لی۔ ہندی میں اسی کو لگھو شنکا کہتے ہیں۔ پہلا اختلاف تو لگھو سے ہی تھا۔ یہ مسئلہ اگر

واقعی اتنا چھوٹا ہے تو کچھ لوگ زنّار چڑھائے بغیر دھوتی میں ہی کیوں نہیں حل کر لیتے۔ اختلاف کی دوسری وجہ شنکا تھی۔ تھوڑی دیر اگر میں شک وشبہات کے گھیرے میں اور رہتا تو میری شنکا تو شاید بنی رہتی پر سیٹ پر موجود لوگوں کو ضرور یقین ہو جاتا۔ جو بات موت کی طرح سچ اور اٹل ہو اس پر شک کا گمان کسی حد تک عبرت ناک تھا۔ زبان بھی کیسے کیسے کرتب دکھاتی ہے۔

میں کچھ آگے بڑھا تو لاؤنج میں کھڑکی کے پاس گولڈی کھڑا ہوا دکھائی دیا بلکہ پہلے اسی نے دیکھا۔ گولڈی اکبر کا چیف اسسٹنٹ تھا۔ اس سے میری پہلی ملاقات اوٹی میں ہوئی تھی جہاں ہم ایک Dute Song فلما رہے تھے۔ دونوں ہی ہوٹل Savoy میں رکے تھے۔ اپنے شعبے کا ہونے کی وجہ سے گولڈی سے قربت کچھ زیادہ رہی تھی اور پھر وہ باتیں بھی بڑے مزے کی کرتا۔ دوران گفتگو جب معلوم ہوا کہ وہ لکھنؤ کا رہنے والا ہے تو اس سے مل کر اور زیادہ خوشی ہوئی۔ اس نے بتایا کہ نام تو اس کا گوپال تھا مگر اسے گولڈی سے زیادہ Modernise نہیں کیا جا سکتا۔ نام زندگی پر کس قدر اثر انداز ہوتے ہیں اس پر میرا ایمان مذبذب ہے مگر گولڈی کا مستقبل روشن تھا۔ سنہرا، تابناک ___ ہر ہفتے ایک نئی لڑکی پھنساتا۔ موج مستی کرتا اور چھوڑ دیتا یا شاید لڑکیاں اُس سے پیسے اینٹھتیں اور نکل جاتیں۔

لڑکی پٹانے میں اس کا کوئی ثانی نہیں تھا۔ کچھ نسخے اس نے مجھے بھی بتائے۔ میں خاموشی سے اس کی بات سنتا رہا۔ وہ اپنی Smartness پر فخر کرتا۔ ایسے لوگوں پر ہزاروں رشک کرتے ہیں اور لاکھوں حسد۔ حالانکہ میرے نزدیک خوش نصیب وہ ہی ہے جس کے پاس خوبصورت عورتیں ہیں پر گولڈی پر ہمیشہ مجھے ترس ہی آیا۔ آخر تھا تو وہ بھی فلمی آدمی۔

آگے بڑھ کر میں نے اسے Wish کیا۔ ''اور کیا حال ہیں، کافی دنوں بعد

دکھے۔''

''اپنا حال تو ایک دم فرسٹ کلاس ہے بیڑو___ رہا سوال نہ دکھائی دینے کا تو ادھر تین مہینے اپن کلّو میں رہا پھر ملک چلا گیا۔ اس پروفیشن میں تو یاں واں لگا ہی رہتا ہے۔''

''ہاں___ یہ تو ہے۔'' میں نے ہامی بھری۔

''تو سنا___ کیسا ہے؟'' اس نے پرانے دوست کی طرح جو بہت دن بعد ملا ہو، بے تکلفی کا مظاہرہ کیا جو بہرحال مجھے اچھا لگا۔

''میں بھی ٹھیک ہوں۔'' کہنے کے ساتھ معاً مجھے کچھ یاد آیا۔

''ابے اس کا کیا ہوا تھا؟''

''اس کا کس کا؟'' اس نے حیرت کا اظہار کیا۔ چہرے کے تاثرات سے لگا کہ وہ میرا اشارہ نہیں سمجھا ہے۔

''وہ مدراس والی ڈانسر۔ کیا نام تھا اس کا؟''

''تریّما۔'' وہ جھٹ سے بول پڑا۔

''اے میری کاہے کو، تیری اماں بول۔'' میں نے شرارت آمیز لہجے میں کہا۔ گولڈی ٹھٹھا مار کر ہنس دیا۔

''تیرے پیچھے تو نہا دھو کر لگی تھی۔'' میں نے اسے یاد دلایا حالاں کہ آگے کا پورا قصہ مجھے معلوم تھا۔ گولڈی ایسے موقع کہاں چھوڑنے والا تھا لیکن اس کے منہ سے سننے کا لطف کچھ اور ہے۔

''اس کے کھیت میں پانی ڈال دیا تھا۔'' اس نے اپنی ہتھیلی آگے بڑھائی جیسے مجھ سے پزیرائی چاہتا ہو۔ میں نے جواب میں زور سے اس پر چپت ماری۔

''ائے شاباش۔''

وہ زور سے ہنسا۔ مجھے لگا ہنسی میں کہیں کھسیاہٹ بھی پوشیدہ ہے۔عورت کو میں صرف شہوت کی چیز نہیں سمجھتا۔اس سے تھوڑا سا ہی یہی نظریاتی اختلاف تھا اور یہی خیال مجھے اپنی نظر میں دوسروں سے ممتاز کرتا۔

''اچھا چلتا ہوں۔کبھی ٹائم ملے تو گھر آؤ۔'' جاتے جاتے وہی روایتی جملہ ادا کرنا نہیں بھولا۔''ہاں آؤں گا___ ضرور آؤں گا___ اور بی ایف بھی دیکھوں گا۔''

''ایسا ہے تو اسی اتوار کو آؤ۔ جانوروں کا ایک سی ڈی ہے۔اے باپ___ کیا مست چیز ہے۔''

''اس اتوار کو تو نہیں، پھر کسی دن رکھتے ہیں۔میں تمہیں خبر کردوں گا۔''اس کے بعد وہ چلا گیا۔ہم دونوں ہی جانتے ہیں کہ گھر میں سونے کے علاوہ کتنی دیر رہتے ہیں۔کام ہو یا نہ ہو مصروفیت تو رہتی ہی ہے۔وہ تیز تیز قدموں سے چلتا ہوا سیڑھیاں اتر گیا۔چکنے فرش پر اس کے جوتوں کی آواز بہت صاف سنائی دے رہی تھی۔میں فلور کی طرف گھومنے ہی والا تھا کہ میری نگاہ لان میں بیٹھی کارڈس کھیلتی ہوئی ایک لڑکی پر پڑی۔مجھے لگا جیسے میں نے اسے کہیں دیکھا ہے۔لیکن کہاں؟ اتنی ڈھیر ساری لڑکیوں کے درمیان کسی ایک چہرے کو یاد رکھنا بھی بڑا مسئلہ تھا۔ہر چند کہ اچھے چہروں کا حساب کتاب میں ذہن میں محفوظ رکھنا چاہتا ہوں پر روادابہ کا خیال سب منتشر کردیتا ہے۔میں آگے بڑھنے ہی والا تھا کہ مجھے یاد آگیا۔ارے یہ تو مینا کشی ہے۔شناخت ہوتے ہی میں سیڑھیوں کی طرف لپکا۔کچھ قدم چل کر لان کو عبور کیا۔قریب پہنچا تو اس کے منہ میں سگریٹ لگی ہوئی دیکھی۔میں کچھ فاصلے پر ہی ٹھہر گیا۔اس نے پاس بیٹھے ہوئے لڑکے کو جو اس کا Game Partner تھا۔ایک بھدی سی گالی دی۔مینا کشی کے منہ سے ایسی مردانہ گالی سن کر تبسم میرے ہونٹوں پر آتے آتے رہ گیا۔حیرت واستعجاب کے مراحل سے میں آگے نکل آیا تھا اتنے دنوں میں۔میں سوچنے لگا ایسی

گالیوں سے کیا فائدہ کہ موقع آنے پر عمل درآمد نہ ہو سکے۔ استاد غالب نے بھی ایسے ہی کسی معصوم و ناتجربے کار کی مغلظات پر اعتراض کیا تھا لیکن میناکشی تو شاید اب نہ معصوم رہی تھی اور نہ ناتجربہ کار۔

تمام بھائی لوگ (ایکسٹرا کو یہاں بھائی لوگ بولتے ہیں) شاٹس کے انتظار میں یہاں وہاں منڈلیاں جمائے ہوئے تھے۔ کچھ قمار بازی میں مصروف تھے تو کچھ دوسرے ایسے ہی شغل میں۔ میناکشی کے منہ سے ایسی فحش گالیاں سن کر لمحہ بھر کو مجھے لگا تھا کہ وہ میناکشی ہرگز نہیں جو تین ماہ پہلے مجھے سنکسٹ بنگلے میں شوٹنگ کے دوران ملی تھی۔ صرف تین مہینے میں کسی میں اس قدر عبرتناک تبدیلی آسکتی ہے۔ میرا ناتجربہ کار ذہن کسی طرح یہ تسلیم کرنے کو راضی نہیں تھا۔ وہ لڑکی تو ٹھیک سے بات بھی نہیں کر پاتی تھی۔ ایک جملہ ادا کرنے میں کئی بار اٹکتی۔ مجھے شبہ ہوا تھا کہ اس کی زبان میں لکنت تو نہیں۔ زیادہ تر ہاں ہوں سے کام چلاتی۔ ہر وقت گردن جھکائے نیچی نظروں سے زمین کے ملبوسات اتارنے میں کوشاں نظر آتی۔ سامنے والے کی طرف ایک آدھ بار یوں ہی سی نگاہ ڈال دیتی جیسے آٹھویں دن ہم لوگ جمعہ کی نماز پڑھ لیتے ہیں۔ بیچ کی بہت سی باتیں ہفتہ بھر کی بقیہ نمازوں کی طرح وہ گول ہی کر جاتی۔ جب سہیل نے مجھے اس سے ملوایا تھا، کافی دیر تک میں سمجھ ہی نہیں پایا تھا کہ معاملہ کیا ہے؟ کیوں کہ سہیل کی باتیں سننے سے زیادہ، میں اسے دیکھتے رہنے کو اہمیت دے رہا تھا اور اسے دیکھ کر بس یہی لگتا تھا کہ جھٹکے سے اٹھے گی اور کہے گی میری پوجا کا وقت ہو گیا۔ اسے دیکھ کر میں جانے کن خیالوں میں گم ہو گیا تھا۔ اس کی معصومیت اور بھولپن دیکھ کر اچانک ہی مجھے روдабہ یاد آ گئی تھی۔

''تم نے بتایا نہیں کہ ان کا کارڈ بن پائے گا یا نہیں؟'' قدرے سے توقف کے بعد سہیل نے ایک بار پھر اپنے خدشے کا اظہار کیا۔ میں چونکا۔ لڑکی کے خدوخال میں

گم ہوتے اپنے حواس پر قابو کیا۔

''ہاں کیوں نہیں ـــ بن جائے گا۔ان کے لیے کیا مشکل ہے۔'' بالکل فلمی آدمی کے سے انداز میں میں نے جواب دیا۔اسی وقت مجھے گولڈی یاد آیا۔

''کیوں؟ میرے لیے کیوں مشکل نہیں؟'' اس بار وہ خود بولی تھی۔

''میرا مطلب ہے آپ جوان ہیں۔خوبصورت ہیں۔پڑھی لکھی ہونے کے ساتھ آپ میں تمام صلاحیتیں نظر آ رہی ہیں جو ایک جونیر آرٹسٹ کے لیے درکار ہوتی ہیں۔''

''ہاں ـــ بی اے تک پڑھی ہوں۔اسکول وغیرہ میں ڈرامے بھی کیے ہیں۔'' اس کے لہجے میں اب افتخار جھلکنے لگا تھا۔میں جواب دے ضرور رہا تھا مگر پوری توجہ اس کے کنوارے اور مرمری بدن پر مرکوز تھی جسے سپلائر دیر سویر گدھ کی طرح بھنبھوڑ کھائیں گے۔حالانکہ ابھی تک میرے ذہن میں بھی وہی سب کچھ امڈ رہا تھا لیکن اچانک میری سوچ بدل گئی۔لڑکی سے مجھے بے پناہ ہمدردی ہوگئی۔جی میں آیا اسے سمجھاؤں۔اس دنیا کی برائیاں بتا کر اسے واپس لوٹ جانے کا مشورہ دوں مگر میں ہمت نہیں بٹور پایا۔خوف بھی تھا کہ میرے ساتھ کے لوگ زچ کریں گے۔ایسے ہی وقتوں میں یہ دنیا چھوڑنے کا جی چاہتا ہے۔میرے جیسوں کے لیے یہ جگہ مناسب نہیں۔ یہاں گولڈی جیسے لوگ کامیاب ہوتے ہیں۔خیالوں سے یہاں کچھ نہیں ہوتا، آدمی کو Practical ہونا چاہیے۔

مجھے اچھی طرح معلوم تھا کہ لوگ میرے بارے میں دوسری طرح کی رائے رکھتے ہیں۔طعنے دیتے ہیں کہ میں تو لائٹ مین اور اسپاٹ بوائے وغیرہ سے بھی گیا گزرا ہوں۔ان سے بھی کچھ نہیں سیکھ سکا جو روز کسی نہ کسی ندی نالے میں غوطے لگا آتے ہیں جب کہ میرے پاس دھنک رنگ آبشار اور رنگین پانیوں سے بھرے

سوئمنگ پول ہیں مگر انہیں نہیں معلوم کہ میرے پاس سوچ کا وہ زاویہ نہیں جوان کے پاس ہے۔ اپنی نظر میں یہ خیال کبھی مجھے افتخار بخشتا تو کبھی معتوب بھی کرتا۔

کچھ تو اشارے کنائے میں اپنے شبہات کا اظہار کرتے۔ بے حس اور اپنے آپ میں گم یہ شہر ــــــ میں اس بات سے انکار نہیں کرتا کہ اس کے کچھ اثرات مجھ پر نہ پڑے ہوں۔ پر فی الحال اثر اس درجہ قبول کرنے سے قاصر ہوں کہ اپنی ذات میں پیدا ہونے والے تغیرات بھی مجھے دوسروں سے معلوم ہوں اور اطلاع بھی کیسی ــــــ؟ کہیں میں امرد پرست تو نہیں؟ کئی بار اپنے آپ کو اس طرح جانچا مگر کبھی جواب اطمینان بخش نہیں ملا۔ اس کے باوجود سیٹ پر موجود تمام لوگوں سے خود کو زیادہ ذہین تصور کرتا۔ حتیٰ کہ دیال آنند سے بھی زیادہ۔ اپنی حماقت کا اس سے بہتر ثبوت میں کیا پیش کروں؟

''پندرہ دن تو ہو گئے ہیں مجھے دوڑ بھاگ کرتے ہوئے ــــــ'' میناکشی کی آواز پر ہی میں چونکا تھا ــــــ وہ دوپٹے کے سرے کو انگلی میں لپیٹ کر کھول رہی تھی۔

''کوئی کہتا ہے یہاں جاؤ ــــــ کوئی کہتا وہاں ــــــ اس کے علاوہ کوئی کچھ نہیں بتاتا۔'' اس نے جملہ پورا کیا تو میں نے اسے بہت غور سے دیکھا۔ اس بھولی بھالی کو کچھ نہیں معلوم کہ اس پر کیا کیا گزرنے والی ہے۔ خواہش ہوئی کہ ہاتھ بڑھا کر روک لوں مگر تبھی مجھے لگتا ہے کہ تھوڑا بہت ہی سہی مگر میں بھی تو فلمی آدمی ہو گیا ہوں۔

''آپ پریشان نہ ہوں ــــــ'' میں چاہ کر بھی اسے تم نہیں کہہ پا رہا تھا۔ وہ انڈسٹری کے مطلق العنان نظام پر خاصی برہم نظر آ رہی تھی۔ اب مجھے تھوڑی سی جھنجھلاہٹ ہوئی۔

''آپ فکر نہ کریں ــــــ دیر سویر کارڈ تو بن ہی جائے گا۔'' میں نے اسے یقین دلانا چاہا۔

''لیکن کب؟ اور کیسے؟'' اس کے ملیح چہرے پر تجسس کے ساتھ درشتی دیکھ کر میں تھوڑا سا حیرت زدہ ہوا۔ سوال کا جواب جان بوجھ کر میں گول کر گیا۔

''آپ کی اگلی ملاقات مجھ سے جب بھی ہوگی، کارڈ آپ کے پاس موجود ہوگا۔ بس یہ مت پوچھئے گا کیسے؟ کیوں کہ آئندہ ملاقات میں یہ خود آپ مجھے بتائیں گی۔'' میری بات پر وہ حیرت زدہ تھی۔ مجھے لگا شاید وہ میرے کہنے کا مقصد سمجھ گئی ہے۔ جانے کیوں یک گونہ تسکین کا احساس ہوا۔ میں سوچ رہا تھا کہ پانچ سال انڈسٹری میں گزار لینے کا مطلب یہ ہرگز نہیں کہ میں لڑکیوں کو وہ طریقۂ کار بتاتا پھروں کہ جس سے کارڈ بنا کرتے ہیں۔

اس واقعے کو جہاں تک مجھے یاد پڑتا ہے، تین چار مہینے سے زیادہ نہیں گزرے ہوں گے۔ سچ بات تو یہ ہے کہ میں میناکشی کو بھول چکا تھا۔ یاد بھی کہاں تک رکھوں۔ ایک دو میناکشی ہوں تو شاید حساب غلط نہ ہو لیکن آج فلمستان اسٹوڈیو کے گیٹ سے آنے والی سڑک سے متصل لان کی دوب پر بیٹھی الہڑ اور کومل ٹیا رسی لڑکی جس کا نام یقینی طور پر میناکشی ہی تھا، پیلا ہاؤس کی رانڈ سے بدتر حالت میں میرے سامنے بیٹھی ہوئی تھی۔ مضبوط بدن، ٹھوس چھاتیاں بند قبا میں جھولیں پڑ رہی تھیں۔ میں زیر لب مسکرایا۔ مجھے تو پہلے ہی معلوم تھا کہ کارڈ بنوانے کے عوض اسے نشیب بننا ہے جہاں نالیوں کا گندا متعفن پانی جمع ہوتا ہے۔ اب تو خیر وہ خود اس کیچڑ کا حصہ تھی۔ اس کی نگاہ اب تک مجھ پر نہیں پڑی تھی۔ اس نے سگریٹ کا ایک بھرپور کش لیا، پھر دھواں آہستہ آہستہ باہر چھوڑا۔ سگریٹ پکڑنے اور کش مارنے کا انداز بتا رہا تھا کہ وہ کتنی مشاق اور تجربے کار ہو چکی ہے اور تبھی اس کی نگاہ مجھ پر پڑی۔

''تمہارے کارڈ کا کیا ہوا؟'' ہر چند کہ یہ بڑا احمقانہ سوال تھا مگر ایسی صورت حال میں جب اس نے ڈھٹائی سے مجھے بھائی کہہ کر مخاطب کیا ہو اور کیا پوچھا جا سکتا

تھا۔ میں طے نہیں کر پایا۔

''وہ تو بہت جونی (پرانی) بات ہوگئی۔ تم سے جب ملی تھی، اس کے ایک ہفتے بعد ہی بن گیا تھا۔ وہ اپنا اسلم ہے نہ اسی نے مدد کی۔ بڑا بھلا آدمی ہے۔'' اس کے لہجے میں اسلم کے لیے اظہار تشکر نمایاں تھا۔

''کتنے پیسے لیے؟'' ایک اور بھونڈا سوال میری زبان سے پھسل گیا۔ جانے کیوں اس کی زبان سے سننا چاہتا تھا۔ میں نے دیکھا وہ مسکرا رہی تھی۔

''پیسے کدھر لیے؟'' ''تم اتنے سیدھے ہو کہ تمھیں مسجد میں امام ہونا چاہیے۔'' ساتھ بیٹھی عورتوں نے زور کا قہقہہ لگا۔ مجھے دور دور تک اس ذلت کا تصور نہیں تھا۔ شرم سے دوبارہ اس سے آنکھ ملانے کی ہمت نہیں جٹا سکا۔ پلٹ کر تیزی سے فلور کی طرف بھاگا۔ احساس ندامت سے میں پانی پانی ہوا جا رہا تھا۔ ہنسی کی ایسی آوازیں جو میں نے اکثر کماٹھی پورہ اور پیلا ہاؤس کی سڑکوں سے گزرتے ہوئے سنی تھیں، دور تک میرا تعاقب کرتی رہیں۔

میں فلور پر واپس آیا تو لائٹ مین پنچے اور سولر اٹھا کر دوسری طرف لیے جا رہے تھے۔ کیمرہ اٹنڈنٹ میگزین لوڈ کر رہا تھا۔ کچھ لائٹ مین ٹرالی بچھانے میں مصروف تھے۔ میرا من بالکل اچاٹ ہو گیا تھا۔ کچھ بھی دیکھنے سننے کا دل نہیں کر رہا تھا۔ جی چاہ رہا تھا کسی طرح گھر پہنچ جاؤں مگر شل ہوتے اعضا میں اتنی طاقت بھی نہیں بچی تھی کہ میں کسی کی مدد کے بغیر شاید گھر بھی جا سکوں۔ گھر میں گھس کر دروازہ بند کر لوں اور پھر کبھی نہ کھولوں۔ دو چار دن بعد جب اندر سے بو آتی ہوئی محسوس ہو تو پولیس آ کر دروازہ توڑے۔ چھت سے معلق میری لاش اتاری جائے یا چار پائی پر مردہ ملوں۔ زہر کی شیشی لڑھک کر موری کے پاس چلی جائے۔ دیکھتے ہی دیکھتے قرب و نواح کے لوگ جمع ہو جائیں۔ آپس میں کانا پھوسیاں کریں۔ کوئی عشق میں ناکامی کی

وجہ بتائے، کوئی مالی تنگی مگر ہجوم میں ایک بھی شخص ایسا نہیں ہوگا جو درحقیقت میرے مرنے کی وجہ جانتا ہو۔ اگر Suicide Note لکھ کر چھوڑ بھی دوں تو سب ٹھنڈی سانس لے کر کہیں گے ـــــ ''تو یہ آدمی پاگل تھا مگر کبھی محسوس نہیں ہوا۔'' کوئی دوسرا یہ اطلاع بھی فراہم کرے گا ''تبھی پنٹو بابا کے ساتھ بہت چھنتی تھی۔ ہاہاہا ـــــ'' پولیس بدلتے ہوئے حالات کی روشنی میں اخلاقیات کے پیش پا افتادہ اصولوں پر بلا جھجک خط پھیر چکی ہوگی۔

لیکن ایسا کچھ نہیں ہوا۔ شاید مجھے پہلے سے پتہ تھا کہ میں کچھ بھی سوچتا پھروں، دس گیارہ بجے رات تک دیال آنند کی ڈگڈگی پر تماشا کرنا ہے۔ ناگواری کے ساتھ میں نے Script اٹھایا۔ اسی وقت دیال آنند کی آواز میرے کانوں میں پڑی ـــــ ''زید ـــــ دیکھو، آرٹسٹ ریڈی ہیں۔'' تھوڑی دیر میں سیٹ پر آتے ہی دیال آنند انہیں سین سمجھانے لگا۔

''لیکن Rape تو آپ کل کرنے والے تھے؟'' ہیروئن کے چہرے پر استفسار کے ساتھ حیرت بھی تھی۔ ''ہاں اب پروگرام بدل گیا ہے۔ پروڈیوسر کا خیال ہے کہ یہاں کا کام آج ختم کر دیں۔ کل مڈائی لینڈ میں گانے کا Patch works کریں گے۔'' دیال آنند نے دیپالی کو تفصیل سے پورا سین سمجھایا۔

''Talkie ہے؟'' آئینہ میں لپ اسٹک درست کرتے ہوئے اس نے پوچھا۔

''نہیں بس چیخنے چلانے کی آوازیں ہیں۔ وہ سب Dubbing میں ہو جائے گا۔''

''آنند دا ـــــ کل والا گانا رات تک پورا ہو جائے گا؟''

''ہاں ـــــ کیوں؟''

”پرسوں صبح کی فلائٹ سے میں مدراس جارہی ہوں۔ میری ڈبنگ ہے۔“

”No Problem گا نا کل اڑا دوں گا۔ ویسے بھی لمبے شاٹس ہیں۔“

دیال آنند نے اسے پوری طرح مطمئن کردیا کیونکہ اس وقت اگر وہ نا نکر کرتا تو شاٹس پر اس کا اثر پڑسکتا تھا۔ ویسے بھی کامیاب آدمی کہنے سے زیادہ کرنے پر یقین رکھتے ہیں۔

سین سمجھانے سے پہلے دیال نے سگریٹ سلگائی۔ پیکٹ دیپالی کی طرف بڑھایا۔ وہ شاید اسی انتظار میں تھی، Oh Sure__ کہہ کر بڑی نزاکت سے اس نے ایک سگریٹ نکالی اور Thanks کے ساتھ مسکرانا بھی پڑا۔ دونوں نے گہرے کش لیے اور دیال آنند فوراً حرکت میں آ گیا۔ کہاں سے کسے Enter ہونا ہے اور کسے Exit__ مجھے چھوڑ کر کیوں کہ میرے لیے شاید فرار کا راستہ بھی متعین نہیں ہوا تھا۔ چہرہ کے کون سے تاثرات اسے چاہیے تھے اس نے بہت تفصیل سے دیپالی کو سمجھا دیا۔ البتہ مجھے سمجھانے والا ہمزاد کے سوا کوئی اور نہ تھا۔ وہ بہت سی چیزوں کا لالچ دیتا۔ اس کے باوجود کبھی کبھی یہاں سے نکل بھاگنے کی خواہش شدید ہو جاتی اور قدرے توقف سب کچھ اپنے آپ معمول پر آجاتا۔ سمندر کا کھارا پانی صرف جلد کو ہی متاثر نہیں کرتا۔ اس کے اثرات کہاں تک پہنچتے ہیں اس کا تھوڑا بہت اندازہ ہونے لگا تھا۔

اپنے کئی فیصلوں سے میں کہاں تک مطمئن ہو پاتا ہوں، یہ فیصلہ بھی نہیں کر پاتا۔ ”سائلنس__ سائلنس!“ دیال آنند کی آواز فلور پر گونجی۔ چند لمحوں میں سیٹ پر گہرا سکوت طاری ہو گیا۔

”Full Lights__“ اور دیکھتے ہی دیکھتے تمام لائٹیں جل گئیں۔

”ایک ریہرسل کرلیں؟“ دیال نے دیپالی سے استفسار کیا کیوں کہ اس

طرح کے سین میں ہیروئن کے غیر ضروری مطالبے بھی ہونے لگتے اور ہیروئن جب دیپالی جیسی ہو۔ فلمیں جس کے نام پر بکتی ہوں تو اس صورت میں اسے کسی بھی سطح پر نظر انداز کرنا زیاں کا باعث بھی بن سکتا ہے اور یہ کوئی پروڈیوسر ہی بہتر جان سکتا ہے۔

''نہیں Take کیجئے__'' دیپالی نے نہایت اطمینان سے جواب دیا۔ حالاں کہ دیال آنند ایک ریہرسل کرنا چاہتا تھا مگر دیپالی کا موڈ بھی نہیں بگڑنا چاہیے کیوں کہ Shooting میں آرٹسٹ کا موڈ ہی سب کچھ ہے۔

''سوچ لو دو سوفٹ لمبا شاٹ ہے۔ نقصان نہیں ہونا چاہیے۔ ویسے بھی آج کل Raw Stock کا واندا ہے۔''

''Not to worried__ آپ Take کریں۔ اس کے لہجے میں بلا کا اطمینان تھا۔ فکر کی کوئی بات ہونی چاہیے۔ آبرو ہی تو لٹ رہی ہے۔ تبھی ایک بار پھر دیال آنند نے سب کو خاموش کر دیا۔ دیپالی نے میک اپ مین کو آواز دی۔ وہ لپک کر آیا اور شیشہ اس کے سامنے لے کر کھڑا ہو گیا۔ آئس باکس سے ململ کا بھیگا ہوا کپڑا نکالا اور تیز لائٹوں کی وجہ سے چہرے پر بکھری پسینے کی ہلکی ہلکی بوندوں کو صاف کیا۔ مجھے معلوم تھا اس کے بعد لپ اسٹک درست ہو گی۔ برش اٹھا کر بالوں کو سنوارے گی۔ پوشاک پر گھوم گھوم کر نظر ڈالے گی اور اس نے بالکل ویسا ہی کیا۔ دوسری طرف اجے بھی تیار تھا۔ وہ بھی اپنے آپ کو آخری Touches دینے میں مصروف تھا۔

کیمرہ مین گھوش نے لائٹ میں تھوڑی ترمیم کرنی چاہی، شاید بعد میں کچھ اور بہتر خیال آ گیا تھا۔ ''اے تھکیلے__ یہ دو نمبر کی مٹی تھوڑا Soft کر۔'' لائٹ مین نے فوراً حکم کی تعمیل کی ''دادا دیکھو!''

''ہاں ٹھیک ہے Fix کر دے۔ تھکیلے اس پنجے پر کٹر لگا__ تھکیلے سولر

High کر___ تھکیلے یہ کر___ تھکیلے وہ کر___'' اور وہ بھاگ بھاگ کر سارے کام کرتا رہتا۔اس سے پہلے بھی میں کئی بار اس کے بارے میں گہرائی سے سوچ چکا ہوں۔اس کا نام امیش تھا۔بیس برس پہلے بہار سے یہاں آیا تھا۔جانے کتنے ارمان لیے اور تب سے بھاری Refilectors، لائٹیں اور ٹرالیاں اٹھاتے خود بھی ان چیزوں کا حصہ بن گیا تھا۔اب خون میں وہ گرمی نہیں تھی۔ہڈیاں بھی کمزور پڑنے لگی تھیں۔بدن میں جگہ جگہ ڈھتّے پڑ گئے تھے۔اب ذرا سی دیر میں اس کی سانس پھول جاتی۔ڈاکٹر سے رجوع کیا تو اس نے ایک ٹسٹ کے بعد ذیابیطس کا روگی بتایا۔ایسا نہیں تھا کہ اس مرض کا علاج نہیں تھا مگر وہ دوا نہیں خریدتا۔اوروں نے بھی سمجھایا۔خاموشی سے سب کی سنتا رہتا مگر مانتا کسی کی نہیں۔یہی ایک بات مجھے خاص طور سے کچوٹتی اور توجہ اس کی طرف کھینچتی۔Set پر سب کے سامنے کھانستا رہتا اور خون کی الٹیاں کرتا۔Pack up کے بعد کہیں کونے کھدرے میں بیٹھا بڑبڑاتا رہتا، حالاں کہ مراٹھی کی وجہ سے بیشتر باتیں سمجھ میں نہیں آتیں مگر احتجاج کی زبان بھی ایک ہی ہے۔لوگ اسے نشے میں سمجھتے۔چند لوگ جو نشے اور استحصال کا فرق جانتے ہیں وہ بھی اسے اس طرح نظر انداز کرتے جیسے دیہات کا لڑکا شہر میں بسنے کے بعد دیہات کو کرتا ہے۔

اس کا نام تھکیلا گھوش کا ہی دیا ہوا ہے۔اب تو زیادہ تر لوگ اسی نام سے جانتے ہیں۔یہاں تو سب کچھ نام پر ہی منحصر ہے۔مچان پر بیٹھا امیش بار بار نیند کے جھونکوں سے بند ہوتی اپنی آنکھوں کو کھولے رکھنے کی کوشش کر رہا تھا۔حالانکہ تین راتیں ہوگئی تھیں اسے جاگتے ہوئے۔وہ تھکان سے بری طرح نڈھال تھا۔بار بار آنکھ بند ہو رہی تھی اور ہر بار اس کے بچے ہاتھ لگا کر اسے جگا دیتے۔وہ آنکھیں پھاڑ پھاڑ کر نیچے دیکھتا۔شاٹ بالکل تیار تھا۔

دیپالی کی ماں Financer کے پاس بیٹھی قیمتی سگریٹ کے چھلے اڑا رہی تھی۔ تمام تیاریاں پوری ہو چکی تھیں۔ دیپالی بھی شاٹ دینے کے لیے اتاولی ہو رہی تھی۔

یونٹ کے لیے سانس روک کر ایک پر تجسس تماشا دیکھنے کا لمحہ۔ آدم اور حوا کے اتصال کی ساعت جس میں خالق حقیقی کی مرضی شامل نہیں۔ خواہش تو دیپالی کی بھی نہیں ہے۔

رمیش نے اجے کے چہرہ پر کلیپ لگایا کیوں کہ کیمرہ وہیں سے Open ہونے والا تھا۔ اس کے ساتھ ہی ٹرالی چلنی تھی۔ پھر آہستہ آہستہ Pull back__

"78-by-2-Take-1__" رمیش نے کلیپ دیا اور ایک کونے میں دبک گیا۔

"__ Start Sound"

"__ Camera"

"__ Rolling"

"Action __" دیال آنند کی آواز گونجی۔ اجے نے دبے پاؤں بستر کی طرف بڑھنا شروع کیا جہاں دیپالی پیٹ کے بل لیٹی ہوئی اپنے محبوب کا خط پڑھ رہی تھی۔ چوڑے گلے کے بلاؤز سے جھانکتی اس کی چھاتیاں جو اس وقت پوری طرح کیمرہ کے Focus میں تھیں۔ اجے دبے قدموں سے چلتا ہوا بستر کے اوپر آ جاتا ہے۔ دیپالی اس کے ارادے بھانپ کر چیختی ہے۔ اجے اس پر جھپٹتا ہے۔ وہ اپنے دفاع میں اِدھر اُدھر بھاگتی ہے۔ ہاتھا پائی میں اجے اس کا بلاؤز پھاڑ دیتا ہے۔ برا کی طنابوں اور ہک پر پہلا Tight close up کیا گیا۔ باہر اُگلی پڑی گولائیوں کو صرف کیمرے نے ہی نہیں دیکھا، پوری یونٹ نے دیکھا تھا۔ سب کی سانسیں رکی

ہوئی تھیں۔ دیپالی کی ماں تو کش لینا ہی بھول گئی تھی۔ نقطۂ عروج پر اسے زور سے چیخنا تھا اور وہ اتنی زور سے چلائی کہ سیٹ کی عارضی دیواریں تک لرز گئیں۔ عین اسی وقت پینیڈولم میں بارہ بجے کے گھنٹے بجنا شروع ہوئے۔ یہ لمحہ گھوش کے لیے سب سے زیادہ اہم اور توجہ طلب تھا۔ اس نے تیزی سے کیمرے کا رخ گھڑی کی طرف موڑ دیا۔ گھڑی کی سوئیاں جو ایک دوسرے پر حاکم و محکوم کی طرح اوپر نیچے تھیں، ان پر دو سرا close__tight" "cut__" دیال آنند کی آواز نے سکوت توڑا "ok__" اس کے بعد تالیوں کی گڑگڑاہٹ فلور پر گونج گئی۔ مجھے چھوڑ کر سب لوگ تہنیت پیش کر رہے تھے۔ میک اپ مین نے فوراً اسے چادر دی تھی۔ نیم عریاں بدن کو چادر میں چھپاتے ہوئے وہ اپنی کرسی کی طرف بڑھی تو سب کے سینوں میں ہوک سی اٹھی۔ سب سے پہلے دیال آنند سے پوچھا "کیسا رہا؟"

"Fantastic__Excellent بھئی مزہ آ گیا۔ میں جو چاہتا تھا اس سے بہتر ملا۔ بالکل Real شاٹ دیا ہے۔"

"Thank you" وہ لہجے میں شرم کی آمیزش شامل کرتے ہوئے بولی۔

"ریہرسل کے بغیر حالانکہ میں ڈر رہا تھا مگر تم نے جی خوش کر دیا۔" جواب میں وہ کھلکھلا کر ہنس پڑی۔ موتیوں سے دانت چمکنے لگے۔ بارش کے بعد نکلی دھوپ کی طرح اس کا چہرہ بھی کھلا کھلا سا تھا۔ اطراف کھڑے لوگوں کو اس انداز سے دیکھا جیسے کوئی معرکہ فتح کر کے آئی ہو۔ میرے پاس سے گزری تو رسماً مجھ سے بھی پوچھ بیٹھی۔ "تمہارا کیا خیال ہے؟" اندازِ تخاطب میں طنز کی آمیزش بھی شامل تھی۔ "Why you can not resist a rape, relish it" میں تو اس خیال کا آدمی ہوں۔

"جہاں تک شاٹ کی بات ہے تو مجھے لگا آپ بھی میری ہم خیال ہیں۔"

دیپالی سے میری تھوڑی سی بے تکلفی تھی۔ اسی وجہ سے میں اس لہجے میں بات کر رہا تھا۔

''تم آدمی اچھے ہو مگر ہر وقت بدتمیزی پر آمادہ رہتے ہو۔'' معنی خیز انداز میں وہ مسکرائی بھی تھی۔ اس کے بعد اپنی ماں کی طرف مخاطب ہوئی داد طلب نظروں کے ساتھ۔

''Beautiful __ بیٹی کس کی ہے __ ایک لمحہ کو تو مجھے اپنا زمانہ یاد آ گیا۔''

دیپالی نے ماں سے پیکٹ لے کر سگریٹ سلگائی۔ اگلے شاٹ کی تیاریاں ہونے لگیں۔ میں کرسی پر بیٹھ گیا۔ غیر متوقع طور پر اپنا شہر یاد آ گیا، پرت در پرت __ پہلے میں کتنا بھولا ہوا کرتا تھا۔ ہر کسی سے خوف زدہ ہو جاتا۔ جب بہت چھوٹا تھا، یار لوگ میری نیکر اتار دیا کرتے تھے اور میں ان سے لڑنے کے بجائے ان کی شکایت کرنے کا خیال بھی دل سے نکال دیا کرتا۔ حالانکہ مجھے برا لگتا تھا۔ جب تھوڑا بڑا ہوا تو معاملہ نیکر سے منتقل ہو کر دستار تک پہنچ گیا۔ وقت کے تغیرات نے دھیرے دھیرے اعتماد پوری طرح سے ختم ہی کر دیا۔ مراسم کی نوعیت اب اور طرح کی ہوتی۔ وہاں سے دل اچاٹ ہونے لگا۔ سوچا کہ کہیں اور جا کر دیکھیں۔ شاید صورت حال اس سے مختلف ہو۔ اس شہر کے بارے میں کتنا معلوم تھا۔ بس یوں ہی ایک دن دیویندر کو خط لکھ دیا۔ جواب میں اس نے فوراً بمبئی بلا لیا۔

اپنے شہر کے مضافاتی علاقوں میں مئی جون کی سخت گرمیوں میں سارا سارا دن دوستوں کے ساتھ ندی پر نہانا۔ ندی کے اس پار سے آتی ہوئی پن چکی کی آواز __ گاؤں کی طرف جاتی ہوئی پگڈنڈیاں __ چوپال __ چارا کاٹتی ہوئی مشینیں __ ٹریکٹر __ اور جانے کیا کیا __؟ دھوپ ڈھلنے کے ساتھ جب ہم لوگ گھروں کو لوٹتے تو بیل گاڑیاں کھیتوں سے واپس آ رہی ہوتیں۔ بیلوں کے گلوں میں گھنٹیاں بالکل

سنگیت کی طرح بجتی تھیں۔ سروں پر لکڑی کے گٹھر لادے غریب کسان، عورتیں، بچے گھر پہنچنے کی فکر میں تیز تیز قدم رکھتے ہوئے۔ گھر آ کر پھونک مار مار کر چولہے میں پکائی باجرے کی روٹی، سرسوں کا ساگ ___ دوڑ دوڑ کر مرغیوں کو ڈربے میں بند کرنا۔ بہت کچھ تو گھر کے آس پاس ہی دکھائی دیتا تھا اور باقی چیزیں قرب و جوار کے علاقوں میں نظر آ جاتیں۔ مٹر گشتی کے لیے کبھی اسکول بھی گول کرنا ہوتا تو بے جھجک کر دیتا۔

آدمی کسی بھی مقام تک پہنچ جائے، یادیں جذباتی ہونے سے نہیں رک سکتیں اور معاملہ اگر اوائل عمری سے متعلق ہو تو پھر کوری جذباتیت ہی ہوتی ہے۔ یادیں موقع محل تھوڑی دیکھتی ہیں۔

پورے منظر نامے پر جب آج غور کرتا ہوں تو کچھ عجیب سا لگتا ہے۔ کیا کچھ پیچھے چھوٹ گیا۔ ریل نما اپنی زندگی کے دروازے پر کھڑے ہو کر ماضی کی طرف جھانکنے کی کوشش کرتا ہوں کہ جو مسافتیں اب تک طے کر چکا ہوں۔ آخری سرے تک ویران پٹری ہی نظر آتی ہے۔ یہ پٹری جو کانپور سے یہاں تک جڑی ہوئی ہے۔ میرے اور بمبئی کے درمیان یہ پٹری ہی ہے جو ناسٹلجیا بن کر شب خون مارتی ہے۔ میرے جیسوں کو ماضی سے نجات کہاں؟ کرشن اور سداما کی طرح اتنے بڑے فرق کے باوجود کہیں نہ کہیں مل ہی جاتے ہیں۔

فلمستان میں دس دن کا شیڈول آخر کار ختم ہو ہی گیا۔ میں نے راحت کی گہری سانس لی کہ اب چار روز آرام کو سکوں گا۔ اس سے زیادہ خوشی اس بات کی تھی کہ رودابہ کو جی بھر کے دیکھنے کے مواقع فراہم ہوں گے۔ جلدی سے Exposed Film پر Tape چپکا کر ضروری ہدایت درج کیں اور دیال آنند کے حوالے کیا۔

''اس کو تم اپنے پاس ہی رکھو۔'' فلم واپس کرتے ہوئے اس نے کہا۔ ''کل صبح جا کر لیب میں دے آنا۔ پھر وہاں سے گیتا نجلی آ جانا۔ وہاں شرافت کے ساتھ

Sound ٹرانسفر کرنا ہے۔'' 'شرافت' کے ساتھ زیر لب میں نے کہا اور تبھی مجھے یاد آیا کہ شرافت تو اپنے Recordist کا نام ہے۔

''جی میں چلا جاؤں گا۔'' ایک بار پھر مجھے سعادت مندی کا مظاہرہ کرنا پڑا۔ ایمانداری کا زیاں لاکھوں روپے کی فلم کے روپ میں میرے پاس تھا۔ دیال آنند جا چکا تھا۔ فلم کو ہاتھ میں سنبھالے میں سوچ رہا تھا کہ اس ڈبیا کو تو خیر میں کل lab میں جمع کر دوں گا مگر اس فلم کا کیا کروں جو میرے ذہن کے پرجیکٹر پر دن رات چلتی ہے جس میں زید سلمان ایک خارش زدہ کتا ہے جو غلاظت میں سنا ہو جسے ہر کوئی دھتکارتا ہے۔

دوسرے منظر میں آدمی کے خول میں چھچھوندر بنا ہوا۔ اس سے زیادہ میری کوئی اور حقیقت نہیں۔ گندی نالی میں رینگنے والا جو کسی طرح ڈرائنگ روم کے قالین تک آ گیا ہو اور کمرے میں اپنی گندگی و تعفن پھیلا رہا ہو۔ شاید میں اسی لیے خوف زدہ ہوتا ہوں کہ کہیں کوئی بھاری بھرکم پیر رکھ کر میرے نحیف و کمزور وجود کا خاتمہ نہ کر ڈالے یا کسی ڈبے میں بند کر کے باہر پھر نالی میں پھینک آئے۔ نرم و دبیز قالین پر چلنے کے باوجود دماغ سے نالی کا خیال نہیں نکلتا۔

دیال مجھے اتنا دیانت دار کیوں سمجھتا ہے؟ کیا میں یہ فلم لے کر بھاگ نہیں سکتا؟ شاید نہیں__ جو شخص اپنے آپ سے بھاگ رہا ہو، یہ معمولی سا ڈبہ لے کر کیا بھاگے گا اور یہ بات دیال آنند اچھی طرح جانتا ہے۔ اتنا بڑا ڈاکٹر وہ یوں ہی تو نہیں ہو گیا۔

میں گیٹ سے نکل رہا تھا تبھی اسلم سے ملاقات ہو گئی۔ اسے دیکھتے ہی مینا کشی کا خیال بھی آیا جسے فوراً جھٹک دیا۔ نظر انداز تو میں اسلم کو بھی کرنا چاہتا تھا مگر وہ ٹھیک سامنے آ کر کھڑا ہو گیا۔ مسکرا کر میں نے روایتی خوشی کا اظہار کیا۔ سلام دعا کے بعد اس نے بتایا کہ چاندنی ولی میں پچاس لڑکیوں کا بورڈ ہے۔ اسلم کے بارے میں مجھے

صرف اتنا معلوم ہے کہ وہ ایک مشہور Supplier ہے۔ ان دنوں جب میں خالی بیٹھا تھا کبھی تفنن طبع کے لیے شوٹنگ پر آتا تھا۔ تب ہی ایک روز Essel Studio کی عدالت میں اس سے ملاقات ہوئی تھی۔ وہاں Court کا کوئی منظر فلمایا جارہا تھا۔ اس کے بعد ہم جب بھی ملے بہت ہی سرسری طور پر۔ اسلم کی ایک بات مجھے بہت پسند تھی۔ وہ دارو پیے بغیر سب کے سامنے خود کو بھڑوا کہتا، قاعدہ وضاحت کے ساتھ۔ ''یار یہ لفظ اگر برا لگتا ہو تو سپلا یر کہہ لو مگر ہوں تو میں دلاّ ہی، پیسوں کے عوض لڑکیاں اِدھر اُدھر پہنچانا اور کیا کام ہوتا ہے بھڑوے کا۔'' اس کی ایک سب سے خراب عادت تھی کہ وہ بولتا بہت تھا۔ ایسے لوگوں سے مجھے کچھ زیادہ ہی الجھن ہوتی۔ وہ مجھے بتا رہا تھا کہ بطور خاص کچھ لڑکیوں سے مجھے ملوائے گا۔ صحرا میں پانی کی تلاش میں ہرنی کی طرح سراب کا تعاقب کرتی ہوئی لڑکیوں سے۔ موتیوں سی جوانی، جھوٹی تسلیوں کے عوض کچھ فرسودہ اور کھنڈر نما خواب کی خاطر جو کبھی شرمندہ تعبیر نہیں ہوتے۔ قدم قدم پر یہاں خوفناک اژدہے اپنا زہر اُن کے اجسام میں انڈیلنے کو تیار رہتے ہیں۔ اپنے مشاہدے اور تجربے کی بنا پر۔ حالاں کہ میں جان گیا تھا کہ یہ انڈسٹری فٹ پاتھ پر کھڑی رانڈ کی طرح ہے۔ اپنے مکروہ چہرے پر غازہ پوتے ہوئے لیمپ پوسٹ کی ملگجی روشنی میں اپنی تمام تر حقیقتیں پوشیدہ رکھتے ہوئے گاہک جٹانے میں مصروف ہے۔ لوگ آرہے ہیں اور خوب آرہے ہیں لیکن جس نے رنڈی کو برہنہ دیکھا ہے، اندر کی سچائی تو وہی جانتا ہے۔

اسلم نے حسب معمول آج پھر چائے کی پیشکش کی۔ میں انکار نہ کر سکا۔ ہم دونوں ٹہلتے ہوئے کینٹین کی طرف بڑھ گئے۔ پچاس لڑکیوں کا بورڈ ہونے کی وجہ سے Studio حسین اور دلکش چہروں کی آماجگاہ بنا ہوا تھا۔ کینٹین میں بھی خاصی گہما گہمی تھی۔ لڑکیاں خوشامدانہ انداز میں اسلم کو سلام کر رہی تھیں۔ جواب میں اسلم گردن کو ہلکی

سی جنبش دیتا جیسے دیال آنند دیا کرتا ہے۔ فلمی ہونے کے بعد یہ ہنر آپ ہی آپ آجاتا ہے۔ اسلم کے فلمی ہونے میں شک وشبہ کی گنجائش ممکن ہی نہ تھی بلکہ وہ تو چوبیس کیرٹ کا فلمی آدمی تھا۔

چائے کے انتظار میں بیٹھے ہم دونوں ہی نظریں اِدھر اُدھر دوڑا رہے تھے۔ تبھی دو لڑکیاں کینٹین میں داخل ہوئیں۔ ان میں سے ایک تو مجھے بڑی مضحکہ خیزی کی وجہ اس کی رانوں پر skin fitted جینز جو گھنٹوں پر آکر ختم ہو گئی تھی یا وہ ڈھیلی ڈھالی بورے نما شرٹ جس کے تمام بٹن اس کی پشت پر کھلتے تھے، ہرگز نہیں تھی۔ اس کے چھوٹے چھوٹے کانوں میں ایک دو نہیں پوری چار بالیاں لٹک رہی تھیں جیسے اکثر پنڈ کی بوڑھی عورتیں جھری زدہ چہروں پر چاندی کی چار پانچ پھندنیاں سی لٹکائے رہتیں۔ چار پانچ پر قناعت اس لیے کہ اس کے بعد کان کو لویں ختم ہو جاتی ہیں لیکن یہ لڑکی تو خالص شہری نظر آتی ہے اور کچھ بعید نہیں کہ بمبئی کی ہی ہو اور ضعیفی کے آثار بھی دور دور تک نہیں، گویا یہ فیشن کی نئی اختراع ہے۔ وہ دن دور نہیں جب بالکل برہنگی والا فیشن بھی راہ چلتے نظر آئے گا۔ میں نے دیکھا اب اسلم کی توجہ بھی اس لڑکی پر تھی۔

''تم جانتے ہو اسے؟'' آخر کار یہ بے تکا سوال میرے ہونٹوں پر آ ہی گیا۔ گھمبیر تو شاید میں بھی تھا، پر دل کی بات زبان پر لانا میرے لیے خاصہ مشکل تھا۔ خوبصورت لڑکیوں کو دیکھ کر زیر زبر ہونے میں ذرا بھی دیر نہ لگتی۔ اسی وقت چائے آگئی۔

چائے کا پہلا گھونٹ سپ کرنے کے بعد میں نے غور کیا کہ کئی اور صاحب ذوق اس طرف متوجہ تھے۔ مرد کی نگاہ ایسی لڑکیوں کے بدن پر کہاں سے کہاں تک سفر کر سکتی ہے۔ میں نے خیالات کو جھٹکتے ہوئے جلدی سے چائے کا آخری گھونٹ حلق میں انڈیلا اور اسلم سے اجازت لے کر کھڑا ہو گیا۔

"کیا اب Lab جاؤ گے؟"

"نہیں اب دیر ہو چکی ہے ___ صبح ہی نکلوں گا۔ یہی کوئی دس بجے کے آس پاس ___"

"دراصل مجھے بھی کچھ کام ہے۔" کام کی وضاحت کے بغیر مجھے معلوم تھا کہ کون سا کام ہوگا۔ کسی کے لیے کچھ انتظام کرنا ہوگا۔ ذاتی طور پر سپلائی کی اجرت مال سے زیادہ اسے ملتی ہے۔

اس نے Imported سگریٹ کی ڈبی کھول کر میرے سامنے کی، میں نے ایک سگریٹ نکالی۔ جھٹ سے لائٹر نکال کر سگریٹ جلائی۔ "اچھا تو کل ملاقات ہوگی۔" اس نے ہاتھ بڑھاتے ہوئے کہا۔ "ہاں ضرور ___ ابھی کیا یہاں رکو گے؟"

"ہوں۔" وہ شرارت سے لڑکیوں کی طرف دیکھتے ہوئے مسکرایا تھا۔ "میرا انتظار کرنا۔ ساڑھے دس تک میں آجاؤں گا۔"

O.k. کہہ کر میں باہر نکل آیا۔

سپیدۂ سحری

میں چاہتا تو Remnord Lab تک ٹیکسی سے جا سکتا تھا مگر ٹرین کا سفر مجھے زیادہ بہتر لگتا۔ ہر چند کہ دھکا مکّی کا سامنا آسان نہ تھا مگر وہاں نئے طرح کے لوگ دیکھنے کو ملتے ہیں۔ نئی باتیں سننے میں آتی ہیں اور میرے لیے یہ سب بہت ضروری تھا۔

اندھیری سے سلو لوکل پکڑی۔ پلیٹ فارم پر ٹنگی دنیا کی طرح گول گھڑی میں اس وقت نو بج رہے تھے۔ شاید میں کچھ پہلے نکل آیا تھا۔ ٹرین میں ہمیشہ کی طرح بہت گردی (بھیڑ) تھی۔ میں گھسنے بھر کی جگہ بنانے میں کامیاب ہو گیا اور پھر بہاؤ کی طرف بہتی ناؤ کی طرح آپ ہی آپ اندر اور اندر ہو گیا۔ اندر آنے کے بعد مجھے احساس ہوا کہ ٹرین پورے مہینے کی حاملہ کی طرح ٹھسا ٹھس بھری ہوئی تھی۔ اس کے باوجود میں Sitting کی طرف اس امید پر آ کھڑا ہوا کہ شاید کہیں کوئی بیچ میں اترنے والا ہو تو بیٹھنے کی جگہ مل جائے گی اور نہ بھی ملی تو کوئی ایسی وقت طلب بات نہیں ہے۔ اب تو بہت سی چیزوں کی عادت پڑ گئی ہے۔

دِلے پارلے گزر چکا تھا۔ سانتا کروز اترنے والے گیٹ پر جمع ہو رہے تھے۔ پاس کھڑے ہوئے ایک لڑکے نے پانڈورنگ سے پوچھا ''بھیا ــــ یہ باندرہ کس طرف آئے گا؟''

''اے ــــ میں تیرے کو بھیا دکھتا کیا؟'' پانڈورنگ نے برہمی کا اظہار کیا۔ لڑکا معاملے کی نزاکت سے بے خبر تھوڑا خوف زدہ تھوڑا خجل کنارے کھڑا رہا۔ میں

نوجوان سے مخاطب ہوا''بھائی میرے یہاں دیہاتی آدمی کو بھیا بولتے ہیں تم شاید ابھی نئے ہو۔''

''تعجب ہے۔''حیرت کا اظہار اس نے آنکھوں سے بھی کیا۔

''تعجب نہیں بمبئی ہے؟'' کہہ کر میں ہولے سے مسکرایا۔ اسے میرے لہجے سے کچھ تقویت ملی تھی۔ وہ بھی زیر لب مسکرایا تھا۔ میں نے اسے بتایا کہ باندرہ دائیں طرف آئے گا۔ شکریہ کہہ کر وہ گیٹ کی طرف بڑھنے لگا۔ میں نے اسے آگے بتایا کہ کنارے کھڑے ہو جاؤ ورنہ ریلے کے ساتھ تم بھی سانتا کروز اتر جاؤ گے۔ باندرہ تیسرا اسٹیشن ہوگا۔ وہ ایک کونے میں دبک کر کھڑا ہوگیا۔ میں نے کمپارٹمنٹ کے اندر تک نگاہ ڈالی۔ معاً پاس کے ہی ایک مہاشے سیٹ چھوڑ کر کھڑے ہوئے۔ پہلے تو لگا کہ شاید میری تعظیم میں لیکن تب تک اور لوگوں کو لپکتے ہوئے دیکھا، چوں کہ میں سب سے قریب تھا، اس لیے جگہ مجھے دستیاب ہوگئی۔ حالانکہ لوگ بہت چاق و چوبند رہتے ہیں۔ سیٹ چاہے جہاں کی ہو، اگر کھڑے ہونے کے بعد حاصل ہوتی ہے تو اس پر بیٹھنے کا لطف ہی کچھ اور ہے۔ برابر کے چار لوگ رمی کھیلنے میں مصروف تھے۔ اس لیے نہیں کہ وقت پاس ہو جائے بلکہ اس لیے کہ اس کے علاوہ انہیں اتنی فرصت کبھی ملتی نہیں۔ کتنی ساری خواہشیں اور حسرتیں ان بسوں اور لوکل کے شور میں دب کر رہ جاتی ہیں۔ میرے پاس بیٹھا ہوا شخص شکل سے ہی جنوب کا لگ رہا تھا۔ اگر چہ اس نے تہمد باندھ کر گھٹنوں سے اوپر نہیں موڑی تھی مگر سکھوں کے علاوہ ساؤتھ انڈین بھی فوراً پہچان لیے جاتے ہیں۔ بہار اور یوپی والے تو جب تک بولتے نہیں عقدہ بھی کھولتے نہیں۔

بریف کیس اس کے گھٹنوں پر رکھا ہوا تھا جس پر لوگ اپنی چالیں چل رہے تھے۔ کچھ لوگ جو صرف تماشائی بننے کے لیے پیدا ہوئے ہیں یہاں بھی موجود تھے۔ پتوں کے گرنے اٹھنے کے ساتھ نگاہیں اوپر نیچے کر رہے تھے۔ بیچ میں بغیر مانگے

مشورے بھی عنایت کر دیتے۔ یہ الگ بات کہ ان کے مشوروں پر کوئی عمل نہیں کرتا۔ دائیں طرف والے جو شکل سے ہی بڑی وضع قطع کے نظر آرہے تھے، کشمیر تنازعہ پر بے باکی سے گفتگو کر رہے تھے۔ شروع میں تو وہ سیکولر نظر آرہے تھے۔ یہاں تک کہ میرے لیے یہ طے کرنا کہ وہ ہندو ہیں یا مسلمان، خاصہ مشکل ہو گیا تھا۔ ہر چند کہ بابری مسجد انہدام کے بعد اکثر لوگ اس طرح کا حساب رکھنے لگے ہیں مگر میں ان میں قطعی شامل نہیں۔ مجھے یہ کام قطعی فضول سا لگتا تھا۔ تبھی بالکل غیر متوقع طور پر خوانندہ نظر آرہے اس شخص کا ایک جملہ کانوں سے ٹکرایا ''ان کٹوؤں نے تو دیش کی___ میں دم کر رکھا ہے۔'' گھوم کر دیکھے بغیر میں پتھر میں تبدیل ہو گیا۔ مجھے لگا جیسے میں کرفیو کے ایام میں دوسرے فرقے کے محلے میں پھنس گیا ہوں۔ ایک بار اپنے آپ کو غور سے دیکھا۔ یہ اطمینان کر لینے کے بعد کہیں سے مسلمان تو نہیں لگ رہا۔ یک گونہ تسکین کا احساس ہوا۔ بے نیازی اور بے پروائی کا مظاہرہ کرتے ہوئے وہاں سے ہٹنے کے بعد اندر برف کے تودے پگھلتے ہوئے سے معلوم ہوئے۔ کچھ ساعت اگر اس گھٹن بھرے ماحول میں اور ٹھہر جاتا تو جانے کیا ہوتا۔ شاید میں کچھ بول ہی دیتا۔

بھیڑ کے ایک زبردست ریلے کے ساتھ میں پلیٹ فارم پر اتر آیا۔ سیڑھیوں سے اوپر آیا تو مہالکشمی کا پل سامنے نظر آیا۔ ٹرین والے جملے کی بازگشت اب تک سماعت پر کچوکے لگا رہی تھی۔

یہ وہی مہالکشمی کا پل ہے جس نے کرشن چندر کو ایک شاہکار کہانی لکھنے کی ترغیب دی۔ میں جب کبھی مہالکشمی آتا ہوں تو وہ کہانی خود بخود یاد آجاتی ہے۔ کچھ دیر بیٹھ کر ایک ایک چیز کو یاس وحسرت سے دیکھتا ہوں۔ برسوں سے وہی پل کے نیچے رہنے والے موذی امراض کی طرح کالے پیلے لوگ۔ وہ پٹریوں پر لڑھکتے ہوئے ٹرین کے ڈبے، ایلمونیم کے برتن___ ''

برتنوں سے زیادہ نونو مہینے کے فرق سے لڑھکتے پھڑکتے بچے، پل کے اوپر کپڑے سکھاتے ہوئے دھوبی۔ یہاں عورتوں کو دیکھ کر لگتا ہے کہ سوکھ تو کچھ اور رہا ہے۔ ہوا کے دوش پر پھولتی پچکتی ساڑیاں تو محض دکھاوا ہے۔ ٹوٹی پھوٹی کھولی میں رہنے والا متوسط طبقہ ہو یا عیش عشرت کی زندگی بسر کرنے والا، سرمایہ داروں کا چہرے پر چہرے چڑھائے جانے کیوں اپنی شناخت کو ختم کرنے میں لگے ہیں۔

پل کے نیچے رہنے والوں کو ہر ساعت آتی جاتی برق رفتار ٹرینوں سے خوف کیوں نہیں آتا؟

جانے کب کوئی تند جھونکا ساڑیوں کی طرح انہیں بھی اڑا لے جائے۔ یہ کسی بھی ناگہانی سے نہیں ڈرتے۔ کوئی کبھی ٹرین یا لاری کے نیچے آ بھی گیا تو کیا فرق پڑتا ہے۔ ادھر اسے دفن یا آگ کے سپرد کیا، اُدھر اس کا متبادل تیار۔ ان کے پاس زرخیز زمینیں ہیں ___ ہل ہیں ___ بیج ہیں ___ کاشت کے لیے اور کیا کچھ درکار ہوتا ہے۔ صبح اٹھنا تو صرف پیٹ کی آگ بجھانے کا انتظام۔ رات لیٹنا تو یہی فکریں اوڑھ کر۔ روز ایک قصیدہ نئی تشبیب کے ساتھ۔ ان کو خود نہیں معلوم کہ ان کی تلاش آگے کی ہے یا پیچھے کی۔ ماضی کی بازیافت میں سرگرداں ہیں یا مستقبل کے تاریک خواب بننے میں وژن کی تلاش ہے یا ناسٹلجیا کا دکھ۔ بدھ نے ٹھیک ہی کہا تھا کہ ایک سانس، ایک لفظ ایک لحظہ کے بعد ہم وہ نہیں ہو سکتے جو اس سے پہلے تھے۔ ہم ہر لمحہ مرتے جیتے ہیں مگر یہ لوگ کب جیتے ہیں؟

اوپر آنے کے بعد سب سے پہلے دو گلاس لیموں کا شربت پیا۔ مشرق کی سمت پھیلا ہوا دھوبی گھاٹ اس کے وسط ہی میں جونیئر آرٹسٹ لڑکوں کا دفتر جہاں وہ روز شام کو جمع ہوتے ہیں۔ سڑک کے اس پار Race Course میں ایک بار پھر نیچے دھوبی گھاٹ کی طرف دیکھتا ہوں جہاں مرد، عورتیں، بچّے کپڑے دھونے میں مصروف

ہیں۔ ہزاروں لوگ ٹین پتّر کی جھونپڑیوں میں یہاں بھی مقیم تھے۔ یہ منظر کیمرہ کی آنکھ سے بڑا دلآویز لگتا ہوگا۔ تبھی تو اس پر کیمرہ گھما کر لوگ فلم کا National Award حاصل کر لیتے ہیں۔ اخبار اور رسالوں کے سرورق پر ایسی تصاویر سچ مچ دیکھنے سے تعلق رکھتی ہیں۔ سڑک کے دوسری طرف جہاں ریس کورس ہے میری نگاہ گھوم کر دوبارہ ادھر آتی ہے۔ اس جگہ انڈر ورلڈ کے آدمی اور فلم کی بڑی بڑی ہستیاں لاکھوں کروڑوں روپئے خرچ کر کے گھوڑوں کا مجرا دیکھتے ہیں۔ آگے بڑھنے سے پہلے ذہن میں خیال آتا ہے کہ تمام عمر چل کر بھی یہ لوگ ایک سڑک عبور نہیں کر سکتے۔ پاس سے گزرتی ہوئی ٹیکسی کو ہاتھ دے کر روکا۔ کچھ فاصلے پر جا کر اس نے ٹیکسی روک دی۔ میں لپک کر ٹیکسی میں جا گھسا اور بھڑاک سے دروازہ بند کر لیا۔

"Remnord__" میں نے اسے بتایا تو اس نے گاڑی گیر میں ڈال دی۔ گاڑی جھٹکے سے آگے بڑھ گئی۔ دائیں طرف کچھ جھونپڑیاں بنی ہوئی تھیں۔ مجھے یاد آیا اس شہر میں ٦٧ فیصد لوگ Slums میں رہتے ہیں۔ آگے ایک درخت کے نیچے کچھ نوجوان ڈھولک کے ساتھ پوڑا گا رہے تھے۔ تھوڑا آگے چل کر Famous بلڈنگ نظر آئی جس میں سینکڑوں ڈائرکٹر، پروڈیوسر کے آفس تھے۔ ٹیکسی سب کچھ چھوڑتی ہوئی ورلی کی حدود میں داخل ہوگئی۔ لیب پہنچ کر سب سے پہلے فلم کے Tape جمع کیے۔ راحت کی سانس لی پھر سگریٹ سلگائی اور اطمینان سے چلتا ہوا باہر آ گیا۔ اسلم اب تک نہیں آیا تھا۔ سوچا کہ کہیں وہ بھول نہ گیا ہو۔ پھر خود ہی خیال کی نفی کی۔ میں کوریڈور سے ہوتا ہوا لاؤنج میں آ گیا۔ سامنے Nehru Planeterum کی بہت اونچی اور بیضوی عمارت دکھائی دی۔ میں اس کی صناعی اور ندرت کے متعلق غور و فکر کرنے لگا۔ تبھی سامنے سے اسلم آتا ہوا نظر آیا۔

"یار__ معاف کرنا__ کچھ دیر ہو گئی۔" ہاتھ بڑھاتے ہوئے اس نے

کہا۔

''کوئی بات نہیں۔ ویسے بھی یہ کوئی تاخیر نہیں۔ میں خود ابھی آیا ہوں۔''

''آج Night Shift میں تیس بی کلاس لڑکیوں کا بورڈ ہے فلم سٹی میں۔ وہ مجھے بتا رہا تھا۔ ہم دونوں سیڑھیوں سے اتر کر احاطے میں آ گئے۔ سامنے Fountain سے پانی کے مرقع زمین پر گر رہے تھے۔''Girls کی Demand کو ہماری زبان میں بورڈ کہتے ہیں تم تو جانتے ہو گے۔'' اس جملے سے لگا جیسے فلم میں آج میرا پہلا دن ہے۔

''اب کیا پروگرام ہے؟'' میری طرف دیکھتے ہوئے اس نے سوال کیا۔

''کچھ نہیں۔ گھر ہی جانا ہے۔'' میں نے مختصراً جواب دیا۔

''ایسا ہے تم صرف پانچ منٹ یہاں رکو۔ میں ایک صاحب سے مل کر ابھی آتا ہوں۔ اس کے بعد میں تمہیں آج کچھ نئی چیزیں دکھاؤں گا۔''

''کہاں پر؟'' میں نے قدرے حیرت کا اظہار کیا۔

''زیادہ سوال نہیں کرتے مسٹر زید سلمان۔'' اور وہ تقریباً دوڑنے کے سے انداز میں اندر کی طرف لپکا۔ میں ابھی حیرت میں ڈوبا ہوا تھا۔ ایک اور سگریٹ جلائی سگریٹ ختم ہونے سے پہلے وہ آ گیا۔

''کیا ملاقات نہیں ہوئی؟''

''ہو گئی ___ بس اتنی ہی دیر کے لیے ملنا تھا۔'' اس نے کہا۔ میں اسلم کے ساتھ آگے بڑھ گیا۔ سوچا تو میں نے یہ تھا کہ آج شوٹنگ نہ ہونے کی وجہ سے دن بھر گھر پر رہوں گا۔ کچھ لکھائی پڑھائی ہوگی اور ساتھ میں رودابہ کی زیارت بھی مگر اب طے شدہ پروگرام میں تبدیلی یقینی تھی۔ آخر کار خود کو تیار کر لیا کہ آج کا دن اسی طرح گزارا جائے۔ پارکنگ سے سرمئی رنگ کی مہنگی کار نکالی۔ میں دروازہ کھول کر اس کے برابر

والی سیٹ پر بیٹھ گیا۔ اسلم کے بارے میں میری رائے پہلے بھی یہی تھی کہ اس میں اپنے فیصلے منوانے کی پوری اہلیت تھی۔ لڑکیاں تو پکے آم کی طرح اس کی جھولی میں گرا کرتی تھیں۔ اس کے اور کسی فیصلے سے مجھے کوئی شکایت نہیں تھی لیکن اس کا وہ ایک فیصلہ جو اس نے میناکشی کے لیے کیا تھا، میرے اندر وہ کانٹا اکثر چبھ سا جاتا۔

''تم نے یہ گاڑی کب خریدی؟'' میں نے گاڑی کا جائزہ لیتے ہوئے خیال کا رخ موڑنا چاہا۔

''یہ سب انڈسٹری کی نوازشات ہیں۔ ورنہ ایک نمبر کی کمائی سے سائکل خریدنا بھی آسان نہیں۔ اگر آج میں سپلائر کے بے عزت مگر ایک نمبر کے پیشے سے منسلک نہ ہوتا تو ایف اے میں پاپا کی گفٹ کی ہوئی موٹر بائک میری رانوں کے نیچے ہوتی جو گذشتہ پانچ سالوں سے کولہو کے بیل کی طرح بغیر صاف ستھرائی کے جتتی رہی ہے۔ اب تو مجھ سے بہت ناراض رہتی ہے۔''

''کیوں؟'' میرا تجسس لازمی تھا۔

''جب بھی اب میں اس کار میں بیٹھتا ہوں تو کونے میں کھڑی پہلی بیوی کی طرح اپنی سوتن کو دیکھ کر خون جلاتی رہتی ہے۔ اس کی باتوں میں اب مجھے لطف آنے لگا تھا، کسی حد تک میں حیرت زدہ بھی تھا۔ اس قدر چست جملے اور اتنی صاف ستھری زبان وہ بھی فلم لائن میں۔ تحیر خیزی کی اتنی ساری وجوہات سامنے تھیں۔ ''یار تم اردو اچھی خاصی بول لیتے ہو۔ اس کی کیا وجہ ہے؟'' اپنی تشویش کو آخر کار میں روک نہ سکا۔

''دراصل ہم لوگ لکھنؤ کے ہیں۔ میرے باپ کو شاعری وائری کا شوق تھا۔ وہ مجھے بھی اپنے رنگ میں رنگنا چاہتے تھے، اس لیے ابتدائی تعلیم کا آغاز مدرسے میں ہوا۔ لیکن اپنے کو مزہ نہیں آیا۔''

''کس میں ___ اردو میں ___''

''نہیں__ شاعری میں__ میرے جیسے Practical لوگ رخ معشوق کو چاند اور زلف کو کالی گھٹاؤں سے تشبیہ دینے پر ہی قناعت نہیں کرتے۔اس بارش میں بھیگتے بھی ہیں۔'' کہہ کر اس نے زور کا قہقہہ لگایا۔

''باقی چیزیں میں سمجھتا ہوں__ '' حلق سے دبی سی آواز نکلی۔

''ہاں تو میں یہ کہہ رہا تھا کہ بائک کونے میں کھڑی ٹسوے بہاتی رہتی ہے۔''

''ٹسوے__ تم نے خوب کہا__ ''

''اب میں بھی کیا کروں__ تضاد تو ہر چیز کی سرشت میں مضمر ہے۔مرد کے خمیر میں سب سے زیادہ اور یہی خمیر خودسری کا باعث بنتا ہے۔''اس کی باتیں اب فلسفیانہ موڑ لے رہی تھیں۔استعجاب سے میری آنکھیں پھٹی ہوئی تھیں۔اسلم کا یہ بالکل نیا روپ۔

''تم سمجھ رہے ہو نہ کہ میں کیا کہہ رہا ہوں۔'' مجھے اندازہ تھا کہ میری فہم و فراست مشکوک ہوسکتی ہے۔ایک لمحہ کو تو جی میں آیا کہ اسے میں اصلی روپ دکھا ہی دوں مگر اس سے زیادہ نقاب کشائی مجھے منظور نہ تھی۔

میں سوچنے لگا کہ رات شرافت کی طبیعت نہ خراب ہوئی ہوتی تو میں اس وقت گیتانجلی میں بیٹھا ساؤنڈ Transfer کروا رہا ہوتا۔ٹریفک جام ہونے کے سبب اسلم کچھ دیر کے لیے خاموش ہوا مگر یہ وقفہ زیادہ طویل نہیں تھا۔ذرا ہی دیر میں گاڑی چوراہے سے آگے نکل گئی۔شیشے میں اُس نے اپنے بالوں پر ہاتھ پھیرا اور پھر سے بولنا شروع کیا۔میں خاموشی سے اس کی باتیں سنتا رہا۔کبھی ہاں ہوں میں مختصر سا جواب دیتا تاکہ اسے میرے انہماک پر شک نہ ہو۔

باندرہ پہنچ کر سیزر پیلس میں ہم نے دوپہر کا کھانا کھایا۔وہاں سے نکلے تو گھوڑ بندر روڈ پکڑ کر حدود ماہم میں داخل ہو گئے جب کہ ابھی تھوڑی دیر پہلے ہم ماہم سے

نکل چکے تھے۔ اپنے تجسس پر میں قابو نہ رکھ سکا۔

''اب ہم کہاں جا رہے ہیں؟'' ہونٹوں پر انگلی رکھ کر اس نے مجھے خاموش رہنے کی ہدایت دی۔ مجھے اندازہ ہوا کہ آج پوری طرح اس کا مطیع رہنا ہے۔

کچھ دور چلنے کے بعد بائیں طرف مائکل چرچ ہے۔ یہ اطلاع بھی مجھے اسلم نے ہی فراہم کی۔ اس شاہراہ پر میں آج پہلی بار آیا تھا۔ ویسے بھی بمبئی اتنا بڑا شہر ہے کہ کون گھوم سکتا ہے۔

چرچ کے سامنے سے گزرتے ہوئے میں نے دیکھا کہ وہاں خاصہ ہجوم تھا۔ تبھی مجھے یاد آیا کہ آج تو بدھ ہے۔ میری معلومات کے حساب سے گرجا گھروں میں عقیدت مندوں کی بھیڑ اتوار کو رہتی ہے۔ پھر یہ آج بدھ کے روز؟ میں نے اسلم سے وجہ دریافت کی تو وہ تفصیل سنانے لگا۔

''بدھ کے روز یہاں عقیدت مند کم عشاق زیادہ ہوتے ہیں جو پابندی سے موم بتی اور کنیر کے پھولوں کی خرید کے لیے دوستوں سے قرض لیے گئے پیسے ضائع کرنے آتے ہیں۔ ان میں کچھ ایسے بھی ہوتے ہیں جن کو عیسائی مذہب قبول کیے بہت عرصہ نہیں ہوا ہوتا۔ بیشتر تو یہاں کی رونق دیکھنے کے لیے ہی خود کو ڈیوڈ اور ژان کہلوانا پسند کرتے۔ ایسے لوگوں پر کسی بھی عبادت گاہ کے تقدس کا اطلاق نہیں ہوتا اور اس شہر میں تو خاص طور سے یہاں کسی کے پاس اتنا وقت کہاں کہ وہ روٹی اور گھر کے علاوہ بھی کچھ سوچے۔

چرچ وغیرہ میں اتنی بھیڑ کا جمع ہونا اپنے رب کو یاد کرنا نہیں بلکہ کسی اور جذبے کی تحریک کا نتیجہ ہے۔ اسلم سے یہ عقدہ جاننے کے بعد میرا حیرت زدہ ہونا فطری تھا۔

''یہ لوگ چاہتے ہیں کہ کوئی ہوش ربا ان کی چشم التفات کا مرکز بن جائے۔ ان میں کچھ جیسس کرائسٹ کا شکریہ ادا کرنے بھی آتے کہ گذشتہ بدھ انھیں برسوں کی

چرچ دوڑ سے چھٹکارا مل گیا۔ آخر کار ان کی پڑوسن نے نیم جلی موم بتی اور خشک پھول تسلیم کر ہی لیے۔

''کیا میں پوچھ سکتا ہوں کہ اب ہم کہاں جا رہے ہیں؟'' اس بار میرے لہجے میں قدرے جھنجھلاہٹ تھی۔ اسلم نے گردن میری طرف خم کی جیسے مجھے پہچاننے کی کوشش کر رہا ہو۔ جواب اس نے پھر بھی نہیں دیا۔ قبل اس کے کہ میں آگے کچھ اور بولتا، ایک جھٹکے سے اس نے گاڑی روک دی۔ دائیں طرف ایک مسلم ہوٹل تھا۔ فٹ پاتھ پر حلیم کے بھگونے لگے ہوئے تھے۔

''یار تمھیں کتنی بھوک لگتی ہے؟'' میرے سوال کا جواب دیے بغیر وہ باہر نکل گیا۔ مجبوراً دروازہ کھول کر میں بھی اتر آیا۔ اس کے لب گویا ہوئے۔

''دائیں طرف والی سڑک پر تھوڑا آگے جا کر بابا مخدوم کا آستانہ ہے۔ عرس کے ایام میں ہجوم کی کثرت کی وجہ سے چلنا پھرنا خاصہ مشکل ہو جاتا ہے۔ وہ میری معلومات عامہ میں اضافہ کر رہا تھا۔ ہم آگے بڑھے سڑک کے مغربی سرے پر جنوب کی طرف آہنی جالی سے متصل ایک بڑا سا لوہے کا دروازہ نظر آیا۔ اسلم نے دروازہ آہستہ سے Push کیا تو وہ اندر کو کھل گیا۔ ہم دونوں آگے پیچھے اندر داخل ہو گئے۔ اندر پہنچ کر میں نے دیکھا کہ بیرونی فرش جو غریب کی بخیہ کی مانند جگہ جگہ سے ادھڑ رہا تھا۔ اس کے اوپر چھت پہلے ہی سے نہیں تھی۔ بائیں طرف کے تھوڑے سے حصے میں البتہ شیڈ پڑا ہوا تھا۔ میں تجسس سے ادھر ادھر دیکھ رہا تھا۔ میری سمجھ میں اب تک کچھ بھی نہیں آیا تھا کہ آخر میں ہوں کہاں؟ میں اسلم سے پوچھنے ہی والا تھا کہ اس نے بتایا۔

''یہ اکسٹرا لڑکیوں کا آفس ہے__''

''یہ آفس ہے__'' میں نے حیرت کا اظہار کیا۔

''ہوں ___ میں نے تم سے کہا تھا کہ میں تمہیں دکھاؤں گا کہ ایسا چکلہ جس میں رنڈیاں مرسڈیز اور سیلو پر چلتی ہیں۔ شمپین پیتی ہیں، بدن پر کولون ملتی ہیں، یہ اس کوٹھے کی پہلی سیڑھی ہے۔ اگر نصیب کے ستارے روشن ہیں اور حسن کے قمقمے جسم پر فروازں ہیں تو بہت کچھ حاصل ہوسکتا ہے۔ اس کے ساتھ مقدر سب سے اہم ہے ورنہ تو پری جمالیں بھی دو ٹکے کے سپلائروں کے تلوے چاٹتی ہیں۔'' مجھے سب سے زیادہ حیرت اس بات پر تھی کہ اسلم اس پیشے کے متعلق جس نے اسے اتنا نوازا ہے، اس قدر ذلت اور تحقیر آمیز رویہ کیوں اختیار کیے ہوئے ہے۔ اس وقت مگر سب سے زیادہ اہم یہ تھا کہ میں غور سے اس کی باتیں سنو۔ یہ انکشافات میرے لیے بالکل نئے اور حیرت زدہ کردینے والے تھے۔

اسلم نے میری طرف غور سے دیکھا جیسے ذہن میں بنتے بگڑتے خیالوں کے پیکر اُسے نظر آگئے ہوں۔

''تم جو کچھ سوچ رہے ہو میں اچھی طرح سمجھ سکتا ہوں۔'' بلا آخر وہ بول ہی پڑا۔

''جیسے ___ ''میں نے آہستگی سے کہا اور مسکرایا۔

میرے خیال میں اس کی وضاحت ضروری نہیں ___ ''

''تمہارے جیسے ذہین آدمی کو اس کو پورا حق ہے۔'' میری مسکراہٹ تھوڑی اور گہری ہوگئی۔ وہ قہقہہ مار کر ہنسا۔ کچھ سوچنے کے سے انداز میں اسی کی آنکھیں سکڑنے لگیں۔ وہ پھر گویا ہوا۔

''اتنا تو تم جانتے ہی ہو کہ یہاں صرف وہ آدمی کامیاب ہے جو بہت عیار و مکار ہو اور مجھ میں یہ تمام صلاحیتیں موجود ہیں۔'' لہجے میں افتخار درآیا تھا۔

''اس میں کیا شک ہے ___ ''میں نے بات کی تائید کی۔ نہ چاہتے ہوئے بھی

مجھے مسکرانا پڑا۔

''معاف کرنا یہ Talent تمہارے اندر نہیں۔''

''مجھے معلوم ہے__''

''تم کوشش بھی نہیں کرتے__؟''

''کوشش تو کی ہے مگر میرا ہمزاد روکتا ہے مجھے__'' وہ بہت زور سے ہنسا۔ کئی لوگوں نے اسے گھوم کر دیکھا تھا۔

ہم دونوں ایک کمرے میں داخل ہوئے جہاں دورِ بابر کی ایک خستہ حال میز کے اطراف چار پانچ نیم مردہ کرسیاں__ پڑی کمرے نما زنداں سے فرار کا راستہ تلاش کر رہی تھیں۔ اسلم نے اس عورت کو آواز دی جو باہر ادھڑے ہوئے فرش پر جھاڑو لگا رہی تھی۔ آواز سنتے ہی وہ لپک کر اندر آئی اور حکم کے انتظار میں کے مؤدب کھڑی ہوگئی۔ میں نے اس کے سرتاپے کا بغور جائزہ لیا۔ وہ ایک پکی عمر کی تجربے کار عورت تھی۔ جوانی کا دامن ہاتھ سے چھوٹ رہا تھا۔ جبیں پر فکر کی لکیریں نمایاں تھیں۔ حالانکہ ابھی اس کی عمر ایسی نہیں تھی کہ اس کا عورت پن استعمال کرنے میں کسی کو تکلف ہو۔ پیٹ پر چربی کے ساتھ ہلکے سے Markes Scratch نظر آرہے تھے مگر بھدّے نہیں لگ رہے تھے مگر مسئلہ یہ تھا کہ جہاں پندرہ سولہ برس کی نوخیز کلیاں اپنی دوکان سجائے بیٹھی ہوں، وہاں کوئی ادھیڑ کی طرف کیوں متوجہ ہو؟۔

وہ اب تک ہمارے سامنے کھڑی ہوئی تھیں۔

اسلم نے اسے کولڈ ڈرنک لانے کو کہا۔ میں نے اسے منع کیا مگر وہ نہیں مانا۔ عورت فوراً باہر چلی گئی۔ ''اس آفس میں ہزار سے زیادہ لڑکیاں ہیں جن کے پاس یونین کا کارڈ ہے اور یہ تمام لڑکیاں بمبئی کے ہر کونے سے چل کر بسوں اور لوکل ٹرینوں میں دھکے کھاتی ہوئی شام چار بجے یہاں پہنچتی ہیں۔ چار سے سات بجے تک بورڈ کے

انتظار میں یاں واں مٹر گشتیاں کرتی پھرتی ہیں۔ کارڈ بن جانے کے بعد بھی یونین کام دلانے کی ذمے داری ہرگز نہیں لیتی۔ میرے لیے یہ ساری خبریں بہت اہم تھیں۔ مجھے سخت تعجب تھا کہ اتنے دنوں کے بعد بھی یہ بنیادی باتیں مجھے اب تک نہ ہو سکی تھیں۔ ''تو پھر یونین اتنی کثیر تعداد میں انہیں کارڈ کیوں فراہم کرتی ہے؟'' میں نے سوال کیا۔

'' کارڈ تو ہم لوگ بناتے ہیں ــــ ہم لوگ ــــ اب کوئی سترہ اٹھارہ برس کی کنواری اور بلاشبہ خوبصورت لڑکی آپ کے پاس آئے اور مطالبہ کرے۔ ایک ایسے کاغذ کا جسے کارڈ کہتے ہیں۔ اس کے عوض اپنی موتیوں سی جوانی آپ کے سپرد کر دے تو ــــ زید صاحب ــــ جب ہمارے پاس بورڈ آتا ہے تو یہ جسے تم اللہ کی سب سے خوبصورت تخلیق کہتے ہو، کیا بتاؤں کیا ہو جاتی ہیں۔ ابھی تھوڑی دیر بعد تم خود دیکھنا۔ میں تمہیں یہاں لایا اسی لیے ہوں ورنہ تم دیال آنند کے پاس بیٹھ کر واپس لوٹ جاتے۔ یہ بائی جو ابھی ٹھنڈا لینے گئی ہے یہ کبھی اکسٹرا میں کام کرتی تھی۔ بیس سال پہلے بنارس سے یہاں آئی تھیں۔ اس کی ماں وہاں ڈیرے دار طوائف تھی۔ یہ خود بھی مجرے وغیرہ کرتی تھی۔ اب قدریں بدل گئی ہیں۔ مجرے تو اب سیلو لائڈ (Celluloid) پر اچھے نہیں لگتے۔ 'F' اور B-6 جیسے چینلز کے آگے یہ مجرے کون دیکھے گا۔'' ڈالر کے چوتھائی حصے میں جہاں لڑکی راضی بہ رضا دستیاب ہو تو تقاضہ اس سے بھی زیادہ کا ہوگا یا کم کا۔'' اسلم کی باتیں سننے کے ساتھ میں سوچنے پر مصر تھا کہ عورت کی رفاقت کی تمنا جسمانی تلذذ سے لطف اندوز ہونے کی خواہش نہیں تو اور کیا ہے۔ وہ بدن جسے عورت نے اختیار کیا ظاہر ہے آدم زاد کی تخلیق اور نشو نما کے لیے ہے۔ جب عورت ہماری کھیتی ہی نسلوں کی پرورش کے لیے تو پھر لاکھوں حمل اسقاط کیوں ہو رہے ہیں، جدھر دیکھو ٹرینوں میں بسوں میں Abortion کے اشتہار چپکے

ہوئے ہیں۔ ہر چند کہ یہ نوبت ہی کم آتی ہے۔لڑکی خواہ کتنی ہی احمق ہو بدن کے معاملات میں بہت چاق و چوبند ہوتی ہے۔کانڈوم اور Contraseptive کے اشتہارات بھی تو اس کی آنکھوں سے پوشیدہ نہیں رہتے۔

''چاہے ٹوکیو کا گیرزا ڈسٹرک ہو یا زانبیہ میں تانبے کی کانوں کے گردنواح کا علاقہ۔سب جگہ سب کچھ ہو رہا ہے مگر اس شہر کے معاملات اوروں سے مختلف لگتے ہیں۔ چودہ بائی بارہ کے ایک تنگ اور غلیظ کمرے میں ایک دو نہیں بیس تیس حرماں نصیباں اپنا شجر جسم لیے بیٹھی ہیں جن کی شاخ شاخ برہنہ___ باقاعدہ رجسٹرڈ نمبر تک دیے ہوئے ہیں۔اکثر ذہن میں سوال آتا ہے کہ پھر کیا فائدہ ہے۔اس Social System کا۔''میں شاید اپنے آپ سے اور نبرد آزما ہوتا مگر اسلم نے میرے خیالوں کے تار کاٹ دیے۔

''میں تمہیں کملا کے بارے میں بتا رہا تھا مگر بات کہاں سے کہاں چلی گئی۔ یہاں آ کر یہ بیچاری سپلائر کے چکر میں آ گئی۔ ہفتہ دس روز میں ہی کارڈ بن گیا۔اس وقت اتنی لڑکیاں بھی نہیں تھیں۔آرام سے ڈیڑھ دو ہزار کما لیتی تھیں جو اس اکیلے کے لیے بہت تھا۔اس وقت اتنی مہنگائی بھی نہیں تھی۔ انسانی نفسیات ہے کہ جب پیٹ بھرا ہو تو بدن کی دوسری بھوک سر اٹھاتی ہے۔کملا کے ساتھ صرف اتنا نہیں ہوا۔وہ ٹھیک ٹھاک مرد خود ہو گئی تھی بعد میں ایک لائٹ مین سے شادی کر لی۔

''رحمت علی دن بھر وزنی رفلکٹر زملٹی اور سولر اٹھاتا،رات میں اُجرت کے پیسوں سے بیوڑا پیتا اور رنڈی بازی کرتا۔کملا کا خیال تھا کہ شادی کے بعد شاید دونوں سدھر جائیں مگر ایسا نہیں ہوا۔ چار برس تک تو یہ گاڑی کسی طرح کھنچتی رہی۔ایک روز رحمت علی دارو پی کر گرا تو پھر اٹھا نہیں اٹھ ہی گیا۔چار سال میں چار بچے ہوئے۔ چند برس اگر وہ رہ جاتا تو کچھ رحمتیں اور نازل ہو گئی ہوتیں۔کملا لاش کے پاس بیٹھی حلق

پھاڑ پھاڑ کر چلاتی رہی۔ ’نالی کا کیڑا تھا نالی میں رینگ گیا۔ اس سے کتنا منع کیا تھا دارو نہیں پینے کا مگر نہیں مانا ___ کھلاس ہو گیا ___ سالا ___‘‘

ایسا شوہر جس کی میت پر بیوی نے گالیاں بکی ہوں، سوگ اور عدت کا کوئی سوال ہی نہیں اٹھتا۔ اگلے ہی روز اس نے آئینہ میں خود کو دیکھا تو خوف زدہ ہو گئی۔ اب وہ عمر کی اس منزل سے نکل چکی تھی جہاں ایک اشارے پر زاہد توبہ توڑ دیتا ہے۔

ایک بار جوانی ہاتھ سے نکل گئی تو پھر کون پوچھتا ہے۔ جب تک بدن پر یہ قمقمہ روشن ہے تب تک تو کام مل ہی جاتا ہے مگر اس کے بعد وہی حشر ہوتا ہے جو جنگلے کے اندر والی اجل رسیدہ رنڈی کا ہوتا ہے۔ ستم بالائے ستم یہ کہ اس کے کمرے میں نئی لڑکیاں آ گئی ہوں۔ اب وہ خواہ کیسی ہوں لیکن جوانی پر بڑھاپے کو ترجیح کوئی کیوں دے گا۔ تکیہ کتنا ہی نرم و دبیز ہو غلاف کے بغیر تو سر کے نیچے نہیں آتا۔ قبل اس کے کہ اسلم اپنی بات آگے بڑھائے، چار پانچ لڑکیاں معاً اندر گھس آئیں۔ آتے ہی اسے اس طرح حصار میں گھیر لیا جیسے ڈکیت بینک میں گھس کر کیشئر کو گھیر لیتے ہیں۔ ان میں ایک بولی ’’اے اسلم ___ آج تیرا بورڈ ہے نہ فلم سٹی میں، میرے کو ابھی جعفر نے بتایا۔ میں سیدھے تیرے پاس آئی ہوں۔ تیرے کو تو اپن کے بارے میں سب معلوم ہے ___ دائی سے بھی پیٹ چھپتا ہے کیا؟‘‘ پہلی کی بات ختم بھی نہیں ہوئی تھی کہ دوسری شروع ہو گئی۔

’’میں چونا بھٹی سے کس طرح آتی ہوں بھگوان ہی جانتا ہے۔ ٹرین کے علاوہ بس کا دس روپے کا روز خرچ۔ کل میرا لوکل کا پاس بھی کھلاس ہو گیا۔ پونم سے پچاس روپے ادھار لیے ورنہ آج آفس بھی نہ آ پاتی۔ کل کے بھاڑے کے پیسے نہیں پاس ___ پلیز میرا نام لکھ لے۔‘‘

میں جو پہلے ان دوشیزاؤں کے خد و خال دیکھنے میں محو تھا، اچانک سب کچھ

بھول گیا۔ تمام اشتعال انگیز جذبے اور احساسات جانے کہاں غائب ہو گئے۔ ہمزاد کی آواز کانوں میں پڑی۔ تم جو کچھ پہلے سوچ رہے تھے وہ زندہ لوگوں سے عبارت تھا۔ یہ تو سراب ہے۔ صرف نظر کا دھوکا۔ درحقیقت ان میں کوئی بھی زندہ نہیں۔ میں نے سر جھٹکا دیا۔

''اے اسلم بھائی، میرا نام لکھ لے نہ___ '' تیسری لڑکی کی آواز تھی۔ اسلم نے اسے گھور کر دیکھا۔ ''بھائی کسے بولتی ہے تو___ '' اسلم غرایا تھا۔

''Sorry___ '' میرے کو یاد نہیں رہا___ میرا نام لکھ لے___ میں تو تیرے کسی کام کو نہ نہیں کرتی۔'' آخری جملے میں اس نے رشوت کی لالچ دی۔ اسلم کے چہرے پر بلا کا اطمینان تھا مگر میرے لیے یہ سب کچھ نیا تھا۔ داخلی شکست وریخت پر قابو پانا خاصہ مشکل لگ رہا تھا۔ اسلم نے اشارے سے لڑکی سے کچھ کہا جو میں نہ سمجھ سکا۔ لڑکی کے چہرے کی افسردگی سے اندازہ ہوا کہ شاید اس کا Offer اسلم نے نامنظور کر دیا تھا۔ باقی بھی یاس وحسرت سے اس کی طرف دیکھ رہی تھیں۔ لڑکیوں کے خوبصورت اور سڈول اجسام پر نئی تراش خراش کے ملبوسات تو تھے مگر ان کے اندر چھپا وہ ایک سچ جو روح سے عبارت ہے کہیں نظر نہ آیا۔ وہ سچ جو ابھی چند لمحے پہلے مجھ پر منکشف ہوا۔ اُف___ کس قدر کراہیت آمیز تھا جیسے قے کیا ہوا پھر سے نگلنا۔ مجھے جیسے بدن پر بے شمار چھپکلیاں جو بڑھ کر ڈائناسورسی ہیکل ہوگئی ہیں اور اب میرا گوشت نگلنے کو تیار، کھلی اور یخ بستہ آنکھوں سے میں یہ مہیب منظر دیکھ رہا ہوں۔

ڈھیروں سوال ذہن میں حشرات الارض کی طرح رینگ رہے ہیں۔ میں فرق نہیں کر پا رہا ہوں۔ ان لڑکیوں میں جو بلاوجہ چہروں پر شرافت و پارسائی کا غازہ پوتے ہوئے ہیں اور ان میں جو نصف رات تک لیمپ پوسٹ کی روشنی میں کھڑی ہر آنے جانے والے سے چھی چھی کر رہی ہیں___ سیٹیاں بجا رہی ہیں۔

گلیمر کی وجہ سے اگر انہیں فلموں میں کام کرنے کا شوق ہے تو Extra Girls بن کر وہ بھی فضول کیوں کہ اژدہام تو Master Shots میں ہی شوٹ ہوتا ہے۔ان کی Cloes up یا Taklieshots بھی نہیں ہوتے پھر آخر کیا وجہ ہے کہ یہ یہاں سے نہیں جاتیں۔ میں خود کو مطمئن نہیں کر پا رہا تھا۔ایک فلم کا منظر میری آنکھوں میں ابھرتا ہے۔گاؤں کا ایک سیٹ لگا ہوا ہے۔ڈکیت گاؤں میں گھس آئے ہیں۔بھیڑ چیختی چلاتی ادھر ادھر بھاگ رہی ہے۔اگر یہ دو چار سو روپے کے لالچ میں یہاں ٹکی ہیں جوان کے درجات کے حساب سے انہیں ملتے ہیں تب بھی یہ خسارے میں ہیں۔جب آبرو کی مالا ٹوٹ گئی تو پھر بچا کیا۔عزت گنوار کر پیسہ کمانا مقصد ہے تو پھر بازار میں بیٹھنا ہزار درجہ بہتر ہے۔خواہ رجسٹریشن ہو یا نہ ہو۔جنگلے کے اندر جگہ ملے یا فٹ پاتھ پر دکان لگے کم سے کم یہاں اقتصادی بحران کا خطرہ تو نہیں۔یہاں تو ہزاروں کی گرمی ہر وقت رہتی ہے۔البتہ یہ ضرور ہے کہ یہاں جسم کو محنت تھوڑی زیادہ کرنی ہوتی ہے۔پر جذبوں کی ٹوٹ پھوٹ اور روح کی شکست سے واسطہ نہیں ہوتا اور نہ ہی کسی اسلم کی منت سماجت کرنی پڑتی ہے۔یہاں تو اسلم جیسے چوکھٹوں پر کتوں کی طرح بیٹھے رہتے ہیں۔جس نے ذرا بھی ہوشیاری دکھانے کی کوشش کی خالی چڈھی بنیان میں سڑک پر ڈھکیل دیا گیا۔پتلون چہرے پر سکون کی طرح غائب یہ منڈی تو ہر اعتبار سے بہتر ہے وہاں کے مقابلے۔ہر کوئی اپنی مرضی کا مالک۔مرضی ہو تو سیٹ پر آنا مرضی نہ ہو تو Pack up__ یہاں کیمرہ آن کرتے وقت لائٹ بھی آن نہیں کی جاتی جب کہ یہاں دیکھنے والے بھی نہیں ہوتے۔صرف ایک آدمی اس کے لیے بھی بتی گل نہ ہی یہاں کسی کے Action کہنے پر خود کو تماشا بنانا ہوتا ہے۔یہاں ہر فرد خود ہی ڈائرکٹر__ خود ہی کیمرہ مین__ خود ہی آرٹسٹ__ خود ہی ناظر__ سود وزیاں سب اپنے__ جو اندر ہے وہی سب کچھ باہر__ سوچتے ہوئے دماغ

دکھنے لگا۔ مجھے محسوس ہوا کہ اگر میں تھوڑی دیر یہاں اور رکا تو شاید میرے دماغ کی رگ پھٹ جائے گی۔ میں خاموشی سے باہر نکلا۔ صحن میں بہت ساری لڑکیاں جمع ہو چکی تھیں۔ شاید وہ بھی اسلم کے انتظار میں تھیں۔ اسلم کے باہر آتے ہی سب اس طرح لپکیں جیسے قحط زدہ علاقوں میں سرکاری خوردونوش بانٹتے وقت بھیڑ گاڑی کی طرف دوڑتی ہے۔ سب ایک دوسرے سے زیادہ ضرورت مند۔ کس کی حاجت روا کرے کوئی۔ میں اب یہاں سے ایک لمحہ بھی ضائع کیے بغیر بھاگ جانا چاہتا تھا اور اس کے لیے ضروری تھا کہ اسلم کو میرے ارادوں کی بھنک نہ لگے۔ اسے لڑکیوں کے غول میں گھرا دیکھ کر میں دروازے کی طرف بڑھا۔ بڑا سا آہنی دروازہ دھکیل کر میں باہر کود پڑا۔ دیوار پر Bougainvllea پھیلی ہوئی تھی۔ بابا مخدوم کی خانقاہ کی سمت سے آتے ہوئے ہوا کے ٹھنڈے اور خوشگوار جھونکوں نے خارجی گھٹن کسی حد تک کم کر دی لیکن اندر کی کثافت اور تیزابیت بالکل کم نہیں ہوئی تھی۔ ہاتھ دے کر ٹیکسی روکی اور اس بام و در کو دیکھے بغیر جہاں سے میں فرار حاصل کر کے آیا تھا بھاگ کر ٹیکسی میں بیٹھ گیا۔ ٹیکسی میں بیٹھنے کے بعد مجھے خیال آیا کہ یہ فرار بھی تو عارضی ہے جب تک اس شہر میں ہوں مفر ممکن نہیں۔ تھوڑا مشتعل ہوا کہ میرا ابھی ہر قدم نشیب کی طرف ہی اٹھتا ہے۔ مجھے واپسی کے بارے میں اب سنجیدگی سے سوچنا چاہیے۔

یہ شہر ہمارے جیسوں کے لیے نہیں ہزار کوشش کر کے دیکھ لیا میں اپنے آپ کو نہیں بدل سکتا۔ کھڑکی سے باہر جھانکا۔ دن شام کے قرمزی سایوں سے فیڈ آؤٹ ہو رہا تھا۔

طلوع آفتاب

جو کچھ میں ابھی اپنی آنکھوں سے دیکھ کر آرہا ہوں اسے کسی بھی طرح قبول کرنا میرے اختیار سے باہر تھا۔ اس منظر نے حواس پر ایسا شب خون مارا کہ جیسے سوچنے سمجھنے کی صلاحیت ہی مفقود ہوگئی۔ ٹیکسی ڈرائیور کی آواز پر میں چونکتا ہوں۔ خیالات کے جالے صاف کرتے ہوئے توجہ اس کی طرف مبذول کرتا ہوں۔ گاڑی چلاتے ہوئے وہ گانے میں مصروف ہے:

براداسیاں داختاں دی کر ے راکھی
میوہ پکے تے کھان گے نصیباں والے

سردار جی کو پہلی بار میں غور سے دیکھتا ہوں۔ نغمہ کے معنی ومفہوم تو میری سمجھ میں آگئے پر پاپا جی مجھے کیوں سنا رہے تھے۔ اس کی وجہ میں نہیں جان سکا۔ سردار جی سے میری نظریں ملیں تو وہ مسکرا دیے۔ میں نے اس کی مسکراہٹ کا کوئی خاص نوٹس نہیں لیا۔ دماغ سے اسلم اور لڑکیاں نہیں نکل پا رہی تھیں۔ طبیعت میں عجیب سی اکتاہٹ پیدا ہو رہی تھی۔ نگاہ کھڑکی سے باہر گئی تو Open theatre کے پر دے پر کوئی انگریزی فلم چل رہی تھی۔ سردار جی ابھی بھی گانے میں مصروف تھے:

چھی دیاں گول پنیاں
ہاتھ لان گے نصیباں والے

باندرہ جامع مسجد کے پاس اس نے گاڑی کی رفتار کم کرتے ہوئے پوچھا ''کتھے جاڑاہے باؤ جی؟'' اس کے ٹوکنے پر مجھے خیال آیا کہ جانا کہاں ہے؟ ٹیکسی

میں سوار ہوتے وقت تو کچھ سوچا نہیں تھا۔ میں تو بس وہاں سے نکلنا چاہتا تھا۔ آگے کی منزل کا پتہ مجھے خود بھی نہیں معلوم تھا۔ کچھ نہ بن پڑا تو اسٹیشن تک اور بڑھا لینے کے لیے کہا۔ ایک لمحہ کو تو خیال آیا تھا کہ یہاں اتر کر فرید کے پاس ہولوں۔ ناگپاڑا چند قدم کے فاصلے پر ہی تو ہے۔ اس بار سردار جی کو بڑی معنی خیز نظروں سے اپنی طرف گھورتے ہوئے پایا۔ یہ وقت نہیں تھا کہ کسی پچڑے میں خود کو ڈالوں۔ میری طرف سے کوئی ردِعمل نہ پاکر وہ خاموش ہو گئے جیسے غبن کے بعد سرکاری افسر سکوت اختیار کر لیتا ہے۔ مجھے ہلکا سا شبہ ہوا کہ شاید وہ مجھ سے گفتگو کے موڈ میں ہیں۔ کیا میرے اندر اُمنڈتے اضطراب کے مدوجزر کا اسے احساس ہو گیا تھا۔ ''آپ یوپی کے ہیں؟'' میں بری طرح چونکا تھا۔ اسے کیسے معلوم؟ اگر نہیں معلوم تو یہ کیوں جاننا چاہتا ہے۔ تضحیک تو مقصد نہیں لیکن یہ تو باقاعدہ پگڑی والا سکھ ہے اس خیال سے یک گونہ تسکین کا احساس ہوا۔

''ہاں کانپور کا ہوں__'' لہجے میں اطمینان کے ساتھ انتشار بھی تھا۔

''کانپور کے لوگ تو بہت بدنام ہیں یہاں۔ کانپور کے نام پر تو آسانی سے نوکری بھی نہیں ملتی__'' خیالوں کے اعتبار سے بھی وہ ڈرائیور نکلا۔ جانے کیوں مجھے خوشی ہوئی۔ اس کی سطح پر آکر بات کرنے میں میرے لیے آسانی ہو گئی۔

''تم کو کیسے معلوم ہوا کہ میں یوپی کا ہوں__''

''اوویر جی__ بارہ سال ہو گئے اس نگری میں رہتے ہوئے بارہ سال۔ اتنے ہی برس کے لیے کتے کی دم زمین کے تھلے گاڑتے ہیں__ پر دم ویسی کی ویسی ٹیڑھی جیسے یہ شہر__ بلکہ بمبئی تو دم سے بھی زیادہ ٹیڑھا ہے۔ ہر کہیں کے بندے کو اس گڈی وچ بٹھایا ہے۔''

''بندیوں کو نہیں__'' شرارت کے خیال سے میں نے پوچھا۔

''توسی تو وڈے ہوشیار ہو__'' وہ ہولے سے مسکرایا بھی۔

''چہرے پہچانتا ہوں باؤ جی چہرے__''

''اچھا__ وہ کیسے؟'' میں نے تھوڑا حیرت کا اظہار کیا۔

''اس شہر نے کچھ اور دیا ہو یا نہ دیا ہو پر جیون کے تجربے بہت دیے۔''

''اور کیا کیا جانتے ہو؟'' میں اسے کریدنا چاہتا تھا۔

''اپنے مطلب کی سب جان لیتا ہوں۔''

''جیسے__ مجھے بھی کچھ بتاؤ__''

''جیسے یہ کہ آپ Middle Class آدمی ہیں پر بھاڑا دینے میں بھنکس نہیں کریں گے۔ کئی بار تو سیٹھ لوگ بھی روپے دو روپے کے لیے جھگڑتے ہیں۔ کبھی میٹر کا بہانہ کر کے تو کبھی سامان کو لے کر۔'' تبھی ایک جھٹکے کے ساتھ اس نے گاڑی روک دی۔ ''صاحب جی اسٹیشن بھی آ گیا۔'' ذرا سی دیر میں وہ خاصہ پراسرار ہو گیا۔ میں نے اس کے بارے میں جو رائے قائم کی تھی وہ تو اس سے بہت مختلف تھا۔ آخر کار مجھے اپنی ہی غلطی تسلیم کرنی پڑی۔ میں نے اتنی جلدی اس کے بارے میں کوئی رائے قائم ہی کیوں کی؟ اب تو میں چاہ کر بھی اس کے پیسوں میں کٹوتی نہیں کر سکتا تھا۔

''کتنے ہوئے؟'' پرس نکالتے ہوئے میں نے بوجھل آواز میں دریافت کیا۔

''ستر روپے__''

مجھے معلوم تھا کہ میں اسے بیس روپے زیادہ دے رہا ہوں۔ ٹھگنے والا بھی کون__ اپنے آپ پر ہنسی آئی__ میں اسے احمق سمجھ رہا تھا۔

''السلام علیکم__'' کہہ کہ تیزی سے وہ گاڑی آگے لے گیا۔ خواہش ہوئی کہ دوڑ کر اسے پکڑوں یا آواز ہی دے کر ٹھہر جانے کی منت کروں صرف یہ پوچھنے کے لیے کہ تمہیں کیسے معلوم ہوا کہ میں مسلمان بھی ہوں؟ یہ بات اتنی سرسری نہیں ہے میرے لئے؟

نہ میرے چہرے پر داڑھی، نہ جبیں پر سجدوں کا نشان، نہ کوئی لاکٹ تعویذ اور نہ ہی میری ویش بھوشا ایسی تھی کہ کوئی بھی راہ چلتا میری شناخت کر لے۔ یہ بات تو بہت فکر کی ہے۔ مذہبی شناخت اگر اتنی آسان ہے تو یہ صورت میرے لیے قطعی اطمینان بخش نہیں۔ اس ضمن میں سنجیدگی سے از سر نو مجھے غور کرنا ہوگا۔ خود کو ہندو مسلم کے لبادے سے بچا کر گھر کے حوالے کر دینا بظاہر جتنا سہل نظر آتا ہے دراصل ہے نہیں۔ وہ ٹیکسی تو بھیڑ بھاڑ میں کہیں غائب ہوگئی لیکن دیگر تمام نظر آتی گاڑیوں میں مجھے وہ سکھ ڈرائیور ہی نظر آ رہا تھا جو ابھی ذرا دیر پہلے تک میرے ساتھ تھا۔ اگر وہ مجھے مل جائے تو میں صرف اتنا دریافت کروں کہ یہ اسرار و رموز تمہیں کیسے معلوم ہوتے ہیں۔ ایک لمحہ کو تو وہ مجھے کشف و کرامات والا کوئی بہت پہنچا ہوا آدمی لگا۔ دورانِ گفتگو اگر نام پتا معلوم کر لیا ہوتا تو شاید ملاقات ہو سکتی تھی۔ نمبر بھی تو نہیں دیکھ پایا تھا گاڑی کا۔

بقول فرائڈ آدمی اپنے آپ کو چالیس فیصد سے زیادہ نہیں جان سکتا۔ ابھی تک تو میرا بھی یہی خیال تھا پر اس سردار نے سارا حساب گڑبڑ کر دیا۔ نصف زندگی گزارنے کے بعد بھی مجھے یہ نہیں معلوم کہ میں اچھا آدمی ہوں یا برا۔ واقعتاً اگر میں برا نہیں تو پھر غیر عورتوں کے تعلق سے فحش اور بے ہودہ خیالات ذہن میں کیوں آتے ہیں؟ خدا کا نہیں معاشرے کا خوف ہی تو مجھے روکتا ہے۔ اس کے برخلاف اگر میں خراب ہوں تو سماج کے نظام کو نظام وہ نہیں جو کتابوں میں قید ہے۔ نظام جو عمل میں ہے، اس کے خلاف صدائے احتجاج بلند کیوں نہیں کرتا؟۔

لاکھوں بچے جن کے ہاتھوں میں کتابیں ہونی چاہیے، ٹفن دیکھ کر مجھ تقویت کیوں نہیں ہوتی۔ کسی پر جبر و تشدد کیوں نہیں دیکھا جاتا۔ تبھی ایک بات سوچ کر مساموں میں خوف کے قطرے سے چمکتے نظر آتے ہیں۔ ڈر اس بات کا ہے کہ ظاہر و باطن کا یہ فرق جاننے کے بعد ضروری نہیں کہ میری مشکل آسان ہو جائے۔ دشواری

اور زیادہ بھی تو بڑھ سکتی ہے۔ قیاس کے بغیر کم سے کم بھرم تو قائم ہے۔

اسٹیشن کے اندر داخل ہونے سے پہلے مجھے یاد آیا کہ دیال آنند کو فون کر کے کل کے پروگرام کے متعلق معلومات فراہم کرنی ہے۔ جیب سے سکہ نکال کر پبلک بوتھ کا رسیور اٹھا کر نمبر گھمانے شروع کیے۔ حسن اتفاق سے وہ گھر پر ہی موجود تھا۔ میں نے فون کرنے کی وجہ بتائی تو اس نے کہا کہ ابھی تین دن تک شوٹنگ نہیں ہے۔ دیپالی مدراس چلی گئی۔ وہ چنئی کو ابھی مدراس ہی کہتا تھا جیسے میں ممبئی کو بمبئی۔ اس نے آگے بتایا کہ دیپالی اب تین روز بعد آئے گی۔ مڈ آئی لینڈ والا ڈویٹ گانا تب ہی پکچرائز ہوگا۔

شرافت کی طبیعت ٹھیک نہ ہونے کی وجہ سے ساؤنڈ بھی Transfer نہیں ہوسکتا۔ کریڈل پر رسویر رکھنے کے بعد اطمینان کی گہری سانس لی۔ تین دن کے لیے اب میں پوری طرح آزاد تھا۔ لیکن اگلے ہی لمحے میں یہ سوچ کر افسردہ ہوجاتا ہوں کہ دوسروں کی آزادی و بیماری سے ہو کر ہی میری خوشیوں کے راستے کیوں نکلتے ہیں۔ زندگی کے محور پر گھومتے ماہ وسال میں میری شادمانی کے لیے ایک ساعت بھی میری اپنی نہیں۔ دفعتاً مجھے پنٹو بابا کی یاد آگئی وہ بھی کیا شخص ہے۔ کیسی مزے کی باتیں کرتا ہے۔ یہ لوگ تمہارے دماغ کا سارا لہو اور دل کے تمام Sentiments نکال کر Tablet بنائیں گے اور وقت ضرورت تمہیں ہی کھانے کو دیں گے۔ ہر طاقتور اپنے سے کمزور کو ٹکیہ کھلا رہا ہے۔ آواز سست ہو کر غائب ہوگئی۔ پاس پڑے ہوئے مشروب کے ٹِن پر زور سے میں نے ٹھوکر ماری۔ ڈبّہ آواز کرتا ہوا جیسے کتّی کا پلا پٹنے کے بعد پیں پیں کرتا ہوا بھاگتا ہے، ڈبّہ دور چلا گیا۔ اچانک ڈبے کی جگہ میں اپنے آپ کو دیکھتا ہوں۔ درد سے کراہتا ہوا۔ گھوم کر عقب میں دیکھا تو دیال آنند کھڑا مسکرا رہا تھا۔ اگلے ہی پل میناکشی اور اسلم کے پیکر ابھرتے ہیں۔

مختلف طرح کے ہیولے بن بن کر بگڑنے لگتے ہیں۔ عجیب الخلقت چہرے جو پہلے کبھی نہیں دیکھے کچھ زیرلب مسکراتے ہوئے تو کچھ قہقہے لگاتے ہوئے، کچھ افسردہ، مضمحل۔

جب کبھی شکست تسلیم کرنے کو جی نہیں چاہتا تو ایک فریب سے خود کو مطمئن کرنے کی کوشش ضرور کرتا ہوں۔ سب کو بلاڈر میں بند کر کے اپنی ٹھوکروں پر اُچھالتا Net کی طرف بڑھتا ہوں۔ اطمینان و بے اطمینان سے نبرد آزما ہوتا ہوا جالی کے قریب پہنچ کر جوتے کی نوک زندگی کی سخت گیند کے منہ پر مار دیتا ہوں۔ قدریں جو گول کیپر کے روپ میں سامنے کھڑی ہیں، روکنے میں ناکام ہو جاتی ہیں۔ خیالوں کے جنگلات میں بھٹکتا ٹٹولتا ہوا میں آگے بڑھتا ہوں تو سامنے عرفان کھڑا ہوا نظر آتا ہے۔ بغیر ذات کا عرفان___؟''

''ہائے؟'' وہ ایک دم فلمی انداز میں مخاطب ہوا تھا۔

''ہیلو؟'' اسی کے اسٹائل میں نے جواب دیا۔

''ہاں بھائی___ اب ہم چھوٹے لوگوں سے کیوں ملیں گے۔ دیال آنند کا اسسٹنٹ ہونا کوئی معمولی بات تو ہے نہیں۔ کون جانے کب موقع دے دے۔'' اس کے لہجے میں طنز جھلک رہا تھا۔ ویسے بھی اس طرح کے لوگ مجھے قطعی پسند نہیں تھے۔ میں اس گھڑی کو کوس رہا تھا کہ کہاں سے کہاں اس نے مجھے دیکھ لیا۔ وہ صرف نام سے ہی عرفان تھا۔ اگر تھوڑا بہت بھی اس لفظ کا ادراک ہوتا تو ایک معمولی Stuntman کے بجائے فلموں کی کہانیاں لکھ رہا ہوتا جس کے لیے وہ یہاں آیا تھا۔ غیرادبی پرچوں اور اخبار کے ضمیموں میں کچھ الٹی سیدھی کہانیاں چھپ جانے کے بعد دوستوں نے شکایت درج کرائی کہ تم ابھی تک یہاں کیا کر رہے ہو؟ دیکھتے نہیں ہر قوم کی طرح اپنا علیحدہ ملک اور صوبے کا مطالبہ لیے ایک کے بعد ایک گھٹیا فلمیں آرہی ہیں۔ فوراً بمبئی پہنچو تا کہ اچھی فلموں کا دور ایک بار پھر شروع ہو۔ احباب کی یہ

بات جی کو لگ گئی کہ واقعی اس کے جیسے عظیم فنکار کی قدر و قیمت بمبئی کے علاوہ اور کہاں ممکن ہے۔ روح کے پھوڑے اور ناسور کے زخم کیسے چھیڑے جاتے ہیں۔ اگر اتنی سی بات اسے معلوم ہوتی تو مسئلہ کتنا آسان تھا۔ دن رات ساتھ گزارنے والے یار لوگ اس سلیقے سے مضحکہ اڑاتے کہ عرفان تو عرفان وہ خود بھی مشکوک ہو جاتے کہ کہیں وہ سچ تو نہیں بول رہے۔ کہانی لکھنے کی قدرت پر جب وہ اپنی تعریف کرتا تو مجھے اس پر ترس آتا۔ ایک دو صفحہ سے زیادہ کی خامہ فرسائی اس کے بس سے باہر کی بات تھی۔ حالاں کہ وہ ایک دو صفحے بھی کس قابل تھے۔ آنکھیں نچا نچا کر بتاتا کہ قلم برداشتہ لکھتا ہوں اور فوراً بغیر پڑھے پوسٹ کر دیتا ہوں۔ ایک بار تو جھنجھلا کر میں نے کہہ ہی دیا تھا کہ اتنی تاخیر سے کیوں بھیجتے ہو۔ Confidence کا جب یہ عالم ہے تو ڈاک خانے میں جا کر ہی کیوں نہیں لکھتے۔ تھوڑا وقت اور بچے گا۔ میرا مقصد وہ تاڑ گیا تھا کیوں کہ اس کے بعد خجالت اس کے چہرے پر بہت نمایاں تھی۔

ساتھیوں نے اس قدر ورغلایا کہ راتوں کی نیند حرام ہوگئی۔ کسی بہانے اسٹیشن جانا ہوتا تو بمبئی جانے والی گاڑیوں کے اوقات اور کرایہ ضرور معلوم کرتا۔ یہ طے کرنا مشکل ہو رہا تھا کہ بنگلہ کس علاقے میں خریدے گا اور گاڑی کون سی مناسب رہے گی۔ ہوٹل کون سا بہتر رہے گا جس میں Script writing کا کام سرانجام دے گا۔ جلد ہی دماغ کے کیڑے اتنے بڑے ہو گئے کہ کاٹنے لگے۔ درد شروع ہوا تو تدارک کا راستہ تلاش کیا گیا۔ انہیں دوستوں نے چندہ جمع کیا۔ پیسے لیتے وقت اس نے انہیں حتمی یقین دلایا کہ وہ پہنچتے ہی دو گنے واپس کر دے گا۔ دوست لمحہ بھر کو خوف زدہ بھی ہوئے ہوں گے کہ سچ مچ کہیں یہ کامیاب نہ ہو جائے۔ بمبئی کا کیا بھروسہ۔ کیسے کیسے گنوار و جاہل گیت کار، کہانی کار اور ہدایت کار بنے پھر رہے ہیں۔

بمبئی سے ابھی اس کا تعارف بھی نہیں ہوا تھا۔ خیالوں میں بسی بمبئی اور یہ جو

آنکھوں کے سامنے تھی، موازنہ کرنے کی نوبت آتی۔ اس سے پہلے ہی پیسے ختم ہو گئے۔ آدمی کی جیب میں روکڑا نہ ہو تو سارے رنگ سیاہ دکھائی دینے لگتے ہیں۔ کئی وقتوں کا فاقہ ہوا تو بغیر کچھ سمجھے ایک کمپنی میں Spot boy لگ گیا۔ ایسوں کے لیے واپسی کا سفر مشکل ہوتا ہے۔ جب بھوک لگتی ہے تو کچھ نہیں سمجھائی دیتا ہے۔

لائٹ مینوں اور دوسرے ملازمین کو بھاگ بھاگ کر چائے پانی کے گلاس دیتا ہے۔ یہ خیال بھی نہیں آیا کہ نوکروں کا نوکر ہو گیا تھا۔ کچھ عرصے بعد اگرچہ احساس ہو گیا مگر راتوں کے رونے کے علاوہ کیا چارہ تھا۔ عاجز ہو کر ایک بار جانے کا پختہ ارادہ ہو گیا۔ کچھ دنوں کی شرمندگی بہتر ہے۔ اس دائمی ذلت سے تو نجات مل جائے گی۔ تبھی دوستوں کے عہد و پیماں یاد آئے جو وقت رخصت کیے تھے۔ لمحاتی پشیمانی بھی کیا وہ برداشت کر سکے گا۔ اب احساس ہوا کہ ذرا دیر کی رسوائی اس ہمیشہ کی حقارت سے زیادہ جگر سوز ہے۔ لکھنے لکھانے کی وجہ سے وہ مجھے اپنے قبیل کا سمجھتا اسی وجہ سے تمام تفصیلات بے بھرم ہو کر بتا دیتا۔

ایک دن فائٹ ماسٹر بھیرو نے یونٹ کو پانی پلاتے اس ہٹے کٹے پیاسے کو دیکھا، فوراً آواز دے کر پاس بلایا اور بغیر کسی تمہید کے Duplicate کرنے کی دعوت دی۔ ساتھ میں یہ بھی کہا کہ اس کام میں اسے چار گنا زیادہ پیسے ملیں گے۔ اس کے بعد اسے کچھ سوچنا بھی نہیں تھا۔ راکھ ہو گئے ارمانوں میں کچھ چنگاریاں سی دکھائی تھیں بھیرو دانے۔ وہ جھٹ چائے کی کیتلی چھوڑ کر بھیرو کے ساتھ ہو گیا۔ بدن کی ساخت تو تھی ہی ایسی کہ Stunt کے کام آئے۔ وہ پہلے اتنا صحت مند نہیں تھا پر جب پروڈکشن کا لذیذ کھانا اور ساتھ ہی عمدہ Sweet dish نصیب ہوئی تو سال بھر میں غبارے کی طرح پھول گیا۔ فاقوں کے بعد خوراک بھی بڑھ گئی تھی۔ مجھے اس میں کوئی خاص دلچسپی کبھی نہیں رہی۔ پر بھیرو سے جڑنے کی خبر پر اطمینان سا ضرور ہوا تھا۔

بھیرو دا نے بہت جلد اسے اپنے فن میں یکتا کر دیا۔

محنت اور لگن رنگ لائی۔ وہ ایک کامیاب Stuntman بن گیا۔ خطرناک اور جوکھم بھرے شاٹس کرنے میں اسے خاص طور سے مزہ آنے لگا۔ ایسے سین کبھی جنہیں دیکھ کر وہ خوفزدہ ہوتا تھا، اب بے جھجک پہلے شاٹس میں .O.K کرتا۔ وہ کیا چیز تھی جس نے ایک دبّو شخص کو بہادر بنا دیا تھا۔ اس پر اس نے کبھی توجہ نہیں دی۔ بات کسی حد تک ٹھیک بھی تھی۔ زندگی کے معاملات اگر وہ اتنی آسانی سے سمجھتا تو پھر اس کے کہانی کار بننے میں کیا کلام ہوتا۔

مہنگی کمپنی کی جینز اور قیمتی کے جوتے ہی نہیں سونے کی انگوٹھی اور چین بھی خرید لی تھی، پوچھے بغیر ہر چیز کی قیمت ضرور بتاتا۔ بدن پر آئی چوٹوں کے نشان جو Action کرتے وقت آئی تھیں، وہ کبھی کسی کو نہیں دکھائیں۔ روح کے زخمی ہونے کا احساس تو وہ خود بھی یاد نہیں رکھنا چاہتا۔

مغربی باندرہ اسٹیشن کے ٹھیک سامنے استادہ مارکٹ جسے لوگ شاہکار بازار کے نام سے جانتے ہیں۔ یہ وہ جگہ ہے جہاں تمام دن Strugglers کا تانتا لگا رہتا ہے اور دیر رات تک یہاں بھیڑ جمع رہتی ہے۔ کوئی ہیرو بننے آیا ہے تو کوئی ڈائرکٹر۔ کوئی کامیڈین کو ترجیح دیتا ہے تو کوئی ولن کو؛ غرضیکہ پروڈیوسر کو چھوڑ کر اژدہام میں سارے فنکار بڑی فنکاری سے موجود رہتے ہیں۔ فنکاری سے اس لیے کہ یہاں چاہ کر بھی کوئی ایک جملہ سچ نہیں بولتا۔ نصف رات تک دروغ گوئی کے اس مقابلے میں ایک دوسرے پر سبقت لے جانے کی کوششیں ہوتیں۔ عرفان زبردستی مجھے اپنے ساتھ وہاں لے گیا۔ میں جلد از جلد گھر پہنچنا چاہتا تھا۔ آج کام کے بغیر بھی سارا دن باہر ہی ہو گیا۔ گھر پر ہوتا تو رودابہ سے کچھ اشارے کنائے ہوتے۔ کون جانے بات شاید کچھ آگے بڑھ جاتی یا کچھ پڑھ ہی لیتا۔ لکھنا پڑھنا بھی اتنا مشکل ہو گیا تھا۔

رودابہ کا خیال آیا تو ایک ہوک سی اٹھی۔ اس درد کا درماں اس طرح ممکن نہ تھا مگر اس نے دل کے نہاں خانوں میں بود و باش اختیار کر لی تھی۔ اپنے ہم سایوں کے حقوق ادا نہ کرنے کے باوجود وہ خراب پڑوسی ثابت نہیں ہو پائی تھی۔

عرفان نے اپنے دوستوں سے میرا تعارف کرایا تو خیالوں کی زنبیل میں الفاظ کے سکے کھنکے۔ میں نے دیکھا وہاں کئی ڈانسر لڑکیاں ابھی موجود تھیں۔ غالباً وہ کسی کی تلاش میں آئی تھیں۔ وہ بار بار یہ جتانے کی کوشش کر رہی تھیں کہ ایسی جگہوں پر جانا صرف ان کی شان کے خلاف ہی نہیں بلکہ معیوب سمجھتی ہیں۔ پہلے یہ سب کچھ کتنے صدق دل سے قبول کر لیا کرتا تھا۔ تب ان پر ترس آتا تھا اب اپنے آپ پر آتا ہے۔

عرفان نے ایک وجیہہ اور نہایت خوبصورت نوجوان سے مجھے ملوایا۔ عام طور سے میں مرد کو اتنے غور سے نہیں دیکھتا بلکہ امرد پرست کے علاوہ مرد کو کوئی بھی اتنے انہماک سے نہیں دیکھتا ہوگا۔ عرفان نے آگے بتایا فضیل ہیں۔ ویسے تو کشمیری ہیں مگر قیام دہلی میں ہے۔ اس کے بے پناہ حسن کا عقدہ مجھے معلوم ہو گیا۔ لڑکیوں کے خواب کی تعبیر سا وہ میرے سامنے کھڑا تھا۔

''کتنے دن ہو گئے آئے ہوئے؟'' شائستگی سے میں نے استفسار کیا۔ ہیرو بننے کے علاوہ اور کوئی مقصد نہیں ہوگا یہ تو بغیر پوچھے مجھے معلوم تھا۔

''سال بھر ___ '' آنکھیں چراتے ہوئے اس نے مختصر سا جواب دیا۔

''تعلیم بھی دہلی میں ہی ہوئی ___ '' میری آواز میں دیال آنند کا لہجہ شامل ہو گیا تھا۔

''ارے یار اس نے Hotel Management میں ڈپلوما لیا ہے۔''

عرفان بیچ میں بولا۔

''کام کی کیا صورت ہے۔'' میں نے بات کا رخ اصل مقصد کی طرف موڑا۔

''کام تو بہت ہے۔ Next Week بنگلور جارہا ہوں ۔ایک مہینے کا شیڈول ہے۔''

''Very Good__ ''میں نے بھی گرم جوشی کا اظہار کیا تا کہ اسے شبہ نہ ہو کہ میں اس کے جھوٹ سے واقف ہوں۔ ''کس طرح کا رول ہے؟'' اس کے بھرم کو قائم رکھتے ہوئے میں نے پوچھا۔

''Second Lead__ ''میں سوچ رہا تھا کہ وہ First lead بتائے گا۔

''Wish you best of luck'' لگے رہو ہیرو کا چانس بھی ملے گا۔''

''Thanks__ ''وہ ہولے سے مسکرایا تھا۔ مصنوعی اور پھکڑ مسکراہٹ۔ حقیقی زندگی کے لیے خیالوں خوابوں کے Flood Gate کھولے جائیں تو ہونٹوں پر اس سے مختلف قسم کے امکان کی توقع بھی نہیں ہونی چاہیے۔ Global Phenomena یہی ہے۔قدریں بدل گئی ہیں۔نظریات اور سوچنے کا طریقہ عام لوگوں میں تبدیل ہو گیا ہے۔ اب انڈر ورلڈ کا آدمی ہمارا ہیرو ہے۔ Miss world ہماری ہیروئن۔ یہی ہے رائٹ چوائس بے بی__ اندر سے ٹی وی کی آواز باہر سنائی دی تھی۔اب تک خاصی تعداد میں Strugglers جمع ہو چکے تھے۔ میں ان کے بارے میں کچھ نہیں سوچنا چاہتا مگر ہزار کوششوں کے باوجود ناکام ہو جاتا ہوں۔دس بیس سالوں سے معمول کے مطابق یہ روز شام کو یہاں اکٹھا ہوتے ہیں۔ بہتوں کو تو اس سے بھی زیادہ عرصہ ہو گیا۔ تمام دن بھوکے پیاسے آفسوں کے چکر لگاتے۔مہینوں برسوں کی بھاگ دوڑ کے بعد کہیں کھڑے ہونے کا موقع مل پاتا ہے۔ پردے پر اس کے بعد بھی نظر نہیں آتے۔ Editor کی قینچی سے بچ بھی جائیں تو بھیڑ میں کون تلاش کرتا پھرے۔سوائے ان کے عزیز واقارب کے، کیونکہ خط کے

ذریعے ان کو فوراً اطلاع دی جاتی ہے۔Location کی تفصیل لکھی جاتی ہے۔ایک بازار کا سین ہے۔انواع واقسام کی دوکانیں سجی ہوئی ہیں۔وہیں پر ہیرو سے چار پانچ غنڈوں کا جھگڑا ہوتا ہے۔راہ گیر پیچھے سے گزر رہے ہیں۔ مار اماری ہوتے دیکھ کچھ لوگ ٹھہر جاتے ہیں۔انہیں تماشائیوں میں بھی ہوں۔سائیکل والے کی دکان کے پاس دیکھئے گا۔دائیں سے تیسرا لال قمیص والے کی ایک جھلک دیکھنے کے لیے کئی کئی بار فلم دیکھتے ہیں۔کرائے کا ویڈیو منگا کر Still کر کے ڈھونڈتے ہیں اور آخر کار لال شرٹ والا نظر آ ہی جاتا ہے۔خوشی و افتخار کے آنسو والدین کی آنکھوں میں روشنی بڑھا دیتے ہیں۔

فضیل کچھ لوگوں کو Wish کر کے ایک بار پھر ہمارے پاس آ کھڑا ہوا۔اس بار اس کے ہاتھ میں Dunhill کی ڈبی تھی۔اس میں رکھی سستے برانڈ کی سگریٹ یا بیڑی بند ہونے کے باوجود مجھے دکھائی پڑ رہی تھی۔اس بار میں مسکرائے بغیر نہ رہ سکا۔ فضیل نے مجھ سے Excuse Me کہا اور عرفان کو ایک طرف اکیلے میں لے گیا۔میرے چہرے پر تبسم کی لکیریں اور گہری ہو گئیں مگر موقع کی نزاکت کو بھانپ کر میں نے اپنے اوپر باقاعدہ سنجیدگی طاری کر لی۔یہ تو اچھا ہوا کہ عرفان جلدی واپس آ گیا ورنہ یہ ساعتیں میرے لیے ناگواری کی حد تک مشکل ہوتی جا رہی تھیں۔عرفان کے آتے ہی میں نے اپنا فیصلہ سنایا کہ اب میں گھر کے لیے نکل رہا ہوں۔ پہلے ہی بہت دیر ہو چکی ہے۔عرفان کو بھی اسی طرف جانا تھا وہ بھی ساتھ ہو لیا۔دوستوں سے آخری بار ہائے ہیلو کیا اور بولا چلیے حضور'' کتنے پیسے لیے اس نے؟''

''تمہیں کیسے معلوم__'' جواب دینے کے بجائے کے وہ خود ہی سوال کر بیٹھا۔

''چھٹا برس چل رہا ہے۔اتنا بھی نہیں معلوم ہوگا ایک بات میں تمہیں اور

بتاؤں۔''

''وہ کیا__؟''

''وہ یہ کہ تم مجھے جتنا شریف سمجھتے ہو اتنا شریف ہوں نہیں۔''

''مطلب__''

''مطلب تو شاید میں تمہیں نہ سمجھا پاؤں۔''

''خیر تم مجھے یہ بتاؤ کہ تمہیں یہ کیسے معلوم ہوا کہ فضیل نے مجھ سے پیسے طلب کیے ہیں؟''

''باندرہ میں تھوڑا وقت اپنا بھی گزرا ہے بھائی۔ تھوڑا بہت مال اپنا بھی خرچ ہوا ہے اس انڈسٹری میں۔''

''انڈسٹری سے مراد؟''

''یہ کیا انڈسٹری سے باہر کا آدمی ہے۔''

''اوہ اب سمجھا__''

''تمہارا المیہ یہی ہے کہ تم سمجھتے دیر سے ہو۔''

''المیہ کیا ہوتا ہے؟''

''تمہارا منہ__'' میں نے جھنجھلا کر کہا۔

''عرفان زور سے ہنسا۔ آس پاس سے گزرتے ہوئے لوگ مڑ مڑ کر دیکھنے لگے۔

''فضیل نے تم سے کیا کچھ کہا ہوگا میں تمہیں یہ بھی بتا سکتا ہوں۔''

اچھا ذرا بتاؤ تو سہی__'' اس کے انداز سے لگا کہ میرے دعوے پر اسے قطعی اطمینان نہ تھا۔

''اس نے کہا ہوگا ایک آدھ روز میں سائنگ اماؤنٹ مل جائے گا تو واپس کر

دوں گا بلکہ تمہیں ضرورت ہو تو مجھ سے لے لینا۔" میرے جواب پر عرفان لرزہ بر اندام نظر آیا۔

"بالکل یہی کہا تھا__ "اس کے چہرے پر خوشگواری کے تاثرات تھے۔

"تمہیں یہ بھی نہ معلوم ہوگا کہ فضیل اس وقت کہاں ہوگا؟"

"وہ گھر گیا ہے، کہہ رہا تھا کہ بس نکل رہا ہوں۔" بڑے اعتماد سے وہ بولا تھا۔

"غلط۔ وہ کریم کے ہوٹل میں ٹوٹی بینچ پر بیٹھا قورمہ کھا رہا ہوگا۔تو نے آج ایک بھوکے کو کھانا کھلایا ہے۔"

"بغیر کسی شبہ کے تو جنتی ہے۔ تیرے کہانی کار نہ ہونے کی ایک وجہ یہ بھی ہے۔" ایک بار پھر وہ زور سے قہقہہ مار کر ہنسا۔

ہم دونوں اب تک اسٹیشن کے اندر داخل ہو چکے تھے۔عرفان نے بتایا کہ اسے تاردیو جانا ہے۔بھیرو سے ملنے کے لیے۔"اچھا تو پھر خدا حافظ__ "میں کسی طرح اس سے پیچھا چھڑانا چاہتا تھا۔ دوسرے پلیٹ فارم پر جانے کے لیے وہ سیڑھیوں کی طرف بڑھ گیا۔ میں خدا حافظ کے سحر میں ڈوب گیا۔جب سے بمبئی آیا ہوں، آج پہلی بار کسی کے منہ سے یہ الفاظ سنے تھے۔کتنی یادیں وابستہ تھیں اس لفظ سے۔جب آپا حمیدہ کے یہاں سپارہ پڑھنے جایا کرتا تھا۔

لب پہ آتی ہے دعا بن کے تمنا میری

ایک ساتھ سارے بچوں کے مل کر گانے کی آواز جو اس وقت وہ معنی نہیں دیتے تھے مگر آج اس صدا کی بازگشت سے نین کٹوروں میں پانی بھر آتا ہے۔ ہل ہل کر سبق یاد کرنا، چھٹی کے وقت سپارہ سینے سے چمٹائے دوسرے ہاتھ میں ملتانی مٹی سے پتی ہوئی تختی پر سیٹے کے قلم سے __ا__ب__پ__ت__ لکھا ہوا سمیٹ کر تیزی سے دروازے کی طرف بھاگنا۔ اکثر کالی ٹکیہ سے گھول کر بنائی ہوئی سیاہی

چورن والی شیشی، عجلت کی وجہ سے لڑھک جاتی۔ بھاگ دوڑ میں کوئی نہ کوئی گرتا ضرور تھا۔ باہر نکلنے سے پہلے سب کو سلام عالیکم ___ خداحافظ ___ کی آوازیں بلند ہوتیں۔ کیا وقت تھا وہ بھی۔ گوری کے نتھ کے غرور کی طرح اب تک دل و دماغ میں محفوظ ہے۔ ذہن کسی طرح یہ ماننے کو تیار نہیں کہ یہ بیس برس پرانی بات ہے۔ وقت اتنی تیزی سے بھاگ رہا ہے کہ آنکھیں بھی خیرہ ہیں۔ کتنا کچھ بدل گیا دیکھتے ہی دیکھتے۔

ٹرین پلیٹ فارم پر آ کھڑی ہوئی تو خیالوں سے نکل کر حقیقی دنیا میں واپس آیا۔ لمحہ بھر کو پلیٹ فارم بھیڑ سے بھر گیا۔ پلک جھپکتے ہی سارا ہجوم غائب۔ گھس پل کر میں بھی آخر کار سوار ہو ہی گیا۔ معمول کے مطابق اندر بھی بہت بھیڑ تھی۔ کسی طرح دروازے کے پاس ہی جگہ بنانے میں کامیاب ہو گیا۔ ٹرین پوری رفتار میں آچکی تھی۔ کنکھیوں سے گرد و پیش کا جائزہ لیا۔ میرے پاس ہی ایک لڑکا اپنی گرل فرینڈ یا دوسرے کی بیوی کو ہاتھوں کے گھیرے میں لیے ہوئے تھا۔ دوسرے کی بیوی اس لیے کہ لڑکی کے شادی شدہ ہونے کے باوجود جس طرح تحفظ کے لیے کوشاں تھا، وہ اپنی بیوی کے لیے تگ و دو کرتے ہوئے کم سے کم میں نے تو نہیں دیکھے تھے۔ چہرے کے تاثرات بھی چغلی کر رہے تھے۔

مردانہ ڈبے میں انہیں آنے کی ضرورت ہی کیا ہے؟ کومل بدن پر غیر مردوں کے لمس اور چھری سے زیادہ تیز آنکھوں سے سکڑنے سمٹنے کی کوشش کرنا اور بالآخر ہار جانا۔ محبوب سے ذرا دیر کی فرقت کے لیے کس طرح بہتر ہے مگر یہاں کے لوگوں کے لیے شاید اس بات کی اہمیت نہیں کہ لڑکی کا بدن پرائے مردوں سے رگڑ کھائے۔ اتنی رگڑ کہ چنگاریاں سی اٹھنے لگیں تبھی پیچھے مرد اور عورت کے گانے کی آواز سنائی دی ''تم ایک پیسہ دو گے ___ وہ دس لاکھ دے گا ___'' دونوں کی آواز پختہ اور ٹنا کے دار تھی۔

ہتھیلیوں میں دبے شیشے کے ٹکڑے بجانے میں بھی انہیں مہارت حاصل تھی۔ یہ آواز سنگیت کا کام کر رہی تھی۔ میں اس فوجی کی طرح جو اپنے افسر کے سامنے بالکل سیدھا کھڑا ہوتا ہے جسے ذرا گردن گھمانے کی بھی اجازت نہیں ہوتی، بے بس ولاچار کھڑا ہوا تھا۔ کسی نے پیسے دینے کی غرض سے گویوں کو اپنے پاس بلایا۔ چند ثانیوں کے بعد گانے والے مرد کی آواز سنائی دی، ''بابو جی یہ چونی اب کہاں چلتی ہے؟''

''یار مجھے تمہاری پرابلم دیکھنی ہے یا اپنی۔ مجھے ڈھائی کروڑ سے زیادہ نہیں چاہیے۔'' کئی لوگوں کے ہنسنے کی آواز آئی۔ میں نے سوچا ضرور یہ Students ہوں گے۔ گردن کو جنبش دے کر اندر جھانکنے کی خواہش تو تھی مگر مہلت نہیں۔ معاشقے میں گھر سے بھاگنے والی لڑکی جتنی ہمت وحوصلہ میں جٹا بھی لیتا تو پاس کھڑی ہوئی مشکوک سی لڑکی کی نظروں میں خود کو مشکوک ہونے سے نہیں روک پاتا۔ ممکن ہے لڑکی کوئی نوٹس نہ لیتی مگر اس کا Boy Friend۔

اسی وقت میں نے نوٹس کیا کہ سامنے والا شخص جس کی عمر میرے خیال سے چالیس سے تجاوز کر چکی تھی، سر کے بال کھچڑی ہو چکے تھے، لڑکی سے سٹ کر کھڑا ہو گیا۔ حالاں کہ پوری مشاقی اور ہوشیار کے ساتھ بے نیازی و بے پروائی کا مظاہرہ کر رہا تھا۔ لڑکی نے ایک دوبارا سے دیکھا بھی۔ جنسی معاملات میں گاؤں دیہات کی لڑکیاں بھی کس قدر حساس، ذہین اور محتاط ہوتی ہیں۔ آدمی کے چہرے پر نظر ڈالنے کے بعد اسے احساس ہوا کہ ایسا کچھ نہیں ہے جیسا وہ سمجھ بیٹھی ہے۔ اس تجربے کار اور چاق وچوبند نے یہ سوچ کر گہری سانس لی ہوگی مگر غیر مرئی صعوبتیں برداشت کیے کھڑی رہی کہ یہ اس کی مجبوری بھی تھی۔ البتہ لڑکے نے اپنے بازوؤں سے قائم کیے ہوئے حصار کو تھوڑا اور کشادہ کرنے کی کوشش کی مگر دوسری طرف دباؤ زیادہ ہونے کے سبب مزید پھیلاؤ ممکن نہ تھا۔ ادھیڑ شخص نے اپنی جگت جاری رکھی۔ لڑکی نے اس

بار آنکھیں ترید کر اسے دیکھا۔

شاید وہ کچھ گھبرا گیا۔ بغیر کچھ بولے گھس پل کر اور آگے بڑھ گیا۔ لڑکی مجھ سے مخاطب ہوئی۔

''پلیز آپ ادھر آجائیں ___ '' وہ گوشۂ عافیت میں آنا چاہتی تھی۔

''ہاں ضرور۔'' اپنی جگہ میں نے لڑکی کے لیے خالی کر دی۔ اس نے اظہار تشکر کے بعد راحت کی گہری سانس لی مگر طمانیت مجھے لڑکے کے چہرے پر نظر آئی۔ ہمارے یہاں کے مردوں کا المیہ ہے کہ عورت کے لمس کے بغیر لذت محسوس نہیں کر سکتے۔ وہی سب کچھ تو میں بھی کر رہا تھا مگر دونوں میں کتنا فرق تھا۔ اسے میرا شکر گزار ہونا پڑا اور موصوف کو شرمندہ۔

میں نے دیکھا وہ صاحب کھسکتے ہوئے ایک بار پھر میرے قریب آ کھڑے ہوئے۔ شاید مجھ سے کچھ کہنا چاہتے ہوں۔ مگر طویل وقفہ تک جب انہوں نے لب کشائی نہیں کی تو میں نے سوچا شاید اگلے اسٹیشن پر اترنا ہو۔ چہرے کے تاثر سے ناگواری کا اظہار کیا اور دیوار کی طرف منہ کر کے کھڑے ہوئے۔

اندھیری آ گیا تھا۔ میں سب کچھ دماغ سے جھٹک کر باہر نکل آیا۔ کئی کئی زینے ایک ساتھ عبور کیے۔ پل پر مٹکا کھیلنے والوں کو گہما گہمی تھی۔ ایک طائرانہ نگاہ ڈالتا ہوا میں تیز تیز قدموں سے آگے بڑھتا رہا۔ سیڑھیوں سے اتر کر 333 نمبر کی بس جو مہا کالی تک جاتی تھی، اسٹاپ پر کھڑی ہوئی مل گئی۔ خلاف توقع بس میں بھیڑ بھی نہیں تھی۔ شاید یکے بعد دیگرے کئی بسیں اس سے قبل جا چکی تھیں ورنہ اس وقت بیٹھنے کی جگہ دستیاب ہو جانا بڑا لطیف اور خوشگوار تصور تھا۔ بسوں، گاڑیوں کا شور اپنی انتہا پر تھا۔ کان پھٹے جا رہے تھے۔

ہالی اسپرٹ ہاسپٹل کی دیوار سے لگے کچھ لڑکے گرد پی رہے تھے۔ راہ گیر

اطمینان سے آجا رہے تھے۔کوئی نوٹس نہیں لے رہا تھا۔ میں نے البتہ کئی بار مڑ مڑ کر انہیں دیکھا۔ ایسی نسل سے ہم کون سی امیدیں وابستہ کریں۔لڑکے تمام باتوں سے ماورا گہرے گہرے کش لینے میں مصروف تھے۔ چال کے قریب پہنچا تو خاصی بھیڑ بھاڑ نظر آئی۔ یہاں گردی کے لیے کسی موقع یا محل کی ضرورت نہیں ہوتی۔ معاملہ اپنی چال کا تھا۔اس لیے تشویش لازمی تھی۔ کچھ مراٹھی میں تو کچھ انگریزی میں گفتگو کر رہے تھے۔اپنے ہی محلے کے ایک صاحب سے معاملہ کی نزاکت دریافت کی۔

''کیا ہو گیا؟ یہ بھیڑ کیوں لگی ہے؟'' انہوں نے سر سے پاؤں تک مجھے اس طرح دیکھا جیسے پہچاننے کی کوشش کر رہے ہیں۔ رودابہ جواب تک چوکھٹ پر کھڑی تھی، مجھے دیکھتے ہی اندر کھسک گئی۔ پتہ نہیں کیسی کھسکی ہوئی لڑکی ہے۔ایک بار پھر تھوڑی سی جھنجھلاہٹ ہو گئی۔

میں نے دیکھا سائیں بابا کے مندر کے پاس تک کے لوگ موجود تھے۔ میں سوچ رہا تھا کہ اب کس سے پوچھوں، کیوں کہ پہلے والے تو مسکرا کر ٹال گئے جس سے تھوڑی حوصلہ شکنی ہوئی مگر صورتحال سے واقف ہونا میری ضرورت ہی نہیں، ذمے داری بھی تھی۔لوگوں کے چہروں کو پڑھتا ہوا میں آگے بڑھا تبھی ڈبو کی آواز کانوں میں پڑی۔ وہ کسی کو بتا رہی تھی۔''چھوکرا__ چھوکری_ادھر سنڈاس کے پاس گندہ کام کرتے ہوئے پکڑے گئے__ گندہ کام بولے تو__ بہت برا ٹیم آگیا ابی__''

یہ بات افتخار سے وہ عورت کہہ رہی تھی۔ مہا کالی میں جس کی تین دارو کی بھٹیاں بکھیڑے میں کبھی نہیں پھنسی جو کوئی بھی خدمت کرنے کی خواہش ظاہر کرتا، اسے بٹھا لیتی۔ تھانے چوکی سے گہری سانٹھ گانٹھ اس وجہ سے کوئی آنکھ ترچھی نہیں کر پاتا۔غرضیکہ مہا کالی میں اس کی رنگ بازی تھی۔

چالیس کے پیٹے میں تھی مگر بدن اب بھی شکم سیروں کو بھوک کا احساس

کرادیتا۔ وہ بڑی گھاگ تھی۔ بڑوں بڑوں کو پانی پلا چکی تھی۔ سپاہی حوالداروں کو تو ایسے پھٹکارتی جیسے ان کی حاکم ہو۔ وہ بتا رہی تھی کہ ٹائم بہت خراب آ گیا ہے۔

اس شہر کو یہی امتیاز حاصل ہے کہ یہاں ڈبو جیسی عورتیں عزت وقار کے ساتھ جیتی ہیں جب کہ اور شہروں میں ان کے لیے مڈواڈیہہ، سونا گاچھی اور جی بی روڈ جیسے علاقے مختص ہوتے ہیں۔ اپنے کمرے کے سامنے نثار صاحب کھڑے ہوئے دکھائی دیے جو اس چال میں تنہا ہم مشرب و ہم زبان تھے۔ کاش ہم خیال بھی ہوتے۔ مشاعرے کے شاعر تھے مگر آدمی بہت اچھے تھے۔ قطع نظر اس بات سے کہ اسی شاعری کو انتہا سمجھتے اور اکثر و بیشتر مجھے قائل کرنے کی کوشش بھی کرتے۔

آج کئی روز کے بعد ان سے آمنا سامنا ہوا تھا۔ سلام دعا کے بعد جھجکتے ہوئے انہیں سے استفسار کیا۔

''کیا ہو گیا بھائی___ کون لوگ تھے؟''

''ارے وہ اپنا راگھون کا لڑکا ہے نہ کاشی ناتھ___''

''ہاں___ ہاں___''

''وہ اور گائتری کی لڑکی رادھیکا___''

''کیا___؟'' حیرت سے میرا منہ کھلا کا کھلا رہ گیا۔

''وہ تو بہت چھوٹے ہیں___''

''جی بجا فرمایا آپ نے___ کاشی ناتھ تیرہ برس کا ہے اور رادھیکا دسمبر میں دس کی ہوگئی۔''

''تعجب ہے اتنے چھوٹے بچے کیسے کیا کر رہے ہوں گے؟'' شاید میں شرارت کے موڈ میں تھا۔ نثار صاحب نے مجھے غور سے دیکھا لیکن قدرے سنجیدہ پا کر اپنے رویہ پر نادم ہوئے۔

''اماں ـــ پیچھے کر رہے تھے ـــ''

''ہاں وہ تو ڈبو سے سنا کہ پیچھے سنڈاس کی طرف پکڑے گئے ہیں ـــ''

''سنڈاس والے پیچھے نہیں ـــ پیخانے والے پیچھے ـــ'' تقریباً سرگوشی کے انداز میں وہ بولے تھے۔

''میں سمجھا نہیں ـــ آپ کیا کہہ رہے ہیں؟'' میرا اشارہ کسی اور طرف ہے۔''

''ظاہر ہے میری فہم وفراست اور آپ کی عقل ودانش میں ان بچوں جتنا ہی فرق ہے۔''

''جی ـــ؟'' وہ بری طرح چونکے تھے۔

''یقیناً میں آپ کے سامنے بچوں جیسا ہوں۔ یوں کریں آپ ذرا کھول کر بتائیں ـــ؟''

''کیا کھول کر بتائیں ـــ'' لہجے میں تھوڑی درشتی آ گئی تھی۔ میں نے سوچا کہ اب مزید بات کو نہ الجھایا جائے کیونکہ اس کے بعد ان کا برہم ہونا یقینی تھا۔

''کہیں آپ غیر فطری فعل کی طرف تو اشارہ نہیں کر رہے۔''

''بالکل یہی کہہ رہا ہوں۔ چلیے کم سے کم آپ سمجھتے تو ہیں۔'' میں نے دیکھا وہ کافی خوش نظر آرہے تھے۔

''یہ تو افسوس ناک ہے ـــ'' میں اب تک قطعی سنجیدہ ہو گیا تھا۔

''المیہ کہیے میاں المیہ ـــ''

سامنے کوئی اور ہوتا تو شاید میں بتاتا کہ المیہ وہ نہیں ہے کہ آدمی پر افتاد آئے اور اس کے پاس دفاع کے ذرائع موجود نہ ہوں۔ المیہ تو وہ ہوتا ہے کہ چیز موجود ہو اور اس کا استعمال نہ ہو سکے۔

بجھے من اور بھاری قدموں سے آگے بڑھ کر کمرے کا تالا کھولا تو دیکھتا ہوں

کہ نثار صاحب بھی اندر آچکے تھے۔ اس سے پہلے کہ رہے سہے حواس غارت ہوں، میں نے لپک کر بکھری ہوئی کتابیں سمیٹیں۔ بیٹھنے سے قبل معذرت کے ساتھ انہیں روکا۔ جلدی سے چادر جھاڑی اور تشریف رکھنے کی درخواست کی۔ پھرتی سے کپڑے تبدیل کیے۔ منہ ہاتھ دھو کر میں ایک بار پھر ان کے سامنے آیا۔

''نثار صاحب! چائے چلے گی؟''

''اماں آپ کو زحمت نہ ہو تو دوڑے گی۔''

گیس پر میں نے پانی چڑھایا۔ فریج سے دودھ کا بھگونا نکالا۔ پتی شکر ڈال کر حضرت نثار کو چھیڑنے کی غرض سے ان کے پاس آ کر بیٹھ گیا۔

''ادھر کئی روز بعد آپ سے ملاقات ہوئی ___ کیا بہت مشاعرے پڑھ رہے ہیں؟''

''آپ ہی منہ اندھیرے نکل جاتے ہیں۔ رات جس وقت آتے ہیں تو میں آدھی نیند سو چکا ہوتا ہوں۔ مجھ سے دیر رات نہیں جاگا جاتا۔''

''جاگ کر بھی اب کیا کرلیں گے؟''

''یہ نہ کہیے زید صاحب ___ ابھی بھی بہت دم خم ہے۔''

''صرف باتیں کرتے ہیں آپ ___ ورنہ آپ کی بات میں ذرا بھی سچائی ہوتی تو انا کی بیوی کستوری کب سے آپ پر عاشق ہے۔ کب کے فیضیاب ہو چکے ہوتے۔''

''آپ سے یہ کس نے کہا کہ میں فیضیاب نہیں ہوا۔'' میں حیران و ششدر انہیں دیکھتا رہا۔

''کیا کہہ رہے ہیں ___ کیا واقعی؟''

''اللہ پاک کی قسم ___ جو جھوٹ بول رہا ہوں تو مرتے وقت کلمہ نہ نصیب ہو۔'' یہ سن کر میرے ہاتھ پاؤں ٹھنڈے ہونے لگے۔ میں نے تو یوں ہی ازراہِ مذاق

پوچھ لیا تھا۔ نثار صاحب سے یہ امید ہرگز نہ تھی۔ وہ پنج وقتہ نمازی تھے اور اتنے دنوں کی رسم وراہ میں جو رائے میں نے قائم کی تھی اس میں یہ نثار تو دور دور تک نہیں تھے۔ میرا تفریح کا موڈ غارت ہو گیا۔

تبھی اذان کی آواز سنائی دی۔ انہوں نے جلدی چائے حلق میں انڈیلی۔ کپ پتائی پر رکھا اور اٹھ کھڑے ہوئے۔ ''نماز کا وقت ہو گیا۔ اب میں چلتا ہوں'' کہہ کر تیزی سے وہ باہر نکل گئے۔ میں تھوڑا افسردہ ہو گیا تھا۔ خیالوں کو جھٹک کر دروازے کے پاس آ کر کھڑا ہو گیا۔ لوگ اپنے گھروں میں جا چکے تھے۔ رودابہ بھی نظر نہیں آئی۔ کچھ لمحوں تک ادھر ادھر نظر دوڑائی پھر واپس آ کر چار پائی پر ڈھیر ہو گیا۔ اب مجھے احساس ہوا کہ میں بہت تھک چکا ہوں۔ کچھ دیر گھومتے ہوئے پنکھے کو دیکھتا رہا پھر کتاب کا خیال آیا جس میں علاقائی زبان کی منتخب کہانیاں چھپی تھیں۔ سدھا کرن کی تیلگو کہانی نکالی اور پڑھنی شروع کر دی۔

سدھا کرن کا میں بطور خاص مداح تھا۔ ہر چند کہ تین چار کہانیاں ہی پڑھی ہیں مگر مجھے احساس تھا کہ یہ بلا کا کہانی کار ہے۔ زندگی کے ساتھ جڑے ہوئے تمام مسائل کو اپنی فنی خوبیوں کے ساتھ جس تیور سے بیان کرنے کی قدرت اس شخص کو حاصل ہے، یہ کم لوگوں کو نصیب ہوتی ہے۔ جملوں میں ایسی کاٹ ہوتی ہے کہ میں عش عش کرتا ہوں۔ ہر بار کہانی پڑھنے کے بعد میں توصیفی خط ضرور لکھتا ہوں۔ گو کہ آج تک کسی کا جواب نہیں آیا، باوجود اس کے میں نے اپنے طور پر خط لکھنا بند نہیں کیا۔

کہانی کے پہلے ہی اقتباس نے مجھے اپنی گرفت میں جکڑ لیا تھا۔ لیکن تبھی مجھے بھوک کا احساس ہوا۔ سگریٹ پینے کا جی بھی چاہ رہا تھا مگر میں خالی پیٹ سگریٹ نہیں پیتا۔ ہر چند کہ سگریٹ بھی ختم ہو چکی تھیں۔ کتاب کا صفحہ موڑ کر رکھ دیا اور تالا ڈال کر ایک بار پھر باہر آ گیا۔

روداب اس بار چوکھٹ پر کھڑی نظر آئی مگر مجھے دیکھتے ہی خاموشی سے اندر سرک گئی۔ دروازے کے سامنے سے گزرتے ہوئے جی میں آیا کہ اندر جھانک لوں۔ آنکھ کے کونے سے ایک سرسری نگاہ ادھر کی۔ وہ کواڑ کی اوٹ میں کھڑی ہوئی تھی۔ نظروں کا تصادم ہوا تو وہ گلابی ہوگئی۔ ’صاف چھپتے بھی نہیں سامنے آتے بھی نہیں‘ بدبداتا ہوا میں آگے بڑھ گیا۔ اس طرح سے کب تک گاڑی چلے گی ___ میں خود سے سوال کرتا ہوں، شاید پیش رفت مجھے ہی کرنی ہوگی۔

کیا مجھے ایک بت سے گفتگو کی طلب ہے۔ مجھے کچھ اور انتظار کرنا چاہیے یا نہیں، سوچتا ہوا میں آگے بڑھتا رہا۔ سڑک پر مڑنے سے پہلے میں نے گلی کے اندر ایک بار پھر دیکھا۔ وہ پھر سے چوکھٹ پر آ کھڑی ہوئی تھی۔ کاش کسی روز اپنے آپ سے بھی باہر پھدک آئے کہ اب انتظار نا قابل برداشت ہوگیا تھا۔

نیلی آنکھوں والی یہ لڑکی جو آنکھوں سے گفتگو کرنے میں طاق تھی، میرے شب و روز کے پاس آ کر بیٹھ گئی تھی۔ مڑے ہوئے گھٹنوں پر تلے اوپر گورے گورے ہاتھ رکھے ہوئے۔ حنائی اور مخروطی انگلیوں سے خشک مٹی پر آڑی ترچھی لکیریں سی کھینچتی ہوئی۔

میں نظر Zoom کر کے پاس لے جاتا ہوں تا کہ مبہم سے اُن لفظوں کو پڑھنے کی کوشش کروں۔ وہ جھٹ دوسرے ہاتھ سے اس بچے کی طرح جو نہ کھلائے جانے پر کھیل بگاڑ دیتا ہے، تمام لکیریں منتشر کر دیتی ہے۔ میں غبار کو حیران نظروں سے دیکھتا ہوں۔ ذرات خاک کی خوراک بن رہے ہیں۔ میں خالی ہاتھ تکلف اور لحاظ کے بوجھ سے دبا کھڑا رہ جاتا ہوں۔ اسی وقت جانے کون پیچھے سے آ کر میری آنکھوں پر سرخاب کے پروں سے نازک و ملائم ہاتھ رکھ دیتا ہے۔ میں ہاتھ بڑھا کر ان مخملی ہاتھوں کو ہٹانا چاہتا ہوں اور جب میں اپنی کوشش میں کامیاب ہوجاتا ہوں تو وہ گداز

ہاتھوں والی لڑکی شرم وحیا سے نظریں نیچے جھکا لیتی ہے۔اب پاؤں کے انگوٹھے سے زمین کریدتی ہے۔میں اس کی ٹھوڑی اوپر اٹھا کر آنکھوں میں کچھ دیکھنا چاہتا ہوں اور وہ کسی طلسمی دنیا سے آئی پری کی طرح معاً کہیں روپوش ہو جاتی ہے جیسے جاڑے گرمیوں میں مدغم ہو جاتے ہیں۔ میں بھی کیسی دنیا میں پہنچ گیا تھا۔مسجد سے نکلتے ہوئے نمازیوں کو دیکھ کر میں خیالوں کی وادی سے باہر آتا ہوں۔میری نگاہ نثار پر پڑتی ہے۔میں اس سے بچنے کی کوشش میں لمبے لمبے قدم رکھتا ہوا آگے بڑھتا ہوں۔ مجھے لگتا ہے جیسے نثار نے مجھے آواز دی ہے مگر سنی ان سنی کرتا ہوا آگے بڑھتا رہا اور ہوٹل میں داخل ہو گیا۔

پہلا پہر

فلم سٹی اسٹوڈیو میں داخل ہوتے ہیں سب سے پہلے Shedule اور Shift پر Information کی تفصیلات دیکھیں۔حالاں کہ جگہ کا تعین میرے سامنے ہی ہوا تھا لیکن یہاں کس کا بھروسہ۔ذرا سی دیر میں سب کچھ بدل جاتا ہے۔

Dayal Annad Productuion Floor.2 __ پڑھ کر تمام وسوسے ختم ہو گئے۔میں نے چلنے سے پہلے ایک سگریٹ جلائی۔فلم سٹی بہت مصروف رہنے والی جگہوں میں سے ایک ہے۔دو چار فلموں کی شوٹنگ ہمہ وقت رہتی ہے۔اس وجہ سے یہاں سناٹا مشکل سے ہی دکھائی دیتا ہے۔بھیڑ بھاڑ بڑھنے لگی تھی۔سیٹ پر کام کرنے والے لیبروں کی تعداد سب سے زیادہ تھی۔ایک کونے میں بھائی لوگ (Junior Artist) اپنی حاضری لگوا رہے تھے۔ڈریس مین کپڑوں میں پریس کرکے آرٹسٹوں کے کمروں میں پہنچا رہے تھے۔کوئی اسپتال کا سین فلمانے کی تیاری میں تھا تو کوئی گارڈن میں رومانٹک گانا کوئی پیچھے والے میدان میں صحرا کا سیٹ لگوا رہا تھا تو کوئی شملہ کی برف پوش پہاڑیوں کا۔کشمیر کے سیٹ اب عام طور سے نہیں لگتے۔کشمیر اب سیٹ جو چل رہا ہے۔

میں فلور میں داخل ہی ہوا تھا کہ دیال آنند بھی آ گیا۔بکسے سے میں نے Script نکالی۔کیمرہ مین گھوش لائیٹنگ کے ابتدائی مراحل میں مصروف تھا۔ہائے ہیلو کے بعد میں کرسی پر بیٹھ کر ایک بار پھر سین کا مطالعہ کرنے لگا۔

''زید دیکھو دیپالی آ گئی۔ اگر آ گئی ہو تو بولو فوراً ریڈی ہو جائے۔ یہ سین آج پورا کرنا ہے۔'' فائل کنارے رکھ کر میں اٹھ کھڑا ہوا۔

Make up room میں داخل ہوا تو دیپالی ڈریسنگ روم میں آئینہ کے سامنے بیٹھی ہوئی تھی۔ لباس ابھی اس نے تبدیلی نہیں کیا تھا۔ بالوں میں پھنسے ہوئے Roller نکلنے میں ابھی وقت تھا چہرے پر البتہ Face Pack لگ چکا تھا۔ قصہ مختصر یہ کہ عمارت کی بالائی منزل پر کام زوروں پر تھا۔ میں نے رنگ وروغن سے فارغ ہو کر جلد سیٹ پر پہنچنے کا دیال آنند کا پیغام دیا۔ اس نے میری طرف غور سے دیکھا۔ آہستہ سے مسکرائی بھی۔ میں نے سوچا شاید کچھ بات کرنے کے موڈ میں ہو مگر اگلے ہی پل وہ اپنی طرف متوجہ ہو گئی۔ دماغ میں فوراً خیال کوندا۔ اپنی ذات کے سحابوں کے اندر کا سفر سمندر کی تہوں میں پرواز جیسا مشکل ہے۔ اپنے باطن میں جھانکنا اور پنٹو بابا کی طرح خوف زدہ ہو جانا یا ہمت ہار بیٹھنا۔ فرزانگی سے دیوانگی تک کا سفر جو لوگ ایک ساعت میں طے کرتے ہیں کم سے کم دیپالی تو ان میں نہیں۔

واپس آ کر دیال آنند کو صورت حال کی اطلاع دی اور فائل اٹھا کر پھر سے سین پڑھنا شروع کیا۔ گھوش دا اب تک لائیٹنگ میں مصروف تھا۔ اب ان کے پاس ایک جواں سال لڑکی جس کے نین نقش بے حد تیکھے تھے۔ کھڑی ہوئی نظر آئی۔ بند لفظوں میں کہیں وہ کھلی باتیں نہ کر رہے ہوں۔ اس خیال کے زیر اثر میں کچھ اور قریب گیا۔ گھوش دا کو میں اچھی طرح جانتا ہوں۔ نگاہ فائل پر مرکوز کی اور ذہن کو گفتگو کی طرف لگا دیا۔ اتنے انہماک سے نہ سنتا تو یقیناً مجھے کچھ سنائی نہ دیتا۔

''گھر کب آ رہی ہو؟''

''جی وہ __''

''تھکیلے __ دو نمبر نیچے پر کٹر لگا اور چار کو تھوڑا Soft کر __''

''کل شام کو کیا کر رہی ہو؟''

''کچھ نہیں__''

''تو کل کیوں نہیں آتیں۔ کل میں بھی فری ہوں۔''

''مجھے شرم آ رہی ہے__''

''کیا کہتی ہو__ فلم میں کام کرنا ہے اور شرم__''

''کوئی دیکھ لے گا تو__''

''ملو گی تبھی تو شرم جائے گی__''

''دادا__ لائٹ دیکھو__ ٹھیک ہے یا اور کروں__''

''تھوڑا اور کر__''

''ایسا ہے شام پانچ بجے اکبر علیز میں آ جاؤ__''

''وہاں تو بہت بھیڑ رہتی ہے__''

''وہاں سے کہیں نکل چلیں گے__''

''دادا اب دیکھو__''

''تھوڑا اور کر__ بولو کیا کہتی ہو__''

''ٹھیک ہے جیسا آپ سمجھیں__''

''بس Fix کر دے__ ہو گیا۔'' اس کے بعد لڑکی ایک لمحہ بھی ضائع کیے بغیر تیزی سے فلور سے باہر نکل گئی۔ میری بے پروائی ہنوز جاری تھی۔ گھوش دا نے جائزہ لینے کی غرض سے میری طرف بڑی گہری نگاہ سے دیکھا تھا مگر ان کے وہم و گمان میں نہیں تھا کہ کتنی توجہ سے میں ان کی باتیں سنی ہیں۔ گھوش دا تو مطمئن ہو گئے مگر میرے اندر تیز آندھیاں سی ضرور چلنے لگی تھیں۔ میں نے طے کر لیا کہ میں بھی اکبر علیز ضرور جاؤں گا۔

"Lights Burning Sir__میں Take کے لیے تیار ہوں۔"

دیال آنند کو مخاطب کرتے ہوئے گھوش دا نے بہ آواز بلند اعلان کیا۔اسی وقت سیٹ پر چالیس پچاس جونیر آرٹسٹ لڑکیاں اپنی اصل ہیئت اور روپ میں نمودار ہوئیں۔وہ رنڈیوں کے میک اپ سے آراستہ تھیں چونکہ آج ایک چکلے کا سین فلم بند ہوتا تھا۔اس لیے جنگلوں، محرابوں میں سجانے کے لیے بدصورت ترین لڑکیاں درکار تھیں۔رہی سہی کسر میک اپ مین نے پوری کر دی تھی۔اب تک ڈھیر سارے بھائی لوگ بھی سیٹ پر آچکے تھے جو گاہک، دلّے اور راہ گیر کے کردار نبھانے والے تھے۔آرٹ ڈائرکٹر داس نے چھوٹا مگر خوبصورت سیٹ لگایا تھا۔کوئی گمان بھی نہیں کر سکتا تھا کہ یہ قحبہ خانہ نہیں ہے۔بھائی لوگوں کے آجانے سے آماجگاہ بھی شروع ہو گئی۔چوکھٹوں اور ڈیوڑھیوں پر کھڑی لڑکیاں سیٹ کی طرح اصلی چھنالیں اور رانڈ نظر آرہی تھیں۔

چند لمحوں کے توقف کے بعد دیپالی بھی گھاگھرا چولی زیب تن کیے اور نکلی پڑرہی چھاتیاں لیے سیٹ پر آگئی۔لمحہ بھر کو تو سب اپنا حساب کتاب بھول گئے۔ چولی کا گلا اتنا چوڑا تھا کہ ستر فیصد گولائیوں نے اندر رہنے سے انحراف کر دیا۔باقی ماندہ تیس فیصد بھی باہر نکلنے کو ویاکل۔دیپالی کے اندر اتنی سیکس اپیل اب سے پہلے میں نے کبھی نہیں دیکھی۔آج تو میری بھی چول ہل گئی تھی۔

جسے غرور ہو آئے کرے شکار مجھے

مجھے لگا جیسے اس کی پور پور پر یہ سطر لکھی ہوئی ہے۔ادائے ناز سے اٹھلاتی، بل کھاتی، نزاکت کے تمام لوازم کا باقاعدہ اہتمام کرتی ہوئی اپنی کرسی پر بیٹھ گئی۔دیال آنند نے اسے سین سمجھانے کے لیے بلایا۔وہ فوراً اُٹھ کر ایک کمرے کی دہلیز پر آکر کھڑی ہو گئی۔اس کے پیچھے تین چار لڑکیاں اور کھڑی تھیں۔ان سب کو کیا کرنا ہے، یہ بتایا جاچکا تھا۔سین سننے کے بعد وہ ریہرسل کرنے لگی۔ایک آنکھ دبا کر چھ__چھ__

چھ__ کی آواز کے ساتھ گاہک کو اپنی طرف بلاتا تھا۔موقع کی نزاکت کا پاس نہ ہوتا تو میں دیپالی کے کان میں یہ ضرور کہتا کہ پہنچی وہیں پہ نان جہاں کا خمیر تھا۔

ریہرسل سے مطمئن ہونے کے بعد Take کی تیاری شروع ہوئی۔ دیپالی نے میک اپ مین کو آواز دی۔دیال آنند نے چیخنا شروع کیا__ سائلنس__ سائلنس__اور تبھی سامنے والے مچان سے ایک آدمی گرتا ہوا دکھائی دیا۔ یقیناً یہ شاٹ سین میں موجود نہیں تھا۔دھم__ کی آواز سے اور لوگوں کا دھیان اس طرف گیا۔Script چھوڑ کر میں تیزی سے اس طرف بھاگا۔وہ امیش تھا بلکہ امیش کی لاش۔گرنے کے بعد شاید اگلی سانس بھی نہیں لی تھی اس نے۔تھکیلا تھا۔مستقل آرام گاہ پہنچ گیا۔سر کے پاس بہت سارا خون جو ناک اور منہ سے نکل رہا تھا جمع ہوتا گیا، آنکھیں پتھرائی ہوئی اسی مچان کو دیکھے جارہی تھیں جہاں سے پکے آم کی طرح وہ ٹپکا تھا۔آنکھوں میں زندگی سے نجات کے لیے اظہار تشکر تھا یا حقارت، میں کچھ نہیں سمجھ پایا۔اس کا گرم اور تازہ لہو میرے شریانوں میں جمتا ہوا محسوس ہوا۔

Pack -up__ دیال آنند نے شوٹنگ ملتوی کرنے کا اعلان کیا۔ پھر ہمدردی کے کچھ جملے ادا کیے اور نظر بچا کر سیٹ سے باہر ہو گیا۔ اکسٹرا لڑکیاں اور لڑکے محاصرہ کر کے کھڑے ہو گئے۔ کچھ لوگ کونے میں کھڑے کانا پھوسیاں کر رہے تھے۔ گھوش دا بھی بھاگنے کے چکر میں تھے۔ اسٹاف کے ایک آدمی کی On Duty موت واقع ہوئی تھی مگر کسی کے چہرے پر شکن نہیں تھی۔ میں نے آگے بڑھ کر Production Manager سے فوراً لاش اس کے گھر پہنچوانے کے لیے کہا۔ اس نے پھٹا پھٹ ٹیکسی بلوائی۔ لائٹس مین لاش اٹھوانے کے موڈ میں نہیں تھے۔ معاوضے کی رقم ملنے کے بعد تجہیز و تکفین کرنا چاہتے تھے۔ میں نے کسی طرح انہیں سمجھایا اور یہ یقین دلایا کہ معاوضہ تو ہر حال میں ملے گا۔ میں ان کے ساتھ لڑوں گا کسی بھی

حد تک۔ اس کے بعد ہی وہ کچھ تیار ہوئے۔ لاش کو گاڑی میں رکھوایا۔ منیجر نے انتم سنسکار کے لیے دو ہزار روپے دیے۔ تین لوگ جو امیش کے گہرے دوست تھے، میرے ساتھ ٹیکسی میں سوار ہو گئے۔

لاش گھر پہنچانے سے لے کر شمشان میں نذرِ آتش کیے جانے تک میں ساتھ رہا۔ بیوی پر تو سکتہ سا طاری ہو گیا تھا۔ بچے بھی رو رو کر نڈھال ہو گئے تھے۔ تشفی اور ہمت افزائی کے جملے اس وقت ان کے لیے کوئی معنی نہیں رکھتے تھے۔

اگلے روز دیال آنند اور پروڈیوسر کا گھیراؤ ہوا۔ یونین کے ذمے دار لوگ بھی سامنے آ گئے۔ انھوں نے ایک لاکھ روپے کا مطالبہ کیا۔ ان لوگوں کی طرف داری کرتے دیکھ دیال آنند نے مجھے اپنے پاس بلوایا اور کہا میں اس پھیر پھار میں نہ پڑوں۔ اپنے کام سے کام رکھوں بس۔ اس بار میرے صبر کا پیمانہ چھلک پڑا۔ ''پیسے تو اسے ملنے ہی چاہیے۔ وہ کام کرتے ہوئے مرا ہے اور پھر ایک آدھ لاکھ روپے آپ لوگوں کے لیے ہوتا کیا ہے___''

''آخر تم اتنی ہمدردی کیوں دکھا رہے ہو؟''

''اس لیے کہ یہ آپ کی کسی قسم فلم کا سین نہیں ہے۔ ایک آدمی اپنی جان سے گیا ہے اور آپ___''

''تمھیں پتہ ہے اس طرح تم یونٹ سے باہر ہو سکتے ہو۔'' اس جملے سے تو جیسے مرے زخموں پر نمک چھڑک دیا ہو۔ تمام سود و زیاں ایک لمحہ میں ذہن سے غائب ہو گئے۔

''انسان دوستی کے دائرے سے باہر نہ ہو بس۔ دیال صاحب میں بالکل دوسری طرح کا آدمی ہوں۔'' دیال آنند کے چہرے پر بھی غصہ کی لکیریں گہری ہو گئی تھیں۔

''رنڈی بھڑوؤں کی یونٹ سے آزاد کر۔ آپ میرے اوپر احسان کے علاوہ اور کچھ نہیں کر رہے ہیں۔'' دیال آنند کو ایسے جواب کی توقع ہرگز نہیں رہی ہوگی۔ اس کے تن بدن میں جیسے آگ لگ گئی۔ غصہ سے چہرا تمتمارہا تھا۔ اس سے پہلے کہ بات اور آگے بڑھے میں باہر نکل آیا۔ فلور سے باہر نکل کر سب سے پہلے سگریٹ جلائی۔ ایسے وقتوں میں سگریٹ کی ضرورت ہی کچھ اور ہوتی ہے۔ میں جب خوش ہوتا ہوں یا افسردہ تو ایک کے بعد ایک کئی سگریٹ پھونکتا ہوں۔ حبس اور گھٹن بھرے ماحول سے نکل کر تازہ ہواؤں کے جھونکے بڑے بھلے معلوم ہوئے۔ میں نے فیصلہ کیا کہ امیش کی لڑائی میں اب میرے اوپر کوئی اخلاقی ذمے داری عاید نہیں۔ کتنا بھی نقصان اٹھانا پڑے پیسے تو دلوا کر ہی رہوں گا۔ بات جو اپنی انا کی آ ٹھہری۔

گیٹ پر زور سے ٹھوکر ماری کہ وہ پورا کھلنے کے بعد بھڑام کی آواز کے ساتھ بند ہو گیا۔ چوکیدار مجھے حیرت سے دیکھ رہا تھا اور میں دھوئیں کے مرغولے چھوڑتا ہوا باہر نکل آیا۔

شام کا ملگجا پن بڑھنے لگا تھا۔ لیمپ پوسٹ کی تبیاں جل گئی تھیں۔ سڑکوں پر بھیڑ تھی کاریں دوڑ رہی تھیں۔ کام پر سے لوٹنے والوں کا ہجوم لمبے لمبے قدموں سے گھروں کی طرف بھاگتا ہوا۔ ہر طرف سروں کے علاوہ کچھ نہیں دکھائی دے رہا تھا۔

موڈ اکھڑ جانے کی وجہ سے یاں واں گھومتا رہا۔ ایسے حالات میں سیدھے گھر چلا جاتا تو وہاں کی تنہائی مشکلیں اور بڑھا دیتی۔ اس بات کا احساس پہلے ہی سے تھا لیکن گھر جانے کے علاوہ کوئی چارہ نہیں بچا تھا۔ میں نے فیصلہ کر لیا تھا کہ دیویندر سے بات کر کے واپسی کے لیے اس سے بہتر جواز نہیں ہو سکتا۔ کمرے میں جانے سے پہلے چائے کی خواہش ہوئی۔ خود چائے بنانے کا قطعی موڈ نہ تھا۔ سیدھے ساور کر کے ہوٹل

میں جا گھسا۔ اندر پہنچ کر پاؤ بھاجی کے ساتھ اسپیشل چائے کا آرڈر دیا اور ایسی بینچ پر جہاں سے باہر کا منظر صاف دکھائی دے، انتخاب کر کے بیٹھ گیا۔ میز پر رکھا ہوا مراٹھی کا اخبار ہر چند کہ میرے کسی کام کا نہیں تھا مگر ہاتھ بڑھا کر اٹھالیا۔ ایک نظر ڈال کر اخبار اسی جگہ رکھ دیا تب تک چھوکرا پاؤ بھجیا کے ساتھ تلی ہوئی ہری مرچیں رکھ گیا تھا۔

برابر والی میز پر لڑکا کٹوری میں چائے دے گیا۔ یہ کٹوری میرے لیے معمہ بنی ہوئی تھی۔ چھوٹی سی اسٹیل کی کٹوری میں چائے ہوتی ہے۔ اس سے دوگنی بڑی کٹوری اس پر ڈھکی ہوتی ہے لیکن جب بڑی کٹوری میں چائے انڈیلتے ہیں تو وہ پوری بھر جاتی ہے۔ یہ عقدہ میں آج تک نہ جان سکا۔ کئی لوگوں سے پوچھا بھی مگر جواب میں ہر بار مسکراہٹ ہی ملی کہ پتہ نہیں۔ یہ میرے احمقانہ سوال پر ہوتی یا وہ بھی اپنی جھینپ مٹاتے۔ نگاہیں کچھ دیکھنے کی غرض سے باہر بھٹکنے لگیں۔ راہگیروں کی آمدورفت میں حسین لڑکیاں بھی تھیں کہ جی بہلنے کے لیے اس وقت ان کی بہت ضرورت تھی۔

دفعتاً میری نظر پنٹو بابا پر پڑی جو نیم غنودگی کے عالم میں کھمبے کے کنارے آ گرا تھا۔ یہ شخص ہمیشہ عالم خواب میں ہی رہتا ہے۔

دائیں جانب کسی گھر سے روشنی کی کچھ شعائیں جالی سے چھن کر، پنٹو بابا کے چہرے پر پڑ رہی تھیں۔ کیف و مستی کا رنگ اس پر غالب تھا ورنہ لیٹنے کے بعد آنکھوں پر روشنی کا براہِ راست پڑنا کسے گوارہ ہوتا۔ تھوڑے وقفے سے وہ آنکھ کھولتا اور جانے کیا دیکھ کر پھر بند کر لیتا۔ اسی وقت ایک ادھیڑ عورت پنٹو بابا کے سامنے رکی اور بڑی عقیدت سے دونوں ہاتھ جوڑ کر پرنام کیا۔ پنٹو بابا کی آنکھ اس بار بند ہونا بھول گئی۔ وہ ایک دم ہڑبڑا گیا تھا۔ عورت تب تک دور جا چکی تھی۔ جانے کیا سوچ کر اس نے داہنے ہاتھ کی انگشت شہادت ناک میں گھسیڑ لی۔ اس کے بعد کیا ہونے والا تھا، مجھے معلوم تھا۔ پنٹو بابا کی یہ عادت مجھے حد درجہ ناگوار لگتی۔ تھوڑی دیر بعد اس نے انگلی باہر

نکالی پھر انگوٹھے کی مدد سے آلائش کو گولی کی شکل دینے لگا۔ مجھے محسوس ہوا جیسے قے ہو ہی جائے گی۔ انگلیوں نے حرکت بند کی تو آنکھیں خود بخود مژگاں کی آڑ میں جا چھپیں۔ اگر ان دونوں کا آپس میں کوئی ربط تھا تو وہ میری فہم سے بالاتر تھا۔

اس شخص کو میں جتنا نظر انداز کرنے کی کوشش کرتا ہوں، یہ اتنی ہی شدت سے ذہن کے نہاں خانوں میں جھانکنے لگتا ہے مجھے حیرت زدہ کرتا ہوا۔

چند ساعتیں گزری ہوں گی کہ اس نے پھر آنکھ کھول دی۔ اس بار ایک آدمی ہاتھ جوڑے ہوئے کھڑا تھا۔ چھوکرے نے مجھ سے پوچھا ''کچھ اور چاہیے؟'' میں نے کہا ''نہیں__'' وہ بولا صاحب دھندے کا ٹیم ہے۔ کھوٹی نہ کرو۔ بیٹھنا ہے تو بولو کچھ اور لے آؤں__ ''نہیں میں جا رہا ہوں__'' کہہ کر میں نے پیسے ادا کیے اور باہر آ گیا۔ پنٹو بابا اس آدمی کو ٹوکتا اس سے پہلے وہ چلا گیا۔ اس نے کئی بار پلکیں جھپکائیں اور کھول دیں۔ اتنی کھلی آنکھیں پنٹو کی ہی ہو سکتی ہیں چوں کہ میں صورت حال سے واقف تھا مگر اس تماشے کا Climax تو بہر حال مجھے دیکھنا تھا۔

پانچ منٹ بھی نہیں گزرے ہوں گے کہ ایک گھاٹن جس کی عمر اٹھارہ برس رہی ہو گی، پنٹو بابا کے مقابل مؤدّب کھڑی ہو گئی۔

''اے کائے جھالا__ ایسا کائے کو کرتی__'' وہ پوری طاقت بٹور کر کہہ پایا تھا۔

''بھگوان جی__ یہ کدھر سے آ گئے__'' اس نے پیچھے گھوم کر دیکھا اور بے تحاشا ہنسنے لگا۔ عقب میں ہنومان جی کا چھوٹا سا مندر تھا۔ وہ دیر تک ہنستا رہا۔

اس آدمی کو میں نے پہلے بار کب دیکھا تھا، میں یاد کرنے کی کوشش کرتا ہوں مگر یاد نہیں آتا۔ جانے کیوں اس شخص کے لیے میرے اندر ہمدردی ابھرتی ہے۔ جی چاہتا ہے کہ ٹھہر کر اس سے بات کروں پر لوگوں کا خیال مجھے ایسا کرنے سے روکتا

ہے۔ پتہ نہیں میرے بارے میں وہ لوگ کیا سوچنے لگیں۔ ویسے بھی میرے Status میں کتنے شگاف ہیں، میرے علاوہ یہ کسے معلوم ہے۔ رخصت ہونے سے پہلے آپ ہی آپ زبان سے نکلا، 'چل خسرو گھر آپ نے سانج بھئی چوند دیس ___ '

اداس من سے گھر میں داخل ہوا تو کچھ دیر پلنگ پر بیٹھ کر یہ سوچتا رہا کہ دل بہلانے کے لیے کیا کیا جائے۔ ٹی وی کھولا تو اسپورٹ چینل پر مردوں کا لان ٹینس آرہا تھا۔ برا سامنہ بنا کر چینل بدل دیا۔ لان ٹینس میں صرف لڑکیوں کا ہی دیکھتا ہوں۔ اس میں کھیل سمجھ میں آئے نہ آئے ان کی چکنی اور بھری بھری رانیں تو سمجھ میں آہی جاتی ہیں۔ بیچ میں اسکرٹ سے جھانکتی چڈی کھیل کا لطف دوبالا کر دیتی ہے۔ F.T.V پر لڑکیاں معمول کے مطابق Cat walk کر رہی تھیں۔ ماڈل لڑکیاں کچھ تو کبھی نہیں بھاتیں کیونکہ ان کے بدن پر گوشت کی پرتیں کم ہوتی ہیں۔ بور ہو کر ٹی وی بند کر دیا۔ جوتے موزے اتار کر تہمد باندھا۔ ٹیپ میں غزلوں کا کیسٹ لگایا اور بستر پر لڑھک گیا۔ آنکھیں بند کر کے غزل کا لطف لینا چاہا۔ دو شعر ہی سن پایا تھا کہ دیویندر آگیا۔ میں اٹھ کر بیٹھتا تب تک اس نے ٹیپ آف کر دیا۔ چند لمحوں تک مجھے گھورتا رہا۔ اتنی دیر میں معاملے سے نمٹنے کے لیے میں ذہنی طور پر تیار ہو گیا۔ سر اٹھا کر اس کی طرف دیکھا۔

''یہ تو نے اچھا نہیں کیا؟''

''مجھے معلوم ہے ___ مگر ہر چیز کی حد ہوتی ہے۔''

''اس کا نتیجہ جانتے ہو؟''

''اچھی طرح مگر مجھے اپنے کیے پر ذرا بھی افسوس نہیں۔''

''دیال آنند تیرے جیسے لوگوں کی گوٹیاں بنا کر کھیلتا ہے۔''

''کھیلتا ہوگا ___ مجھے اس سے کیا۔''

''اتنے سالوں میں بھی تو بمبئی سے کچھ نہیں سیکھ سکا۔''

''ایسا نہیں ہے ــــ بے حسی کا جو عالم یہاں دیکھا ہے یہ اور کہیں نہیں ہو سکتا۔''

''کامیابی کے لیے یہ سب معمولی چیز ہے۔''

''تجھے نہیں سمجھایا جا سکتا۔''

''سچ کہا تم نے۔''

''پر اپن دیال کو سمجھا آیا ہے۔''

''کیا ــــ؟''

''تیرے بارے میں Detail سے بتا دیا اسے۔'' دیویندر اپنی مسکراہٹ کو روکنے کی ناکام کوشش کر رہا تھا۔ تھوڑے Pause کے بعد وہ بولا'' دیال آنند کو اپنی غلطی کا احساس ہے۔''

''کیا ــ ـــ کیا کہا تم نے ـــ ''یقین نہ کرنے کی میرے پاس وجہ موجود تھی۔ ''امیش کی گھر والی کو ایک لاکھ دینے کو تیار ہو گیا ہے۔'' مجھے لگا دیویندر جھوٹ بول رہا ہے۔

''اس طرح کا مذاق تمہیں نہیں کرنا چاہیے۔''

''میں مذاق نہیں کر رہا۔''

''دیال نے تجھے کل بلایا ہے۔''

''میں تو نہیں جاؤں گا۔''

''اے تو اتنا وٹ کائے کو مارتا ہے۔ نہیں جاؤں گا ــــ تیرے تو اچھے جائیں گے۔''

''کھانا کھا لیا ــــ ''

''نہیں ــــ ''

''چلو کھانا کھا کر آتے ہیں__''

''تو میرے کو بھی دیال آنند سمجھتا کیا__؟''

آگے وہ کچھ اور بولے اس سے پہلے میں اٹھ کھڑا ہوا۔ دیویندر کا خلوص ایسا تھا کہ ہر بار وہ مجھے شکست دے جاتا۔ اس دیار غیر میں وہ ہی ایک ایسا اپنا تھا جو میری ذہنی شکست وریخت کا حساب برابر کیے رہتا۔ مجھے لگ رہا تھا کہ مرضی کے بغیر بھی مجھے دیال آنند کے پاس جانا پڑے گا۔ پھر خیال آتا ہے کہ جو کچھ ابھی دیویندر نے کہا اگر وہ سچ ہے تو جانے میں کوئی قباحت بھی نہیں۔ حالانکہ دیویندر سنجیدہ معاملوں میں مجھ سے جھوٹ نہیں بولتا پر پھر بھی تھوڑی سی بے یقینی آخر تک قائم ہی رہی۔

ساؤنڈ ٹریک کے ساتھ میں اور دویندر ساڑھے آٹھ بجے مڈائی لینڈ پہنچ گئے۔ لائٹ مین اور اسپاٹ بوائے وغیرہ پہلے ہی آچکے تھے۔ سب اپنے کاموں میں مصروف ہو گئے تھے۔ دس منٹ بعد ہی سفید مرسڈیز Benz پر دیال آنند بھی آ گیا۔ شاید میں آڑ میں ہونے کی کوشش کرتا مگر تب تک اس نے مجھے دیکھ لیا۔ گاڑی سے اتر کر سیدھے میرے پاس آیا۔ Come with me__ اور میں عتاب زدہ کنیز کی طرح ظل الٰہی کے پیچھے چل پڑا۔ کچھ فاصلہ پر سمندر کا کنارہ تھا۔ ذہن میں طرح طرح کے اندیشے آرہے تھے۔ آنے والی کچھ ساعتوں میں کسے معلوم کیا ہونے والا ہے۔ ایک بات سے البتہ میں فکر مند تھا کہ اگر دیویندر نے مجھ سے جھوٹ کہا ہوگا تو میرے لیے دفاع کے تمام راستے بند ہوں گے۔

کنارے پہنچ کر دیال آنند ٹھہر گیا۔ سمند کی سر پٹکتی ہوئی موجیں رواں دواں تھیں۔

''تم نے مجھے کیوں نہیں بتایا کہ تم Writer __؟'' دیال آنند نے گفتگو کا آغاز کیا۔

''دراصل میں ویسی کہانیاں نہیں لکھتا ہوں جیسی آپ سمجھ رہے ہیں۔'' میرے جواب پر وہ ہنسا۔

''سارتر اور کامو کے Style میں لکھتے ہو۔'' اس بار میں نے آنکھیں پھاڑ کر اسے دیکھا۔

''کل دیویندر نے مجھے بتایا تمہارے جملوں کا ربط سمجھ میں آیا۔ پیارے! میں خالی فلم کا ڈائرکٹر نہیں ہوں۔ تھوڑا بہت ادب میں نے بھی پڑھا ہے اور میں یہاں کہانیاں ہی لکھنے آیا تھا۔ لکھنا تو خیر اب چھوٹ گیا۔ پر وقت نکال کر تھوڑا بہت پڑھتا ضرور ہوں۔ میرے پاس زندگی کا تجربہ تم سے زیادہ ہے۔ تم سے زیادہ پریشانیاں اٹھائی ہیں۔ کسی Real Artist کے مزاج سے میں یوں واقف ہوں۔ یہاں آدمی دیکھ کر بات کی جاتی ہے۔ میں اپنے کل کے رویے کے لیے شرمندہ ہوں۔''

''یہ آپ کیسی بات کر رہے ہیں __'' ایک جست میں دیال آنند کہاں سے کہاں پہنچ گیا تھا۔ اب بھی میرے لیے یقین کرنا مشکل ہو رہا تھا۔ کیا سمجھتا تھا میں اس شخص کو اور کیا نکلا __ میری تو ہکّی بکّی بھول گئی۔ سمندر کی لہریں قدموں کے پاس تک آ رہی تھیں۔

''یہاں پر سمندر کتنا گہرا ہوگا معلوم ہے آپ کو __؟'' دوسری طرف دیکھتے ہوئے میں نے سوال کیا۔ دیال آنند نے سگریٹ کا پیکٹ نکالا، ایک سگریٹ ہونٹوں سے دبائی اور پھر ڈبّی میری طرف بڑھائی۔ لائٹر نکال کر پہلے میری اور پھر اپنی سگریٹ جلائی۔

''یہ ہمارے سوچنے کی قوت پر منحصر ہے __'' دھوئیں کے ساتھ جواب باہر

آیا۔

اس نے جیب سے ایک چیک نکال کر میری طرف بڑھایا۔ یہ امیش کی بیوی کو دے دینا۔" رقم دیکھنے کی میں نے ضرورت نہیں سمجھی کہ اب معاملات ہی کچھ اور تھے۔

"میں تمہاری کسی کہانی پر فلم بناؤں گا I Promise You__" لگا کہ وہ فرشتوں سے بھی آگے جانے کے چکر میں ہے۔

"تم نے انڈسٹری کے بارے میں جو رنڈی بھڑوؤں والی بات کہی تھی، سب سے زیادہ مجھے اسی نے اپیل کیا۔ کبھی میرا بھی یہی خیال تھا۔ پر کامیابی ملنے کے بعد نظریہ اپنے آپ بدل جاتا ہے۔ تمہاری باتوں سے مجھے اپنا وقت یاد آ گیا اور آدمی کو اپنا وقت نہیں بھولنا چاہیے۔"

"آپ نے تو مجھے اس لائق بھی نہیں چھوڑا کہ میں آپ کا شکریہ ادا کر سکوں۔ مجھے سب سے زیادہ خوشی اس بات کی ہے کہ یہاں اب بھی آپ جیسے لوگ موجود ہیں اور اس بات کا کوئی نعم البدل نہیں۔"

ہم سیٹ پر واپس آ گئے تو میں نے دیکھا کئی لوگ مجھے حیرت سے دیکھ رہے تھے۔ میرے تو جیسے پر لگ گئے تھے۔ مور کے لیے بارش ہو گئی ہو جیسے۔

آج Duet Song پکچرائز ہوتا تھا۔ Talkie کے مقابلے گانے میں مجھے زیادہ لطف آتا۔ ساتھ میں اگر دس بیس Dancer بھی ہوں تو کہنے ہی کیا؟

آدھے گھنٹے کے بعد دیپالی سیٹ پر آ گئی۔ وہ گاؤن پہنے ہوئی تھی۔ مطلب صاف تھا۔ وہ Swiming Sute میں ہو گی۔ مجھے تو صرف گاؤن کے اترنے کا انتظار تھا۔

ڈانس ماسٹر وجے کے گلے میں سیٹی اور ڈگ والی عینک لٹک رہی تھی۔ سیٹی

بجی اور رکارڈ سٹ شرافت نے میوزک آن کیا۔ ڈانسر لڑکیوں نے Frame میں آنے سے پہلے وجے کے پیر چھوئے۔ وجے نے پیٹھ پر ہاتھ رکھ کر ہر ایک کو آشیرواد دیا۔ مگر لڑکیوں کے جھکتے وقت ان کے گریبان میں جھانکنا نہیں بھولا۔ وجے کے معاون نے دیپالی اور لڑکیوں کے الگ الگ Step بتائے۔ پس منظر میں سمندر کی شور مچاتی لہریں مسحور کر رہی تھیں۔

مڈائی لینڈ کا یہ علاقہ بمبئی میں ہونے کے باوجود گوواکولوا بیچ جیسا نظارہ پیش کرتا تھا۔ پیچھے مچھیروں کی بستی آباد تھی۔ شام کو سیر و تفریح کی غرض سے خاصے لوگ بیچ پر آتے ہیں۔

دیپالی اب پہلے سے زیادہ خوبصورت دکھائی دینے لگی تھی۔ اس کی وجہ شاید یہ رہی ہو کہ پہلے میرا مطمح نظر کچھ اور تھا اب کچھ اور۔

لڑکیوں کے ہاتھ میں رنگین ریشمی رومال جنہیں Up Down Up __ Down کی آواز کے ساتھ سب کو ایک ساتھ اوپر نیچے کرنا تھا۔ پہلے دو تین بار میں تسلسل ٹوٹ رہا تھا مگر اس کے بعد ٹھیک ہو گیا۔ دیپالی کو جو Step دیے گئے تھے وہ وجے سے بھی بہتر طریقے سے کر رہی تھی۔ ویسے بھی اس فلم سے اُسے بڑی توقع تھی۔ پوری کہانی اس کے اردگرد گھومتی تھی۔ شاید یہی وجہ تھی کہ وہ کام کے تئیں کچھ زیادہ ہی Excited تھی۔

وجے بار بار سیٹی بجا کر میوزک شروع کراتا اور اگلی سیٹی سے بند کرا دیتا۔ ون __ ٹو __ تھری __ فور __ ون __ ٹو __ تھری __ فور __ چار چار بیٹ کے ٹکڑے تھے جو پہلے فلمائے جانے تھے۔ اس کے بعد لمبے شاٹس __ پورا ماحول سنگیت میں شرابور تھا۔ کھڑے بیٹھے ہر کسی کے ہاتھ پیر تھرک رہے تھے۔ دیپالی کا تو ایک ایک انگ محو رقص تھا۔ میوزک بند کرنے کے لیے سیٹی بجتی تو شرافت فوراً ٹیپ لگائے ہوئے

مارک پر Reverse کر لیتا۔ یہ کام بہت ہوشیاری کا تھا۔ ذرا سا دھیان بھٹکا اور معلوم ہوا مارکنگ پیچھے نکل گئی۔

تھوڑے انتظار کے بعد Take کا وقت آ گیا۔ کیمرہ کا سامنا کرنے والوں نے میک اپ درست کیا۔ چند لمحوں میں یہ رسومات بھی ادا ہو گئیں۔ میری تمام تر توجہ دیپالی پر مرکوز تھی۔ ویسے بھی آج میرے لیے کچھ خاص نہیں تھا۔ آخر کار چاند بدلیوں سے نکل گیا۔ گاؤن اتار کر اس نے ہیر ڈریسر کے سپرد کیا۔ خدا کی پناہ جسم تھا یا آتش کدہ۔ دودھیا اور مخملی رانیں۔ پستان تھے کہ گوالنوں کی دودھ بھری چھاگلیں۔ وہ صرف برا اور پینٹی میں اس اطمینان سے کھڑی تھی جیسے زربفت میں ملفوف ہو۔ مجھ پر ایسا نشہ سا طاری ہوا کہ لگا جیسے غش کھا کر گر ہی پڑوں گا۔ ایسا تابندہ حسن مجھے یقین تھا کہ پانی میں اترنے پر سمندر سے چھن چھن کی آوازیں ضرور آئیں گی۔

سرکش جذبوں پر قابو میرے اختیار سے باہر ہو گیا تھا۔ گیت کا مکھڑا، انترا ___ بیٹ ___ سب کچھ دماغ سے اوجھل ہو گیا۔

لنچ تک دل و دماغ میں آتش فشاں پھٹتے رہے۔ بھوک پیاس تک اڑ گئی تھی مگر دیویندر نے زبردستی کھانا کھلا دیا۔ کھانے کے بعد سگریٹ میرے لیے اشد ضروری ہے لیکن سگریٹ میرے پاس موجود نہیں تھیں اور اس وقت ایک دو سگریٹ سے کام چلنے والا بھی نہیں تھا کہ کسی سے مانگ لیتا۔ چہل قدمی کرتا ہوا سگریٹ کی تلاش میں سڑک تک آیا۔ کچھ فاصلے پر ایک ڈھابہ نظر آیا۔ میں اسی سمت میں آگے بڑھ گیا۔ قریب پہنچا تو گدی پر ایک لڑکی کو بیٹھے ہوئے دیکھا۔ لڑکی کے خدوخال دیکھ کر خوشی ہوئی۔ چھپر کے نیچے ٹی وی اور فریج اس بات کے گواہ تھے کہ اس کی دوکان خاصی چلتی ہے۔ ''کیا منگتا ہے؟'' اس کی آواز میں بلا کی شوخی تھی۔

''کیا ہے تیرے پاس ___'' میرے جواب پر اس نے مجھے غور سے دیکھا۔

''ہے تو اپنے پاس سب کچھ پر تیرے کو کیا منگتا ہے __Veg___یا Non Veg__ ''چتونوں سے شرارت ٹپک رہی تھی۔ معاملے کی نزاکت میری سمجھ میں آ چکی تھی۔ اسے لگا شاید میں اس کی بات نہیں سمجھ پایا۔ وہ دوبارہ گویا ہوئی۔

''بھجیا بھی ہے__ مچھی بھی__''

''کیا حساب ہے؟''

''حساب __بولے تو؟''

''میرا مطلب ہے روکڑا__؟''

''Veg__دس روپے میں اور Non Veg__'' آگے وہ خاموش ہو گئی۔

''رک کیوں گئیں؟''

''دوسو لگیں گے۔''

''دوسو__''میں نے دہرایا۔

مزہ نہ آوے تو نہیں دینے کا __بیوڑے کا پیسہ الگ دینا ہویں گا۔''

''ایسا کیا؟''

''یہ تو کرنا مانگتا ہے۔''

''شام کو آسکتا ہوں۔''

''کبھی بھی آؤ__ ہوٹل رات بھر کھلا رہتا ہے۔''

''فی الحال تو مجھے ایک پیکٹ سگریٹ دو۔''اس سے پہلے کہ وہ برانڈ پوچھتی، میں نے ایک پیکٹ اٹھالیا۔ پیسے دے کر واپسی کے لیے مڑا تو وہ مسکرا رہی تھی۔ مسکراہٹ بڑی معنی خیز تھی مگر اس کی وضاحت پہلے ہی بیان ہو چکی تھی۔ پیشہ کرنے کا یہ طریقہ کار یہاں بہت عام ہے بلکہ یہ طے کرنا کہ کون اس میں ملوث نہیں خاصہ مشکل

کام ہے۔

کئی بار پلٹ کر میں نے اسے دیکھا وہ مسلسل مجھے ہی گھورے جارہی تھی۔ وقت کی نزاکت سے مجبور میں Location پر واپس آ گیا۔لوگ پھر سے شوٹنگ کی تیاری میں مصروف ہو گئے تھے۔مجھے تو صرف پیک اپ کا انتظار کرنا تھا۔دیپالی کا مرمری بدن رہ رہ کر آنکھوں میں چبھ رہا تھا۔اسے نکالنے کا کانٹا میں ڈھابے پر دیکھ آیا تھا۔

سورج سمندر کی پیشانی پر بوسہ ثبت کر رہا تھا۔قوس قزح کے دھنگ رنگوں کے ساتھ گانے کا آخری شاٹ بھی کیمرہ میں بند ہو گیا۔کیا خوبصورت منظر تھا۔خدا کی بنائی ہوئی پینٹنگ آنکھوں میں تازگی کا احساس جگا رہی تھی۔دور سمندر کچھ یرقان زدہ سا نظر آ رہا تھا۔خنک اور نرم ہوا موسم کو اور زیادہ ہیجان انگیز بنا رہی تھی۔ Cut it "pack Up"and...ok..." دیال آنند نے چھٹی کا اعلان کیا۔لوگ بوریا بستر سمیٹنے لگے۔دیپالی میک اپ اتارے بغیر گاڑی میں جا بیٹھی۔اصل چیز تو وہ اتار ہی گئی تھی۔ذرا سی دیر میں بھیڑ چھٹ گئی۔شوٹنگ دیکھنے والے بھی چوپاٹی کی طرف بڑھ گئے۔دیویندر نے مجھے گاڑی میں بیٹھنے کے لیے کہا تو میں نے ہمت بٹور کر اسے صورتحال سے آگاہ کیا۔وہ حیرت سے مجھے دیکھنے لگا۔

''خیال رہے کچھ گڑبڑ نہ ہو__'' اس نے مجھے انتباہ کیا۔

''تو فکر مت کر__ میں ایک دو گھنٹے میں آتا ہوں__''

وہ Sound Track کی گاڑی میں سوار ہو گیا اور میں تیز تیز قدموں سے سڑک کی طرف۔ساحل سے سمندر کا نظارہ کرتے ہوئے بہت دن گزر گئے۔اب تو گرداب میں اترنے کی خواہش قوت برداشت سے باہر ہو گئی تھی۔

ڈھابے پر پہنچا تو یہ دیکھ کر خوشی ہوئی کہ لڑکی شرنگار کیے سجی سنوری بیٹھی ہوئی

تھی۔ مجھے دیکھتے ہی مسکرا کر میرا خیر مقدم کیا۔ پیچھے کرسی پر بیٹھے آدمی سے مخاطب ہوئی ''دیکھنا میں جاتی__'' مجھ سے پیچھے آنے کا اشارہ کر کے اندر کمرے کی طرف بڑھی۔

مجھے تھوڑا سا تکلف ہوا۔ امتحان کی یہ گھڑی میرے لیے آسان نہیں تھی۔ بہرحال اس بار مجھے ناکام نہیں ہونا تھا۔ اندر میں بھی داخل ہو گیا۔ اس نے فوراً دروازے پر چٹخنی چڑھا دی۔ یہ ایک چھوٹا سا کمرہ تھا۔ ایک کونے میں چار پائی بچھی ہوئی تھی۔ چادر صاف تھی شاید ابھی بدلی گئی تھی۔ میں چار پائی پر بیٹھ گیا۔ وہ بھی میرے برابر میں آ کر بیٹھ گئی۔ نام کیا ہے تمہارا؟ اس کی آنکھوں میں آنکھیں ڈال کر میں گویا ہوا۔

''مینا__'' کہہ کر میرے ہونٹوں میں دبی سگریٹ نکال لی اور اپنے ہونٹوں میں دبا کر گہرا کش لیا۔

''تیرا__؟''

''نام پوچھ رہی ہو؟''

''اور کیا__؟''

''زید سلمان__''

''محمڈن ہے__''

''ہاں__''

''بیوڑا پیتا ہے__''

''ہاں__ پردیسی نہیں__'' میں جان بوجھ کر جھوٹ بول دیا۔

''امپورٹیڈ__ کرتا کیا ہے__؟''

''فلم لائن میں ہوں__''

''تبھی ___ میں ہیروئن بن سکتی کیا؟'' اور تبھی دیپالی کی چکنی اور ریشمی سڈول رانیں آنکھوں میں ابھر آئیں۔ میں نے ایک لمحہ ضائع کیے بغیر اس کے گریبان میں ہاتھ گھسیڑ دیا۔ اس سے پہلے کہ اسے اپنی طرف کھینچتا وہ بول پڑی ''پیسہ کدھر ہے؟'' مجھے جھٹکا سا لگا۔ پرس نکال کر دوسو روپے اس کے حوالے کیے۔ اس نے نوٹوں کا بغور معائنہ کیا۔ ''کڑک نوٹ ہیں ___''

''تمہاری طرح ___''

''مسکا لگاتا ہے ___'' کہہ کر روپے سب سے محفوظ جگہ رکھ لیے۔ میں بہت اتاؤلا ہو رہا تھا۔ اس کے ہاؤ بھاؤ نے لحاظ ختم کرنے میں مدد کی۔ دایاں ہاتھ جو اُس کی گردن میں حائل تھا، اٹھا کر میں نے بائیں پستان پر رکھ دیا۔ بائیں ہاتھ سے اس کی رانوں کا جائزہ لینے لگا۔ مگر ان میں دیپالی والی بات نہیں تھی۔ میں نے اسے پلنگ پر گرا دیا۔ وہ ہر چیز میں میری برابر مدد کر رہی تھی۔ چند لمحوں میں ہی میں نے اسے اسکرٹ اور ٹاپ سے آزاد کر دیا۔ ایک ساعت کو لگا جیسے دیپالی میرے سامنے ہو۔ میں نے خیال کو جھٹکنے کی کوشش کی۔ اندر سے وہ اور زیادہ گوری تھی۔ سینے اور پیٹ پر ہلکے بھورے روئیں اسے اور زیادہ سیکسی بنا رہے تھے۔

مدت ہو گئی زمین پر کھڑے ہو کر خوش رنگ پتنگوں کو آسمان میں اڑاتے ہوئے دیکھتے رہنے میں۔ آج پتنگ، چرخی، ڈور اور آسمان سب کچھ دسترس میں تھا۔ پینچ لڑانے کے لیے میں بالکل تیار تھا۔ مینا نے گدّے کے نیچے سے کوئی چیز نکلی اور مجھے تھما دی۔ میں نے ہاتھ میں لے کر دیکھا تو وہ کنڈوم تھا۔

''مجھے اس کی ضرورت نہیں ___''

''پر میرے کو تو ہے ___'' اس بار اس کا لہجہ قدرے روکھا تھا۔ ایک جھٹکا اور لگا قبل اس کے کہ وہ میری ذہنی کشمکش سے واقف ہوتی، میں کاروبارِ شوق میں مصروف

ہو گیا۔ پیڈ والی باڈی کے ہک کھولنے کے لیے میری انگلیاں آگے بڑھیں، تبھی اُس کے ہونٹوں نے جنبش کی۔ اس کی پچاس روپیہ الگ سے پڑے گا۔ مجھے لگا جیسے کسی نے چولہے میں بالٹی بھر کے پانی انڈیل دیا ہو۔ کسی چٹان سے گرتا لڑھکتا میں نیچے آرہا تھا۔ سارا جوش وولولہ ایک پل میں ٹھنڈا ہو گیا۔ پتنگ اونچائی پر پہنچنے سے پہلے کنّے سے کاٹ دی گئی۔ اس سے آنکھ ملانے تک کی سکت باقی نہ بچی تھی۔

''کیا ہوا؟''

''کچھ نہیں ___ طبیعت کچھ بھاری سی ہو گئی۔'' ذرا دیر پہلے سحر انگیز لگنے والا اس کا بدن گھناؤنا اور مکروہ نظر آنے لگا۔ تمام جذبے بھیگی راکھ میں دب گئے تھے۔ پچاس کا نوٹ نکال کر اس کی ہتھیلی پر رکھا اور آنکھوں سے کپڑے پہننے کا اشارہ کیا۔

''نہیں بیٹھنے کا___'' بالکل کاروباری انداز کا سوال تھا۔ میں نے نفی میں گردن ہلادی۔

''یہ لے___ تیرے دوسو رپے___'' برا کے اندر سے اس نے روپے نکال کے مجھے پکڑا دیا۔

''پچاس روپے کپڑے اتروانے کے میں نے لے لیے۔'' اٹھ کر اس نے جلدی سے کپڑے پہنے۔ ''کھالی پیلی پھوکٹ میں ٹائم کھراب کیا___'' یہ آخری جملہ تھا جو میں نے سنا۔ جوتے کے تسمے بغیر باندھے ہی میں باہر آگیا تھا۔ کچھ دور جا کر فیتے باندھے۔ دھڑکنوں کی رفتار پہلے سے کچھ کم ہو گئی تھی۔ سر اٹھا کر آسمان کی طرف دیکھا۔ گہرا اندھیرا ہو گیا تھا۔ بالوں میں ہاتھ پھیرا تو نمی کا احساس ہوا۔ آٹو کے لیے پانچ منٹ انتظار کرنا پڑا۔ اب میں جلد از جلد گھر پہنچ جانا چاہتا ہوں۔

بس سے اتر کر سیدھے گھر کی طرف بھاگا۔ آج کسی طرف دیکھنے کا موڈ نہیں تھا۔ گلی میں داخل ہوا تو عورتوں کی آوازیں سنائی دیں۔ یقیناً یہ جھگڑے کی آواز نہیں

تھی۔ کچھ قدم اور آگے بڑھا تو یہ جان کر کہ کہیں مرثیہ خوانی ہو رہی تھی میں حیرت زدہ ہوا۔ رودابہ کے گھر کے سامنے پہنچ چکا تھا اور یہ آواز اسی گھر سے آ رہی تھی:

تھم کے چلاّئے کہ اے زینب و امّ کلثوم
تم سے رخصت کو پھر آیا ہے حسین مظلوم
اب میرے قتل کے درپے ہے یہ سب لشکر شوم
ہاں جگا دو اسے، غش ہو جو سکینہ معصوم

اس کے بعد سینہ کوبی اور زور زور سے رونے کی آوازیں سنائی دیں۔ یہ لوگ اہل تشعہ ہیں۔ میری حیرت نقطۂ عروج پر تھی۔ یہاں تو کسی کے بارے میں کچھ پتہ ہی نہیں چلتا اور تو اور دن تاریخ گڈمڈ ہو جاتے ہیں۔ مرثیہ نہ سنا ہوتا تو پتہ بھی نہیں چلتا کہ آج یکم محرم ہے۔ کسی طرح میں اپنے دروازے تک آ ہی گیا۔ صدا اب پہلے سے بھی تیز تھی:

تھا یہ نعرہ کہ محمدؐ کا نواسا ہوں میں
مجھ کو پہچانو! کہ خالق کا شناسا ہوں میں
زخمی ہونے سے، نہ مرنے سے ہراساں ہوں میں
تیسرا دن ہے یہ گرمی میں کہ پیاسا ہوں میں

کچھ دیر چوکھٹ پر کھڑے ہو کر میں نے جانے کیا سوچتا رہا۔ من پہلے سے زیادہ اداس ہو گیا تھا۔ تالا کھلا ہونے کا مطلب تھا کہ دیویندر آ چکا تھا۔ میں نے دستک دی اور بوجھل قدموں سے اندر داخل ہو گیا۔

"کشل منگل تو ہے ___ اتنی جلدی کیسے؟"

وہ سراپا سوال بن گیا۔

"کچھ نہ پوچھو ___ بڑی دکھ بھری داستان ہے؟" جوتے موزے اتار کر میں

نے ایک طرف سرکائے۔

''پھر بھی___ ہوا کیا؟'' وہ متجسس تھا۔

''محرم جانتے ہو___؟'' بستر پر سیدھے ہوتے ہوئے میں نے کہا۔

''ہاں___''

''وہی شروع ہو گئے۔ اب آگے کچھ اور مت پوچھنا ورنہ ان عورتوں کی طرح میں بھی نوحہ خوانی کرنے لگوں گا۔''

''نوحہ خوانی کیا___؟''

''شعر سنانے لگوں گا___'' جھنجھلا کر میں نے کہا۔ میری دھمکی کارگر ثابت ہوئی۔

''نہ رہے بابا___ میں کچھ نہیں پوچھتا___''

''بعد میں تمہیں سب بتاؤں گا پر ابھی مجھے معاف کر دو۔''

''کر دیا معاف___''

''کھانا نہیں کھائے گا___''

''نہیں___''

''مٹن کری اور روٹی پڑی ہے فریج میں۔ چاہے تو کھا لے۔ مجھے پتہ ہوتا کہ تو اتنی جلدی آجائے گا تو تیرا انتظار کر لیتا۔''

''ابھی تو بالکل موڈ نہیں ہے۔''

''تو جب بھوک لگے تب کھا لینا۔''

''ہاں یہ ٹھیک ہے۔''

''اچھا تو میں لائٹ آف کرتا ہوں۔ صبح میرے کو جلدی نکلنے کا ہے۔''

''کبھی دیر سے جانا ہو تو بتانا۔ جلدی تو روز کا معمول ہے۔ یہ سالی کون سی نئی

خبر ہے۔"

دیویندر نے نائٹ بلب آن کر دیا۔ ذرا ہی دیر میں اس کے خراٹے سنائی دینے لگے۔ میں جانے کن جہانوں کا سفر کرتا رہا۔ کتنی دیر تک جاگتا رہا مجھے کچھ خبر نہیں۔

وقت عروج

معمول کے مطابق میں ہواخوری سے نمٹ کر واپسی کا ارادہ کر رہا تھا کہ مجھے Caves کے اندر سے کسی مرد کے رونے کی آواز سنائی دی۔ بھوت پریت عدم اعتقاد کے باوجود لمحہ بھر کو میں خوفزدہ ہوا۔ تیز ہوتی سورج کی شعاؤں نے تھوڑا حوصلہ دیا۔ کچھ قدم اور آگے بڑھا۔ کوٹھری نما اس جگہ پر اب تک اندھیرا تھا۔ آواز اب ایسی لگ رہی تھی جیسے رات میں چھت پر سے بلی کے رونے کی سنائی دیتی ہے۔ شاہ بلوط کے درختوں سے چھن کر آتے ہوئے دھوپ کے کچھ ٹکڑے اندر آ گئے تھے مگر پھر بھی ابھی کافی حصے میں تیرگی تھی۔ دائیں طرف جیسے تہہ خانہ تھا۔ ایک چھوٹا سا زینہ اس بات کا ثبوت تھا۔ مزے کی بات یہ تھی کہ روز یہاں آنے کے باوجود اس غار کے جغرافیہ سے بالکل ناواقف تھا۔ تھوڑی سی ہمت اور بڑھائی تو صدا پہلے سے زیادہ واضح سنائی دی۔ تشویش بڑھتی ہی جا رہی تھی۔ اب میں آواز کو اچھی طرح پہچان گیا۔ یہ پنٹو بابا کی آواز تھی۔ بلانوشی کی وجہ سے آواز پھٹ کر چیتھڑا ہو گئی تھی۔ وہ ایک کونے میں بیٹھا کچھ گانے میں مصروف تھا۔

ایک طرف کچھ اسباب رکھا ہوا نظر آیا جو یقیناً اسی کا تھا تو موصوف کی رہائش گاہ ہے یہ۔ ٹین کا ایک زنگ آلود بکس اس کی چمڑی سے مشابہ۔ ڈوری پر گندے اور تعفن کا بھبھکا چھوڑتے کچھ کپڑے۔ ایلومینیم کے کچھ ٹھیکرے۔ ایک بجھی ہوئی لال ٹین۔ چٹائی کے ٹکڑے پر ایک لنج پنج سا تکیہ۔ ایک طرف کور پڑی کچھ کتابیں دماغ کو جھٹکا سا لگا۔ کتابوں کا یہاں کیا کام اور وہ کس طرح کی تھیں۔ یہ مجھے نہیں معلوم تھا

۔اس کی ضرورت بھی نہیں تھی۔ وہ کتابیں تھیں اتنا ہی بہت تھا۔ میں کچھ اور سوچ پاتا کہ پنٹو بابا نے پھر گانا شروع کیا۔

گریہ چاہے ہے خرابی میرے کاشانے کی

در و دیوار سے ٹپکے ہے بیاباں ہونا

میرے تو چودہ طبق روشن ہو گئے۔ لگا کہ کہیں میں خواب تو نہیں دیکھ رہا مگر ایسا بھی نہیں تھا۔ دنیا لاکھ کہتی ہو کہ آج کچھ بھی ناممکن نہیں مگر آنکھ سے دیکھنے اور کان سے سننے کے بعد بھی میں یقین نہیں کر پا رہا تھا۔ یہ شعر اور اس احمق الناس کی زبان پر بغیر تلفظ کی غلطی کے۔ مجھے لگا کہ یہ شخص خود ہو یا نہ ہو پر مجھے ضرور پاگل کر دے گا۔ اب تک اس کی نظر مجھ پر پڑ گئی۔ قمیص کی گندی آستین سے آنکھوں کا میل صاف کیا۔ کئی بار پلکیں جھپکائیں جیسے مجھے پہچاننے کی کوشش کر رہا ہو۔

''تمہیں پتہ ہے کہ تم نے ابھی کیا پڑھا ہے؟''

''اچھی طرح سے__'' آواز میں بلا کا اطمینان تھا۔

''کہاں سنا ہے یہ__؟'' جواب دینے کے بجائے ہاتھ کے اشارے سے بیٹھنے کو کہا۔

''مرزا کے بارے میں اور کیا جانتے ہو__؟'' میرے ہونٹوں پر طنزیہ مسکراہٹ تیر گئی۔ یہ دن بھی دیکھنا تھا۔ اس سے زیادہ افتاد اور کیا آئے گی۔

''خاموش__ کیوں ہو گئے؟''

''بہت کچھ جانتا ہوں۔''

''مثلاً__'' اس کا لہجہ اس حاکم کی طرح جو اپنے ماتحت سے مخاطب ہوتا ہے۔ جی میں آیا کہ ایک بھدّی سی گالی دوں اور نکل جاؤں مگر اندازہ ہو گیا کہ یہ اتنا آسان بھی نہیں ہے۔ چند ثانیوں تک ہم ایک دوسرے کی آنکھوں میں جانے کیا

تلاش کرتے رہے۔

''کچھ تو بولو بھائی____''

''۲۷ر ستمبر ۱۷۹۷ء (۸ر رجب ۱۲۱۲ھ) کو آگرے میں مرزا کی ولادت ہوئی۔ ان کا خاندان متمول گھرانوں میں شمار ہوتا تھا____''

''ہائی اسکول میں پوچھے گئے کسی سوال کا جواب دے رہے ہو کیا؟ میں تاریخ پیدائش اور مقام ولادت نہیں پوچھ رہا ہوں پیارے۔'' مجھے تھوڑی سی خجالت ہوئی۔

''فلسفے کے دو شعر سنا سکتے ہو۔''

''مرزا کے____'' ہڑبڑاہٹ میں میرے منہ سے نکل گیا۔

''اپنے ہی سنا دو____'' یہ میری دوسری ہتک تھی۔ میں تو یہ سوچ کر حیران و پریشان تھا کہ اتنی ستھری زبان____ نہ کہیں لکنت نہ ہی کوئی اور گڑبڑ____ یہ کون سا پٹو بابا ہے۔ اس نے مجھے پھر ٹوکا۔

''نہیں یاد ہیں____ تم تو کہہ رہے تھے پچھتّر فیصد کلام تمھیں ازبر ہے۔''

اب میں منفعل ہونے لگا۔ سچ بات تو یہ تھی کہ میں نے غالب کو اس طرح کبھی نہیں پڑھا کہ کون سا شعر فلسفے کا ہے اور کون سا تصوف کا۔ میں تو شعر کی غنائیت سے محظوظ ہونے والا آدمی تھا۔ پٹو بابا کے سامنے مگر شکست بھی ماننے کو تیار نہیں تھا:

کس منہ سے شکر کیجئے اس لطف خاص کا
پرسش ہے اور پائے سخن درمیاں نہیں

''اس میں فلسفہ کہاں ہے؟'' اس سوال کا بے ہودہ جواب دل ہی میں دے کر خاموش بیٹھا رہا۔

''رہتے کہاں ہو____؟''

''سوریہ ونشی کی چال میں____''

''سروس کرتے ہو___؟''

''نہیں فلم میں ہوں___ دیال آنند ایک بہت مشہور ہدایت کار ہے۔ اس کا معاون ہوں۔''

''اوہ___ ''میں نے دیکھا جیسے اسے خوشی نہیں ہوئی۔ چہرے پر لکیریں سی کھنچ آئی تھیں۔

''بہت مصروف رہتے ہو گے مگر جب کبھی وقت ملے تو آجانا مجھے خوشی ہوگی۔'' کچھ دیر کے لیے وہ خاموش رہا۔

''فلسفے کے شعر تو سنا دیجئے۔''

''ایک مدت کے بعد کوئی ملا ہے جس سے اس طرح کی گفتگو ہو رہی ہے۔ شراب کی وجہ سے بہت کچھ ذہن سے محو ہونے لگا ہے ورنہ کبھی میرا بھی وقت تھا۔ خیر___ شعر سنو'' اور وہ شعر سنانے لگا۔

''یہ تو نہیں پوچھنا چاہ رہے ہو کہ اس میں فلسفہ کہاں ہے___ ''پنٹو بابا کی بات پر میں مسکرائے بغیر نہیں رہ سکا۔ اب تک میرے ہوش وحواس بالکل درست ہو چکے تھے۔ ذرا سی توجہ کی ضرورت تھی جو بہر حال پنٹو بابا نے دلا دی تھی۔ آخر کار میں نے میں بھی تابڑ توڑ دو اشعار سنا دیے۔

''ہوں___ یہ بات ہوئی___ ''پنٹو بابا نے سچی خوشی کا اظہار کیا۔ ہم دونوں ہی ہنسنے لگے۔ میں اس کے بارے میں کریدنا چاہتا تھا۔ وہ شاید میرے ارادے بھانپ گیا۔

''فی الحال میرے بارے میں کوئی سوال مت کرنا___ زمانے کے بعد آج اتنا اچھا وقت گزر رہا ہے اور میں اس کا لطف زائل نہیں کرنا چاہتا۔ پھر کسی اور وقت کے لیے اٹھا رکھو۔''

''ٹھیک ہے میں تفصیل سے مگر آپ کی کہانی سنوں گا ضرور ___''

''تم دیر میں بھی ملے اور اندھیر میں بھی۔ مگر مل گئے یہی کیا کم ہے۔'' میں اٹھ کھڑا ہوا۔

''انتظار رہے گا تمہارا ___''؟

''ہاں میں ضرور آؤں گا ___'' میں باہر نکلا تو خود کو زیادہ ہی تروتازہ محسوس کر رہا تھا تبھی۔ احساس ہوا کہ وقت زیادہ ہو گیا۔ مجھے فوراً گھر پہنچنا چاہیے۔ کچھ قدم ہی چلا تھا کہ باؤنڈری وال کے پاس قدم آپ ہی آپ رک گئے۔ عقب میں پہاڑی سے نیچے خاصے بڑے رقبے میں جھونپڑ پٹیاں آباد تھیں۔ کچھ کارخانے بھی تھے جہاں سے مشینوں کا شور سنائی دیتا۔

''لو کر ___ لو کر ___'' بائیں طرف سے کسی کی آواز کانوں میں پڑی۔ میں نے جھٹ نگاہ اس طرف کی۔ چیڑ کے درخت کے پیچھے تین نوجوان بیٹھے ہوئے نظر آئے۔

''گھئی کائے کو کرتا ہے ___'' یہ دوسرے کی آواز تھی۔ ان کے ہاؤ بھاؤ اور چہرے کی گھبراہٹ سے اندازہ ہوا کہ معاملہ کچھ گڑبڑ ہے۔ کہیں کوئی لڑکی وڑکی کا تو چکر نہیں۔ اپنے ہی سے میں نے سوال کیا مگر کوئی لڑکی مجھے دور دور تک دکھائی نہیں دی۔ لڑکوں کی عمر اٹھارہ بیس کے آس پاس تھی۔ کپڑوں سے اچھے گھرانوں کے لگ رہے تھے۔ ایک بار خیال آتا ہے کہ وہ کچھ بھی کر رہے ہوں مجھے کیا؟ یہاں کون کسی دوسرے کی تانک جھانک کرتا ہے۔ کچھ بعید نہیں لڑکے میری بے عزّتی کر دیں۔ بے پروائی کا مظاہرہ کرتے ہوئے ان سے کچھ فاصلے پر آگے بڑھ گیا۔ میری موجودگی کا انہوں نے کوئی نوٹس نہیں لیا۔

''میرے پاس روکڑا ہوتا تو میں چار چھ ٹن خرید لیتا۔ ہائیڈ وکاربن والی یہ گولیاں سستے میں مل جاتی ہیں۔'' اتنا سنتے ہی پورا ماجرا میری سمجھ میں آ گیا۔ Drugs۔

لینے والوں نے کم پیسوں میں ذوق کی تکمیل کا راستہ تلاش کرلیا تھا اور یہ وبا تیزی سے پھیل رہی تھی۔ اخبار و رسائل میں برابر اس کی رپورٹس شائع ہو رہی تھیں۔ پیسے کی کمی کے باعث جو لوگ مہنگی منشیات نہیں خرید سکتے تھے انہیں کے ذہن کی اختراع ہے یہ سب۔

کھانسی کے سیرپ، زکام کی Actifaid گولیاں، پراکسی وان، کمپوز، فلاسی ڈاکٹس جیسی نیند کی گولیاں بھی استعمال کر رہے ہیں۔ ربر سولیوشن سونگھنے کے بعد جب آنکھوں سے پانی نکلتا ہے تو یہی ان کی راحت کے لمحے ہوتے ہیں۔ سب سے اہم بات جو اُن کے لیے زیادہ اطمینان بخش ہے وہ یہ کہ Narcotic Drugs and psycotrapic Substands ایکٹ کے سخت قوانین سے بچاتی ہے۔

میرے دیکھتے دیکھتے ایسے نشہ خوروں کی تعداد کتنی بڑھ گئی تھی۔ کیسے کیسے جیالے کتے کی طرح گھسٹ گھسٹ کر مر رہے تھے۔ جب حکومت کوئی اقدام نہیں کر سکتی تو میری کیا بساط۔ سر جھکا کر میں تیزی سے ان کے پاس سے نکل گیا۔

چال میں قدم رکھتے ہی زبردست شور سنائی دیا۔ مارگریٹ اور یاسمین میں جھگڑا ہو رہا تھا۔ وجہ بھی کسی سے دریافت نہیں کرنی پڑی۔ وہی روز کا پانی کا جھگڑا تھا البتہ یہ فرق ضرور تھا کہ آج کا جھگڑا ہندی یا مراٹھی کے بجائے انگریزی میں ہو رہا تھا۔ مار گریٹ روانی کے ساتھ انگریزی ہی بول سکتی تھی۔ یاسمین بھی کانونٹ میں پڑھی تھی۔ چند لمحوں کے توقف میں مجھے اندازہ ہوا کہ بات اب پانی پر نہیں ہو رہی تھی۔ کسی کی انگلش زیادہ بہتر ہے۔ فساد کا رخ اس طرف مڑ گیا تھا۔ مارگریٹ کی تو خیر مادری زبان تھی مگر یاسمین کو بھی خوب گالیاں آتی تھیں۔ کتنی مہذب اور شائستہ تھیں دونوں۔ عام حالات میں سبھی بڑوں کو سلام کرنا، چھوٹوں پر شفقت لٹانا دونوں ہی کا وطیرہ تھا مگر اس

وقت وہ اور طرح کی تھیں۔ اہل محلہ تماشائی بنے ہوئے تھے۔ کوئی کہاں تک روکے بھی اور کسے کسے روکا جائے۔ کل کوئی دوسری ہوں گی۔ یہ تو یہاں زندگی کا ایک حصہ ہے۔ قدموں کی رفتار تیز کر نوٹس لیے بغیر میں تیزی سے آگے بڑھ گیا۔

دیویندر جا چکا تھا۔ مجھے بھی جلد ہی نکلنا تھا۔ سوچا ناشتہ اندھیری میں ہی کروں گا۔ کئی روز سے ساؤتھ انڈین کھانے کا جی چاہ رہا تھا۔ پھٹا پھٹ نہا دھو کر کپڑے بدلے۔ بالوں میں کنگھا کیا۔ باہر نکل کر دروازے پر تالا ڈالا اور سفر پر روانہ ہو گیا۔

گلی میں بھیڑ چھٹ چکی تھی۔ مارگریٹ اور یاسمین بھی گھروں میں جا چکی تھیں پر اندر سے بڑبڑانے کی آوازیں رک رک کر اب بھی آ رہی تھیں۔ بالٹی اور گھڑوں کی قطار سرکاری نوکری پانے والے امیدواروں جتنی لمبی اور مایوس کن تھی۔ سڑک پر مڑنے سے قبل عادت سے مجبور گلی کے اندر جھانکا۔ ناامیدی بدستور قائم رہی۔ میں آگے بڑھ گیا۔ ریستوراں سے ناشتہ کر کے باہر آیا تو غیر ارادی طور پر سامنے Book Stall کی طرف بڑھ گیا۔ کچھ کتابوں کے سرورق دیکھا۔ Spinner میں لگی کچھ کتابوں کی ورق گردانی کی مگر کوئی کتاب سمجھ میں نہ آئی۔ وہاں سے چل کر سیدھے برج پر آ گیا۔

پل کے وسط میں ٹھہر کر آہنی راڈ پکڑ کر کھڑا ہو گیا۔ نیچے لوکل ٹرینیں برق رفتاری سے گزر رہی تھیں۔ لوگ دروازے کے باہر تک لٹکے ہوئے تھے۔ نئی عمر کے لوگوں کو اس میں خاصہ Thrill نظر آتا ہے۔ کھمبوں سے ٹکرا کر جانے سے کتنے موت کی آغوش میں جا چکے تھے۔ بہت سارے جلد بازی میں پٹری عبور کرنے کے چکر میں زندگی کی پٹری پار کر گئے۔ زندگی کے رائیگاں اور عبث ہونے کا احساس ایک بار پھر افسردہ کرتا ہے اور میں راڈ چھوڑ کر وہاں سے بھی آگے بڑھ جاتا ہوں۔

آج شرافت کے ساتھ Sound Transfer کے لیے بیٹھنا تھا۔ میں

مقررہ وقت پر گیتا نجلی پہنچ گیا۔ گیٹ پر چوکیدار نے اطلاع دی کہ پروڈیوسر گوپال جی کو انڈرورلڈ کے لوگوں نے صبح گولی ماردی ہے۔ اسی وجہ سے آج پوری انڈسٹری بند ہے۔ میرے تو ہوش اڑ گئے۔ یہ ایک بری خبر تھی۔ میں نے دیال آنند کو موبائل پر رابطہ قائم کیا۔ اس نے مجھے فوراً Seth Studio پہنچنے کا حکم دیا۔ رسیور رکھ کر میں الٹے پاؤں بھاگا۔ آگے کیا ہونے والا ہے، میں تمام باتوں سے بے خبر تھا۔ طرح طرح کے خیال واندیشے دماغ میں آرہے تھے۔

انڈسٹری میں اس قسم کا یہ پہلا واقعہ تھا مگر اندیشے کافی روز سے محسوس کیے جارہے تھے۔ ادھر انڈرورلڈ والوں کی دخل اندازی فلم میں بھی کافی بڑھ گئی تھی۔ سننے میں تو یہاں تک آیا تھا کہ تقریباً ایک ہزار کروڑ روپے ان لوگوں کے لگے ہوئے ہیں۔ اماؤنٹ پر بہتوں کو اتفاق نہیں تھا مگر اس بات پر سب متفق تھے کہ ایک بڑی رقم انھوں نے فلموں میں لگا رکھی ہے۔ ایک سے وصول کر دوسرے کو Finance کر دیتے۔ کسی کی فلم ہٹ ہوئی اور موبائل پر خطرے کی گھنٹی بجی۔

Natraj Studio کے گیٹ سے Seth Studio تک بھیڑ جمع ہو چکی تھی۔ یہاں کے لیے یہ کوئی خاص بات نہیں تھی۔ آئے دن بڑی فلموں کے مہورت ہوتے رہتے تھے پر آج نوعیت بہت مختلف تھی۔ ہر چہرہ اور فکر کی گرد سے اٹا ہوا تھا۔ سب سے پہلے کام مجھے دیال آنند کو تلاش کرتا تھا۔

یہ تو غنیمت ہوا کہ مجھے کوئی خاص پریشانی نہیں اٹھانی پڑی۔ کاریڈور میں وہ کچھ لوگوں سے محو گفتگو تھا۔ مجھے دیکھا تو فوراً مخاطب ہوا۔

''گوپال جی کی موت کے لیے ہم لوگ مکھیہ منتری نواس پر Prostest کے لیے چل رہے ہیں۔''

''یہ تو ہونا ہی چاہیے___''

''کچھ لوگوں کا انتظار ہے۔ وہ بس پہنچ ہی رہے ہیں۔''

''دیویندر یہیں ہے ابھی میری ملاقات ہوئی تھی___''

''ٹھیک ہے میں ڈھونڈ لیتا ہوں__'' کہہ کر میں واپس لوٹ آیا شکتی سامنت کے آفس کے پاس مجھے دیویندر بھی دکھائی دے گیا۔ ہر طرف ایک ہی موضوع تھا۔ لوگ اپنے اپنے طریقے سے قاتل کی سفا کی بیان کر رہے تھے۔ ذرا ہی دیر میں معاملہ کی پوری تفصیل مجھے معلوم ہوگئی۔ گوپال جی حسب معمول مندر سے پوجا کر کے باہر آئے ہی تھے کہ پہلے سے گھات لگائے بیٹھے ایک آدمی نے ماؤزر کنپٹی پر سٹا کر ٹریگر دبا دیا۔ سر کے چیتھڑے اڑ گئے۔ دوسرے نے ٹکڑا جوڑا۔ چائنیز ماوزر تھا۔ پتہ ہے چار لوگ تھے۔ ایک کے پاس اسٹین گن بھی تھی۔'' ان باتوں سے مجھے وحشت ہونے لگی۔ میں دیویندر کو لے کر ایک طرف آ گیا۔ 'سو جائیں گے ایک روز زمیں اوڑھ کے ہم بھی' برجستہ میرے منہ سے نکل گیا۔ دیویندر ہونق کی طرح مجھے دیکھنے لگا۔

''میں سمجھ گیا ہوں تیری بات؟'' اس نے مجھے اطلاع دی۔

''موت کا بھید کون سمجھ سکا ہے پیارے۔''

''وہ بات الگ ہے۔'' اس نے تاویل پیش کی۔

''کسی کی دیکھ کر ہی اپنی یاد آتی ہے۔''

''موت نہ___''

''ہوں___''

''یہ تو سہی کہا تم نے___''

اور تبھی تیز بارش شروع ہوگئی۔ اچانک ہی جیسے کسی نے بٹن آن کر دیا ہو۔ یہ موسم کی پہلی بارش تھی۔ اگرچہ ایک ہفتہ پہلے شروع ہوگئی تھی اور چیزوں کی طرح بمبئی کی بارش کا بھی جواب نہیں۔ کئی کئی دن تک مسلسل ہوتی رہتی ہے۔ مزے کی بات یہ

کہ سمندر کے علاوہ پانی کہیں نہیں ٹھہرتا۔ دھل دھلا کر سب کچھ صاف شفاف ہوجاتا ہے۔ پرانی اور بوسیدہ عمارتیں رستے ہوئے پانی میں منہدم بھی ہوجاتی ہیں۔ بارش چونکہ توقع کے خلاف ہوئی تھی، اس لیے کسی کے پاس چھاتے وغیرہ نہیں تھے۔ جن لوگوں کو جگہ مل گئی وہ شیڈ میں آگئے۔ گاڑی والے تو اپنی کاروں میں دبک گئے۔ باقی لوگ دھیرے دھیرے کھسکنے لگے اور ذرا دیر میں مجمع آدھے سے بھی کم رہ گیا۔

بارش تھی کہ رکنے کا نام نہیں لے رہی تھی۔ ڈیڑھ گھنٹے انتظار کے بعد اعلان ہوا کہ آج کا پروگرام ملتوی۔ یہ جلوس اب کل نکلے گا۔ وہ بھی اگر بارش نہیں ہوئی تو۔ میں سوچنے لگا کہ جلوس کو جتنی اہمیت دی جارہی ہے، کیا واقعی مقتول کو اس سے کچھ فائدہ پہنچنے والا ہے۔ اتنے بڑے آرگینشن نے کام کیا ہے۔ ان کی رسائی جہاں تک ہے یہ کسے نہیں معلوم۔ ان کے خلاف جانے کی ہمت کسی کے پاس ہے مطالبے پر پیسہ نہ دینے پر گوپال جی کو ماردیا۔ کل کسی اور کی باری ہوسکتی ہے۔

ان سے محبت وعقیدت کرنے والے ابھی آئے تو تھے یہاں۔ بارش کا وہ پانی جو نالیوں کا کوڑا نہیں بہا سکا، وہ لوگ بہہ گئے۔ ساری فکر Coverage کی ہے کہ اخبار وٹی وی کے توسط سے عام آدمی تک میک اَپ زدہ ہیرو ہیروئن کا احتجاج پہنچ جائے۔

ایک کے بعد ایک کاریں زناٹے سے نکل رہی تھیں۔ میں نے دیویندر سے چلنے کو کہا۔ اس نے برسات کا عذر پیش کیا۔ میں نے پانی میں بھیگنے کی خواہش ظاہر کی تو اسے بھی راضی ہونا پڑا۔ کچھ ضروری کاغذات نکال کر محفوظ جگہ رکھے اور دونوں آسمان کے نیچے آگئے۔ دیویندر کو میں نے پہلے ہی بتادیا تھا کہ کچھ دور تک آٹو یا ٹیکسی نہیں لینی ہے۔ برسات میں نہانے کا لطف تم نہ لے پاتے ہو تب بھی تمہیں میرے ساتھ بھیگنا ہے۔ سڑک پار کر کے ہم ایک دوکان کے چبوترے پر کھڑے ہوگئے۔ وہاں پہلے

سے ہی خاصے لوگ موجود تھے۔ایک جواں سال لڑکی نے خاص طور سے میری توجہ کھینچی۔ہاف سلکس پر میچینگ ٹیونک۔بھیگا ہوا بدن دیکھنے والوں کو ڈھوڈھو کر کے جلا رہا تھا۔ ایک لمحہ کو وہ ذرا سی گھومی تو پشت پر چھپی عبارت پر میری نظر ٹھہر گئی۔ "Catch Me if you Can" میرے تو ہوش ہی اڑ گئے۔مردانگی کو اتنا کھلا چیلنج۔انجام سے بہر حال میں واقف تھا۔ رہی سہی ہمت بھی برف کے تودوں میں بدل گئی۔مزید اس طرف دیکھنے کی تاب باقی نہیں تھی۔ میں نے دوسری طرف منھ کر کے سگریٹ نکالی۔ پیکٹ میں ایک سگریٹ بھیگنے سے بچ گئی تھی جو بڑے کام آئی۔دو چار کش لے کر ہم آگے بڑھ گئے۔بارش پہلے سے کچھ کم ہو گئی تھی۔دیویندر کا چہرہ لٹکا ہوا تھا۔وہ سواری کے لیے دباؤ ڈال رہا تھا۔میں نے کہا چلو آگے والے چوراہے پر کر لیتے ہیں۔کچھ قدم آگے چل کر دیویندر نے ایک لڑکی کی طرف مجھے اشارہ کیا'' ذرا چھاتا دیکھو اس کا۔''

چست جینز اور ٹاپ والی لڑکی کے سر پر چھوٹا سا کئی رنگوں کا چھاتا ٹوپی کی طرح چڑھا ہوا تھا۔چھڑی سے بے نیاز اس طرح کے چھاتے اب بہت عام ہو چکے تھے۔دیویندر اب تک ادھر ہی دیکھے جا رہا تھا۔مجھے خاموش دیکھ کر گویا ہوا۔

''کیسا لگا؟''

''چھاتا__یا__چھاتی__'' کہتے کہتے میں خود ہی ہنس پڑا۔وہ بھی ہنسے بغیر نہ رہ سکا۔

''یار تو بھی بڑی کتی چیز ہے__''

''تمھیں آج پتہ چلا__''جواب دینے کے بجائے اس نے ٹیکسی کو ہاتھ دیا۔ہم دونوں جھٹ سے سوار ہو گئے۔اس نے ہاتھ باہر نکال کر میٹر گرایا۔

''مہا کالی__'' دیویندر نے اسے بتایا گاڑی ایک جھٹکے سے آگے بڑھ گئی۔

گھر سے پہلے ہی اس نے گاڑی رکوادی۔ میں وجہ دریافت کرتا، اس سے پہلے ہی اس نے بتایا، ''مٹن لے کر چلتے ہیں بریانی پکائیں گے۔ بہت دن ہو گئے اپنے ہاتھوں کی بریانی کھائے ہوئے۔ آج فرصت بھی ہے۔''

''خیال تو نیک ہے۔'' میں نے ٹیکسی والے کو پیسے دیے تب تک دیویندر گوشت کی دوکان پر پہنچ گیا۔ پیچھے پیچھے میں بھی ــــ

گلی میں پاؤں رکھتے ہی یاد آیا کہ آج محرم کی دو تاریخ ہے۔ نوحہ خوانی کی صدائیں بلند ہو رہی تھیں۔ گریہ بھی جاری تھا۔ خیال آتا ہے کہ رودابہ کے محرم تو ایک ماہ میں ختم ہو جائیں گے مگر میرے ــــ؟

بس کہ پایا نہ تجھے تعزیہ خانوں میں کہیں
مجھ کو روتے ہی گیا ماہ محرم تجھ بن

آہستگی سے شعر پڑھا اور کمرے میں داخل ہو گیا۔

تین دن بعد کہیں جا کے آسمان صاف ہوا اور سورج کے دیدار ہوئے۔ تین دنوں تک گھر میں پڑا ٹی وی دیکھتا رہا۔ یا کچھ پڑھتا پڑھتا رہا۔ ہنڈیا کے نئے نئے تجربے ہوئے۔ کچی پکی سب طرح کی کھائی۔ بالکل ہاسٹل کی سی زندگی گزری۔ ان تین دنوں میں یاد کر کے دیویندر کو فحش لطیفے سنائے۔ ہنستے ہنستے اس کا برا حال تھا۔ ان تین دنوں میں میرے بارے میں اسے اپنی رائے بھی بدلنی پڑی ورنہ پہلے میں اس کی نظر میں ایک نہایت خشک قسم کا آدمی تھا۔ میرے خمیرے میں آنسوؤں کی کتنی نمی ہے، اس کا احساس میرے علاوہ کسی کو بھی نہیں ہو پایا۔ جن کی ذمہ داری تھی انھوں نے محسوس نہیں کی کسی اور سے کیا توقع کرتا۔

باہر آکر کچھ ضروری فون کیے تا کہ کچھ خیر خبر معلوم ہو۔ دیویندر نے اپنے آفس فون کیا تو معلوم ہوا ایک ہفتے کا کسی بھوجپوری فلم کی Out Door ہے، صبح ہی نکلنا ہے۔ میں نے فوراً دیال آنند کو فون لگایا۔ خیال تھا کہ اگر کوئی مصروفیت نہ ہو تو میں بھی نکل جاؤں۔

دیال آنند نے بتایا کہ دیپالی مدراس چلی گئی۔ اسی کا کچھ Patch work باقی ہے۔ میں نے فون کی وجہ بیان کی۔ اس نے خوش دلی سے کہا کہ ''تم چلے جاؤ۔ یہ کام سب سے اہم ہے۔'' میں نے شکرانے کے چند روایتی سے جملے ادا کیے اور فون رکھ دیا۔ دیویندر کو بتایا کہ میں بھی چل رہا ہوں تو وہ خوش ہوگیا۔ گھومنے کے طے شدہ پروگرام میں تبدیلی ہوگئی۔ اب ہم لوگوں کو کل کی تیاری کرنی تھی۔ ضرورت کا کچھ سامان خریدا۔ ساور کر کے ہوٹل میں چائے پی اور گھر واپس آ گئے۔

ٹرین ایک بجے کی تھی مگر دیویندر صبح ہی نکل گیا تھا۔ اسے آفس ہوتے ہوئے سازوسامان کے ساتھ اسٹیشن پہنچنا تھا جب کہ مجھے براہ راست آنا تھا۔

میں اکثر دیویندر کے بارے میں سوچتا ہوں اور اپنی قسمت پر اس اعتبار سے تو فخر کر ہی سکتا ہوں۔ کہاں ہوتے ہیں اب ایسے لوگ۔ کیسے نازک وقت میں میرا کتنا ساتھ دیا بغیر کسی لالچ کے۔ کوئی بتائے تو شاید میں یقین نہ کروں۔ پر یہ تو میرا اپنا معاملہ تھا۔ ضرورت کے وقت بڑا بھائی بھی بن جاتا۔

ٹیکسی سے اتر کر میں نے قلی کو بلایا اور سیدھے پلیٹ فارم کا رخ کیا۔ وی ٹی پر بھی ہمیشہ آنے جانے والوں کا تانتا لگا رہتا ہے۔ تل دھرنے کی جگہ نہیں تھی۔ کسی طرح بچتے سنبھلتے ہم پلیٹ فارم پر پہنچ گئے۔ قلی کو پیسے دے کر رخصت کیا۔ اب سب سے پہلا کام دیویندر کو تلاش کرنا تھا۔ گھڑی پر نگاہ ڈالی تو ساڑھے بارہ بج چکے تھے۔ گاڑی لگ چکی تھی۔ قطار میں بیٹھے ہوئے بوٹ پالش کرنے والے جو مسلسل برش سے اپنی

چوبی پیٹیوں کو بجا رہے تھے۔ گاہک کو اپنی طرف بلانے کا یہ ان کا اپنا طریقہ ہے۔ دیویندر کی بات یاد آئی جب میں پہلی بار اسٹیشن پر اترا تھا۔

''یہ ایک طرح کا ورودھ ہے__''

''ورودھ__ کس کے لیے__؟''

''شاید بمبئی کے لیے؟''

''بمبئی کے لیے کیوں؟''

''تم ابھی تو ٹرین سے اترے ہو۔ اسٹیشن کے باہر تم نے ابھی کچھ دیکھا نہیں۔ دیکھا تو اسٹیشن کے اندر بھی نہیں ہے سوا ان پالش والوں کے۔ بمبئی تمہاری محبوبہ کے گیسو نہیں جو ذرا انگلیوں کی جنبش سے سلجھ جائیں۔ ابھی تو آئے ہو ذرا دم لو__''

''اور کیا کیا ہے اس شہر میں__؟'' میرا تجسس بڑھا تھا۔

''یہاں سمندر ہے__'' میں دیویندر کو حیرت سے دیکھتا رہ گیا تھا۔ تذبذب بھی تھا کہ دیویندر کا مقصد وہی ہے جو میں سمجھا ہوں۔ اگر ہاں تو وہ اندر سے کتنا بدل گیا ہے۔ ایک جھٹکا سا لگا تھا۔ بہت سی باتوں کی طرح یہ بھی دماغ میں اب تک محفوظ تھی۔

دیویندر انجن کی طرف سے آتا ہوا دکھائی دیا۔ ''کب آئے؟'' آتے ہی اس نے سوال داغا۔

''تھوڑی دیر ہوئی__ تم کہاں تھے؟''

''Luggage کرا رہا تھا۔ میں تو گیارہ بجے آ گیا تھا۔ صبح پروڈیوسر سے میری فون پر بات ہوئی تھی۔ پوری یونٹ بامبے کی ہے۔ تیرے واسطے بھی Confirm کر لیا۔''

''کیمرہ مین کون ہے؟'' میں نے پوچھا۔

''داس ہے__اپن لوگ امر گاؤں میں ایک Out door کر چکے ہیں۔''

''ہاں مجھے یاد ہے__''تبھی داس بھی ہمارے پاس آکر کھڑے ہو گئے۔ ہائے ہیلو کے بعد میں نے خوشی کا اظہار کیا کہ کوئی اور نک چڑھا کیمرہ مین ہوتا تو مزہ نہ آتا۔آپ کے ساتھ خوب آنند آئے گا۔

''Out door میں جب تک یونٹ سہی نہ ہو کام کرنے میں لطف نہیں آتا۔''

''ہاں یہ تو ہے__ آیئے کچھ ٹھنڈا پیتے ہیں__''ہم تینوں چل کر ایک اسٹال تک پہنچ گئے۔کولڈ ڈرنک کی بوتلیں لے کر سپ کرنی شروع کی۔

''پارٹی کیسی ہے_پیمنٹ وغیرہ میں تو پرابلم نہیں ہوگی؟''داس نے خدشے کا اظہار کیا۔

''آپ کو کاہے کی پرابلم__Exposed تو آپ کے پاس رہے گا۔'' میری بات پر اسے ہنسی آ گئی۔''پارٹی ٹھیک ہے__میں نے سب معلوم کر لیا ہے۔'' دیویندر نے بتایا بوتل خالی کرنے تک ہم لوگ پارٹی کے متعلق ہی بات کرتے رہے۔ تھوڑی دیر بعد جب اپنی جگہ پر واپس آئے تو وہاں ایک لڑکی کو کھڑے ہوئے دیکھا۔اس کے ساتھ ایک ادھیڑ عورت بھی تھی۔ شباہت کے اعتبار سے وہ ماں بیٹی تھیں۔ مجھے یہ سمجھنے میں ذرا بھی تامل نہ ہوا کہ یہ وہ لڑکی ہے جو اس فلم میں Main Lead کر رہی ہے۔دیویندر نے یہ راز کی بات مجھے پہلے ہی بتادی تھی اور یہ جان کر میں بہت خوش ہوا تھا کہ چلو کم سے کم سفر تو آسانی سے کٹ جائے گا۔

شکل وصورت سے وہ پنجابی لگ رہی تھی۔ پنجابی لڑکیوں کی اٹھان اور ساخت کچھ اور طرح کی ہوتی ہے اور مجھے یہ قدرت حاصل ہے کہ میں چہرے سے اس کے جائے پیدائش کا اندازہ لگا لیتا ہوں۔ بیشتر معاملات میں میری پیش گوئی صحیح ثابت ہوئی

تھی۔

ہمالیہ جیسا شفاف دودھیا بدن جو سفید شلوار سوٹ میں برف سے ڈھکا ہوا تھا۔ اس کے پاس سے آتی ہوئی پرفیوم کی تیز خوشبو اس بھانپ کی طرح اٹھ رہی تھی جو برف سے دھوپ کا لمس پا کر اٹھتی ہے۔ دل و دماغ معطر ہو گئے۔ ٹھنڈک اور طراوت کا احساس جاگا۔ تھوڑی دیر پہلے آجاتی تو شاید کولڈ ڈرنک کا ارادہ میں ملتوی کر دیتا۔ جو بات سب سے زیادہ تقویت پہنچا رہی تھی وہ یہ تھی کہ نئی ہونے کی وجہ سے ابھی وہ ناز و نخرے نہیں ہوں گے جو اسٹارڈم حاصل ہونے کے بعد اپنے آپ پیدا ہو جاتے ہیں۔ عام طور سے علاقائی زبان کی فلم کا جو بجٹ ہوتا ہے اتنے پیسے تو بڑی ایکٹریس اکیلے لیتی ہے۔ ادھر نئی لڑکیوں کو زیادہ چانس ملنے کی ایک خاص وجہ یہ بھی ہے۔ ٹھیک ہے کہ انڈسٹری میں صرف نام بکتا ہے پر لڑکیوں کے معاملے میں جسم سب سے اوپر ہے۔

یہ لڑکی اس قدر خوبصورت ہوگی، اس کا اندازہ دور دور تک نہ تھا۔ اس کے سرتاپا کا ایک بار پھر بغور جائزہ لیا۔ کانوں میں ہیڈ فون چڑھا ہوا تھا۔ واک مین کی تلاش میں نگاہ تار کے ساتھ نیچے اتری۔ تار کا سرا اس کے پرس میں چلا گیا میری نظر نیچے اور نیچے___۔

بہت ہلکا سا میک اپ کیا تھا اس نے۔ ہونٹوں پر گلابی لپ اسٹک کے بارے میں شک ہوا کہ لگی بھی ہے یا نہیں۔ ہونٹ بہر حال گلابی تھے۔ کانوں میں قیمتی ٹاپس جو روشنی کے ڈائمنشن پر چمک رہے تھے۔ ممکن ہے وہ قیمتی نہ بھی ہوں پر سوانگ تو رچا ہی رہے تھے۔ سفید کلائی میں سیاہ اسٹرپ کی گھڑی دوسری میں سونے کی چار چوڑیاں جو بڑی بھلی لگ رہی تھیں۔ ہر چیز میں سلیقے اور شعور کا دخل نمایاں تھا۔ ظاہر ہے تعلیم یافتہ بھی ہوگی۔ چہرے پر اعتماد کے علاوہ آتے جاتے رنگ کسی پختہ فلمی عورت کا احساس دلا رہے تھے۔ نگاہ کا بے جا اسراف اسے پسند نہیں تھا یا اس نے

ابھی سے Acting شروع کردی تھی، یہ قیاس لگانا مشکل تھا۔ایک آدھ Look سے تکبر کا شائبہ بھی ابھرا پر اس خیال کو جھٹک کر زیر لب میں نے کہا Shelooks such a gracefull girl دیویندر سن کر مسکرا دیا۔نئی لڑکیوں میں ان چیزوں کا فقدان ہوتا ہے مگر اس کے ہاؤ بھاؤ اس بات کے غماز تھے کہ وہ کتنی تیاری کے بعد یہاں آئی تھی۔ حسین لڑکیوں پر ناز ونخرے اچھے لگتے ہیں۔ کیمرے کی طرح اس کی نگاہ میرے اوپر سے پین ہوتی ہوئی اپنی ماں پر آ کر ٹھہر گئی۔

ٹرین اپنے مقررہ وقت پر پلیٹ فارم سے چھوٹ گئی۔ میں دو رکعت شکرانے کی پڑھنا چاہتا تھا کیوں کہ میں اور دیویندر بھی اسی کوپے میں تھے جس میں وہ اپنی ماں کے ساتھ تھی۔ یہ محض اتفاق نہیں تھا۔خوش نصیبی پھر اور کسے کہتے ہیں۔

واک مین اس نے ابھی تک نہیں ہٹایا تھا جواب مجھے اکھرنے لگا تھا کیوں کہ ساری توجہ اس آواز کی طرف تھی جو اس کے کانوں میں رس گھول رہی تھی۔ دیویندر کے بے ڈھنگے سوال پر ماں مسکرادیں مگر اس کی بھنویں تن گئیں۔ دیویندر کو بات کرنے کا سلیقہ اب تک نہ آیا۔اس نے اگر کچھ سیکھا تھا تو صرف پیسے کمانے کا ہنر۔ بھلا ہو اس عورت کا جو اس نے دیویندر کے اَٹ پٹے سوال کا شائستگی سے جواب دیا۔

''جی ہاں یہ میری بیٹی ہے__ شویتا__ اس فلم میں فرسٹ ہیروئن ہے۔''

''مجھے تو پہلے ہی معلوم تھا۔'' سرگوشی کے انداز میں، میں نے کہا۔

''کیا آپ پراپر بامبے کی ہیں؟ دیوندر کا دوسرا سوال جو قدرے بہتر تھا۔

''نہیں ہم پٹیالے کے ہیں، پر رہتے دہلی میں تھے۔ بامبے آئے ابھی کچھ مہینے ہی ہوئے ہیں۔شویتا نے Nift سے فیشن ڈیزائننگ میں ڈپلوما کیا ہے__'' وہ اور بھی جانکاری فراہم کرتی رہیں۔ شویتا تمام باتوں سے بے نیاز گانے سننے میں منہمک رہی۔ واک مین لگاتا ہوتا تب بھی بے پرواہی کے یہ کبوتر تو اسے بہر حال اڑانے ہی

تھے۔ اپنے اندر کی اتھل پتھل کو مجھے ہر قیمت پر قابو میں رکھنا تھا۔ اوپر والا نیت پر فیصلے کرتا ہے۔ نہ نماز پڑھی نہ دعا مانگی پر قبول ہوگئی۔ اس نے ہیڈ فون نکال کر سیٹ پر رکھ دیا۔ ماں سے مخاطب ہوئی، ''مما میں ذرا چینج کرلوں__'' پاس رکھے ہوئے بیگ کو کھولا تو اس میں سے ایک چھوٹا سا چوہا باہر کودا۔ ''اوئی__'' کہہ کر بیگ اس کے ہاتھ سے چھوٹ گیا۔ اتنی دیر میں چوہا جانے کہاں غائب ہوگیا۔ چہرے پر خفگی کی لکیریں ابھر آئیں تھیں۔ بیگ سے اس نے آسمانی رنگ کی نائٹی نکالی۔ اس کی جانچ پڑتال کی۔ کہیں چوہے نے دانت نہ مار دیے ہوں۔ نائٹی صحیح سلامت تھی۔ چہرے کی شکنیں بھی اب غائب ہوگئی تھیں۔ پرس سے بال سنوارنے کا برش نکالا، ''آتی ہوں__'' لفظوں کی فضول خرچی بھی شاید اسے پسند نہ تھی۔

''میں چلوں کیا__؟'' ماں نے اپنی رائے کا اظہار کیا۔

''No Need__'' کہہ کر دروازہ کھول کر وہ باہر چلی گئی۔ پیچھے پیچھے میرا ذہن بھی۔

''آپ لوگ کیا کرتے ہیں؟'' اس بار سوال کرنے کی باری ماں کی تھی۔

''میرا نام دیویندر ہے اور میں Equipment Suplier ہوں اور یہ میرا دوست زید سلمان__ دیال آنند کا Chief Asst. ہے اور بہت اچھا لیکھک بھی__''

''دیال آنند کا چیف__'' اس نے حیرت کا اظہار کیا تھا۔ میرے کالر اپنے آپ کھڑے ہوگئے۔ میں نے ہولے سے مسکرا کر اثبات کی مہر لگائی۔ کیا ہی اچھا ہوتا اگر شویتا بھی یہ سن لیتی۔ پر دل کو یقین تھا کہ ماں اسے ضرور بتا دے گی۔ یہ بات کوئی چھپانے کی ہے بھلا۔ خندہ پیشانی سے انہوں نے میری مسکراہٹ کا جواب دیا۔ تب تک شویتا واپس آگئی۔ اپنے اترے ہوئے کپڑوں کو بیگ میں ڈالنے کے لیے جھکی تو

چڈی کی ہیئت اس طرح واضح ہوئی جیسے وہ نائٹی کے اوپر پہنی گئی ہو۔ نگاہ آوارگی کرتی ہوئی تھوڑی اوپر اٹھی تو پشت پر برا بھی وہی داستان سنا رہی تھی۔ میں سوچنے لگا کہ جو لڑکی ناک پر مکھی نہیں بیٹھنے دے رہی تھی کتنی آسانی سے بدن کے اسرار بتاتی پھر رہی ہے۔ کیا واقعی اسے کچھ نہیں معلوم؟ مگر مجھے تو معلوم ہے کہ لڑکیاں Costumes کے معاملے میں بھی کتنے محتاط ہوتی ہیں اور پھر فلم میں کام کرنے والیوں کی تو بات ہی اور ہے۔ پوشاک تو قلعہ کی فصیلوں کا کام کرتی ہے۔

قصر کی دیواروں کے باہر ہمارے جیسوں کی بھیڑ کھڑی رہتی ہے جو صانع کی فنکاری پر عش عش کرتی ہے۔ اپنی بے چارگی سے تنگ آ کر ہاتھ میں پکڑی ہوئی کتاب میں رانوں پر رکھ لیتا ہوں۔ وہ بھی سیدھی ہو کر بیٹھ چکی تھی۔ چوہا ابھی تک کوپے میں موجود تھا۔ باہر نکلنے کا راستہ بھی تو بند تھا۔ مجھے لگا کہ چُوہا مجھ سے زیادہ خوش قسمت ہے۔ اس کی رسائی وہاں تک ممکن ہے جہاں تک میرے صرف خیال پہنچ سکتے ہیں۔ پتہ نہیں میری بات کی ترسیل اس تک کیسے ہوئی۔ چوہا اس کے پیروں کے پاس منڈلا رہا تھا جسے وہ نہ دیکھ پائی۔ میری نظریں ملیں۔ ابرو ایک بار پھر تن گئیں۔ وہی پرائے پن کا احساس ہوا۔

چوہا پھدک کر اچانک میری سیٹ پر آ گیا اور تبھی جانے کہاں سے ایک خیال دماغ میں آ گیا۔ کچھ اور سوچ پاتا، اس سے پیشتر ہی میں چوہے کی ہیئت میں منتقل ہو گیا۔ اب چوہے کے پاس ادراک بھی تھا۔ سفر کی راہ متعین تھی۔ ایک جست میں اس کی پنڈلیوں کے قریب آ گیا اور بے کنار دشت وصحرا کی سیاحت پر نکل پڑا جیسے جگنوؤں کے شہر میں آ گیا ہوں۔ آنکھیں خیرہ تھیں تو سانسوں کا زیر و بم منتشر۔ اسی وقت اس کی رس گھولتی آواز کانوں میں پڑی۔

''Mamma I am going to sleep__'' اور اس نے برتھ پر

پیر پھیلا لیے۔ میں تیزی سے باہر نکل کر اپنے اصل روپ میں آ گیا۔ اتنی دیر میں اس نے پرس سے کوئی انگریزی ناول نکالا اور مطالعہ میں غرق ہو گئی۔

کوپے میں ایک ساتھ سفر کرنے کے خیال سے جذبوں میں جو حدت پیدا ہوئی تھی اب کچھ اور تیز ہوتی محسوس ہوئی۔ دو دن کا سفر کیسے کٹے گا۔ یہاں تو ایک ایک لمحہ اجیرن ہو رہا تھا۔ بھوک میں چٹنی روٹی کا مزہ ہی بہت ہے، پر ایسے عالم میں دستر خوان پر من وسلویٰ دکھائی دے تو صبر فرشتوں کو ہی آ سکتا ہے۔ مجھے لگا یہ سفر ابھی آگے مشکل ترین بھی ہو گا۔ میں اپنے خیالوں سے نبرد آزما تھا تبھی ڈبّے میں گھپ اندھیرا ہو گیا۔ گاڑی سرنگ میں داخل ہو گئی تھی۔ جنرل بوگی میں ہوتا تو شاید اس تیرگی کا تھوڑا بہت فائدہ اٹھا لیتا پر یہاں تھے ہی کتنے لوگ۔ پکڑا جانا یقینی تھا۔ ''سوئچ ادھر ہے ذرا بتی آن کر دیں۔'' یہ ماں کی آواز تھی۔ دیویندر کوشش رائیگاں کرتا مگر تب تک ٹرین سرنگ سے باہر آ چکی تھی۔ اندھیرے کے بعد روشنی کتنی بھلی لگتی ہے۔ مجبور ہو کر مجھے بھی ایک کتاب نکالنی پڑی۔ ماں کے سامنے مجھے وہ رعب اور وضع داری قائم رکھنی تھی جو دیال آنند کے معاون کے لیے اب ناگزیر ہو گئی تھی۔ وی ٹی پر اس نے جو فاصلہ طے کیا تھا، منزل پر پہنچنے تک اسے برقرار رکھا۔ دو چار بار ہاں ہوں میں گفتگو ٹھہری بس۔

ایک بات سے البتہ مجھے تقویت مل رہی تھی کہ جب ماں میرے بارے میں اسے بتائے گی تو شاید اس کا زاویہ نظر بدلے کیوں کہ ابھی اسے معلوم ہی نہیں کہ ساری ٹرمپ میرے پاس ہیں۔ وہ تو صرف کمزور پتے لیے بڑی بازی کھیلنے کا ڈھونگ کر رہی تھی۔ اعتماد سے سامنے والے کو خوف زدہ کرتی ہوئی فتح کی خوش فہمی میں مبتلا۔ مجھے تو صرف تھوڑا سا انتظار کرنا تھا اس ایک ساعت کا جب Show بولا جائے گا اور میں ایک ایک کر کے ٹرمپ اس کے سامنے کھولوں گا تب وہ صرف ایک ہاری ہوئی عورت

ہوگی اور میں فاتح۔

پروڈیوسر کی گاڑی ہمیں لینے اسٹیشن آئی تھیں۔ اس بات نے بچے کھچے شبہات بھی ختم کر دیے۔ ایسی کسی سچویشن میں جب زیادہ معلومات نہ ہوں تو اطمینان خاصہ خوشگوار رہوتا ہے۔

ہوٹل پہنچ کر سب سے پہلے کمرے کی جانچ پڑتال کی۔ کمرے میں فراہم کی گئیں سہولیات بہت بہتر تھیں۔ سامان وغیرہ کنارے لگا کر میں نے سیدھے غسل خانے کا رخ کیا۔ سب سے پہلے میں نہا دھو کر تازہ دم ہونا چاہتا تھا۔ دیویندر کیمرہ کی پیٹی کھول کر بیٹری چارج کرنے کے لیے مطلوبہ سوئچ بورڈ تلاش کر رہا تھا۔ میں تولیہ اور شیمپو کی شیشی سنبھالے سیدھے باتھ روم میں جا گھسا۔

نہانے کے بعد مجھے چائے کی سخت طلب ہوئی۔ ویسے بھی چائے پیے کافی دیر ہو چکی تھی۔ اسٹیشن کی چائے تو منہ کا مزہ ہی خراب کرتی ہے مگر مجبوری ایسی تھی کہ نہ چاہتے ہوئے بھی پینی پڑ رہی تھی۔ چائے سگریٹ کے بغیر تو ہم رہ ہی نہیں سکتے۔

بالوں کو خشک کیے بنا برش کیا۔ دیویندر ابھی تک اپنے کام میں مصروف تھا۔ میں نے اسے بتایا کہ ذرا کمرے کا نمبر لے کر آتا ہوں۔ پتہ نہیں اس نے میری بات سنی بھی یا نہیں کیوں کہ اس نے کوئی جواب نہیں دیا تھا۔ میں کمرے سے باہر نکل آیا۔

لابی میں گملوں میں سجے خوبصورت پودوں کی قطار بڑی بھلی لگ رہی تھی۔ نیچے والے فلور پر جس کمرے میں وہ دونوں داخل ہوئی تھیں۔ اوپر آتے وقت میں نے تاڑ لیا تھا ہر چند کہ کمرے کا نمبر نہیں معلوم تھا لیکن اس کی ضرورت بھی نہیں تھی۔ سیڑھیوں سے دروازے تک کا راستہ میرے ذہن میں اس طرح محفوظ تھا کہ آنکھوں میں پٹی باندھ کر بھی میں وہاں پہنچ سکتا تھا۔ اگر حساب لگاؤں تو میں قدموں کی گنتی بھی بتا سکتا تھا۔ نرم اور مخملی گھاس تک پہنچنے کے لیے فی الحال موزیک اور ٹائلز کی سیڑھیوں

پر چلنا ضروری تھا۔

دروازے پر پہنچ کر ایک لمحہ کو میں ٹھٹکا۔ کہیں یہ حرکت معیوب تو نہیں۔ دل گواہی دیتا، اس سے پہلے ہی میں نے دستک دینے کے لیے ہاتھ اوپر اٹھایا تبھی مجھے لگا کہ دروازہ بند نہیں ہے۔ جی میں آیا کہ پش کر کے اندر داخل ہو جاؤں مگر یہ شرفا کا طریقہ کار نہیں تھا اور مجھے تو ابھی اپنے آپ کو یہی ثابت کرنا تھا کہ مجھ سے زیادہ مہذب اور شریف اور کون ہے؟ انگلیوں کو موڑ کر بالآخر دروازہ Tap کر ہی دیا۔

"Come in__" شویتا کی آواز سنائی دی۔ میں اندر داخل ہو گیا۔ وہ بستر پر لیٹی ہوئی تھی۔ پلیٹ فارم کے اسٹال سے خریدی فلمی میگزین اس کے ہاتھوں میں تھی۔ سفر کی تھکان اس کے چہرے سے غائب تھی۔ حالاں کہ وہ ابھی نہائی نہیں تھی۔ زیادہ سفر تو اس نے لیٹ کر ہی گزارا تھا۔ چہرے کے تاثرات سے لگا کہ میری آمد اسے ناگوار گزری ہے۔ اس کا مطلب کہ ماں نے اسے ابھی میرے بارے میں کچھ نہیں بتایا۔ کتاب ایک طرف کو رکھ کر وہ بیٹھ گئی۔ حرکات وسکنات سے میں ناز وادا کی شعوری کوشش کرتی ہوئی۔

"آیئے بیٹھئے__" چہرے کی شکنوں کو چھپاتے ہوئے وہ گویا ہوئی۔

"کون ہے بیٹا__" باتھ روم سے ماں کی آواز آئی۔

"میں ہوں زید سلمان__" میں نے خود ہی جواب دے دیا۔

"بیٹھو میں ابھی آرہی ہوں__" ماں کے جواب سے مجھے تھوڑا حوصلہ ملا۔ غیرت سے آنکھ چراتے ہوئے میں صوفے پر بیٹھ گیا۔ سامنے بیٹھی شویتا کا رویہ ہتک آمیز تھا۔ میں اپنی غلطی کا احساس کر رہا تھا۔ کچھ نہ بن پڑا تو کمرے کی چیزوں کا بغور معائنہ شروع کیا۔ شاور سے پانی گرنے کی آواز بہت صاف سنائی دے رہی تھی۔ نگاہ گھومتی ہوئی بستر پر پڑی فلمی میگزین پر آکر ٹھہر گئی۔ سرورق پر دیپالی کی نیم عریاں

تصویر چھپی تھی۔

خوبصورت کاغذ Lemination کے ساتھ دیپالی کی رانیں Stockings کی نفی کررہی تھیں۔ میں نے اٹھنے کا فیصلہ کرلیا تھا لیکن تبھی اس کی ماں غسل خانے سے نکل آئیں۔ تھتھل بدن پر صرف بلاؤز اور پیٹی کوٹ موجود تھا۔ ناف کے پاس سلوری لائن اور اسٹریچ مارکس بہت واضح نظر آرہے تھے۔ ایک بار جی میں آیا کہ انہیں بتادوں کہ یہ نشانات رئی نایک ایسڈ سے صاف ہوجاتے ہیں پر فوراً ہی مراسم کی نوعیت کا پاس ہوا اور مجھے خیال ترک کرنا پڑا۔ ایک بات سے مجھے تھوڑی حیرت ضرور ہوئی، وہ یہ کہ کسی پرائے مرد کے سامنے اس حلیہ میں آنے پر انہیں کسی طرح کی جھجھک نہیں تھی۔ تولیہ میں بالوں کو لپیٹے ہوئے ٹیرس کی طرف بڑھ گئیں۔ بھاری کولہوں پر گوشت کی پرتیں کہانی میں علامت کی طرح خلاق اعظم کی سب سے خوبصورت تخلیق کو گنجلک بنارہی تھیں۔ ان کی بڑھتی ہوئی عمر بھی زبان کی ترسیل میں مانع تھی۔ آب کوثر سے دھلی شفاف نثر تو بستر پر انگڑائیاں لے رہی تھیں۔ چند لمحوں بعد ہی وہ ٹیرس سے بال خشک کر کے واپس آگئیں۔ اس بار تولیہ بھی ان کی ساتھ نہیں تھی۔ غالباً وہ تار پر ڈال آئی تھیں۔

بیٹھنے سے پہلے انٹر کام پر چائے کا آرڈر دیا پھر بیٹی سے مخاطب ہوئیں۔ گڈّن تم بھی نہالو۔ جب تک چائے بھی آجائے گی۔ وہ پہلے ہی اٹھ کھڑی ہوئی تھی، میرے اندر انتقامی جذبے شدت اختیار کرتے جارہے تھے۔ الماری سے کپڑے اور تولیہ کے ساتھ کوئی چیز اور نکالی۔ حد درجہ احتیاط کی وجہ سے میں نہ دیکھ سکا۔ بڑی سرعت سے اس نے کپڑوں میں چھپالیا تھا۔ Hair Remover ہو نہیں سکتا کیونکہ گھر سے نکلے ابھی دوسرا دن ہے۔ ضرور Napkin رہا ہوگا۔ میں نے اپنے طور پر فیصلہ کیا۔ بھڑاک سے غسل خانے کا دروازہ بند ہوا۔ مجھے لگا شاید یہ برہمی کا اظہار ہے۔

میں ان تمام باتوں سے بے پرواہ اپنی سوچوں میں مصروف رہا۔ ذہن کے باب اور زیادہ کھل گئے تھے۔ ''آپ یہاں پہلے آچکے ہیں؟'' ماں نے ساڑی بھی پہن لی تھی۔ میں نے انہیں غور سے دیکھا۔ ''جی ہاں دوبار___''

''دیال آنند کے ساتھ آپ کب سے ہیں؟'' جس سوال کا مجھے انتظار تھا۔ آخر کاران کے ہونٹوں پر آ ہی گیا۔

''پانچ برس سے زیادہ ہو گئے___ ان کے ساتھ چوتھی فلم کر رہا ہوں۔''

''شویتا کے لیے کوئی راستہ نکالیے___ بڑے بینر میں کام کرنے کا اپنا مزہ ہے۔''

''اس میں کیا شک ہے___ ہماری یہ فلم تو تقریباً پوری ہو چکی ہے۔ اس کے فوراً بعد ایک چھوٹے بجٹ کی فلم لانچ ہو گی۔ اس کے لیے لڑکی ابھی فائنل نہیں ہوئی ہے۔ بمبئی میں آپ رابطہ رکھئے گا___ مجھ سے جو کچھ ہو سکے گا میں ضرور کروں گا۔'' اپنا ترپ کا اِکا میں نے پھینک دیا۔ تبھی ویٹر چائے لے کر آ گیا وہ بھی نہا کر باہر آ گئی۔

ماں نے فوراً شویتا کا Visiting card میری طرف بڑھایا اور مجھ سے میرا کارڈ طلب کیا، میں نے فوراً جیب سے کارڈ نکال کر ان کے حوالے کیا جس میں دیال آنند کے آفس اور فون نمبر درج تھے وہ اتنی خوش ہوئیں جیسے میں نے انہیں کارڈ نہیں Agreement دیا ہو۔ مجھے لگا میرا کام اب ختم۔ اب ساری تگ و دو انہیں ہی کرنی ہے۔'' چائے کی خالی پیالی میز پر رکھ میں اٹھ کھڑا ہوا۔ ان کی مرضی تھی کہ میں کچھ دیر اور بیٹھوں، پر مجھے اب اس کی ضرورت نہیں تھی۔ حالاں کہ دل میرا ابھی نہیں چاہ رہا تھا کہ میں یہاں سے جاؤں مگر جال بچھا کر شکاری کو آڑ میں ہونا ہی پڑتا ہے۔ پھر کسی وقت آنے کا وعدہ کر کے میں باہر آ گیا۔ کمرے میں واپس آیا تو دیویندر بھی نہا دھو کر تیار ہو چکا تھا۔

''کدھر نکل گیا تھا؟''

''بس یوں ہی ___ ہوٹل کا جائزہ لے رہا تھا۔'' مجھے لگا جیسے وہ مشکوک نگاہوں سے دیکھ رہا ہو۔ اسی وقت کمرے میں ایک آدمی داخل ہوا۔ حلیہ سے وہ ویٹر نہیں لگا تھا۔ قبل اس کے کہ ہم اس سے کچھ پوچھتے۔ اس نے بتایا کہ وہ پروڈیوسر کا آدمی ہے۔ ''دراصل آج یہاں ٹھاکروں اور یادوؤں کی لڑائی میں تیس لوگوں کا قتل ہو گیا ہے جس کی وجہ سے کل پورا بہار بند ہے۔ لہٰذا شوٹنگ پرسوں سے شروع ہوگی۔ کل آپ لوگ گھوم پھر سکتے ہیں۔ ڈرائیور گاڑی لے کر صبح آجائے گا۔''

دوسری خبر خوشگوار تھی جب کہ پہلی خبر نے خاصا افسردہ کیا تھا۔ اس کا اثر اتنا زیادہ تھا کہ گھومنے پھرنے کا لطف ذہن میں ایک ساعت بھی نہ ٹھہر سکا۔

دس روز بعد جب ہم بمبئی واپسی کے لیے ٹرین میں سوار ہوئے تو شویتا میرے ساتھ اوپر والی برتھ پر بیٹھی ہوئی تھی۔ اپنا ریموٹ اس نے میرے حوالے کر دیا تھا، میں جو سا چینل جتنے Volume پر چاہوں دیکھوں۔ میں سوچ رہا تھا۔ یہ وہی لڑکی ہے جو ایک عشرہ پہلے اسی طرح سفر میں تھی، آنکھ اٹھا کر مجھے دیکھنا بھی جسے گوارہ نہیں تھا۔ وہ میرے ساتھ Compromise کرنے کے لیے تیار تھی۔ میں نے تو اس سے کسی طرح کا مطالبہ نہیں کیا۔ کیا چیز ہے فلم لائن بھی! لڑکی کو صرف اتنا یقین ہو جائے کہ آپ اُسے کام دلا سکتے ہیں بس اس روپے کو جس طرح چاہے خرچ کریں۔ ترس بھی آرہا تھا مگر میں نے اپنا دل مضبوط کر لیا تھا۔ خواہ کچھ بھی ہو اس لڑکی سے فیض یاب ضرور ہونا ہے۔ ایسی لڑکیاں روز روز کہاں ملتی ہیں جہاں تک میرے جیسوں کا سوال ہے۔

ریل پوری رفتار سے بھاگی جارہی تھی۔ شاید میرے اندر کے اتھل پتھل کا اسے احساس ہو گیا تھا۔ دیویندر نیچے ماں کے ساتھ خوش گپیوں میں مصروف تھا۔

شام سمے

آفس میں سامان وغیرہ اتروا کر دیال آنند کو فون کر کے اپنے آنے کی اطلاع دی۔اس نے اگلے روز مجھے آنے کو کہا۔ میں نے وجہ دریافت کی۔اس نے نہیں بتایا اور کہا کہ کل ہی بتاؤں گا۔اس کا لہجہ بھی میرے تئیں مخلصانہ ہو گیا تھا۔

فون رکھ کر میں نے دیویندر سے فوراً گھر چلنے کو کہا۔ وہ کچھ دیر آفس میں رکنا چاہتا تھا۔تاویل پیش کی کہ گھر پر کرنا ہی کیا ہے۔ میں نے بتایا کہ نہا کر مجھے لمبی نیند سونا ہے۔سفر کی تھکان آج ہی اتر جائے تو اچھا کل پتہ نہیں کیا کام نکل آئے۔مرضی نہ ہوتے ہوئے بھی اسے اٹھنا پڑا۔باہر آ کر میں نے ٹیکسی لی دروازہ کھول کر ہم سوار ہو گئے۔

ٹیکسی گھر کے پاس رکی تو بیگ اور سوٹ کیس سنبھالے ہم لوگوں نے گھر کا رخ کیا۔گلی کے نکڑ پر پنٹو بابا بیٹھا ہوا دکھائی دیا۔آنکھیں چار ہوئیں تو وہ مسکرایا۔ جواب میں میں بھی مسکرا دیا۔پنٹو بابا سے رسم و راہ بڑھاتے ہوئے کسی کے دیکھ لینے کا خوف اب مجھ میں باقی نہیں تھا۔

''کہیں باہر گئے تھے؟'' اس نے اسباب کو دیکھ کر اندازہ لگایا تھا۔دیویندر آگے نکل گیا۔

''ہاں___بہار گئے تھے__''

''میں نے معلوم کیا تھا تو پتہ چلا کہ باہر گاؤں گئے ہیں__''

''اور آپ کیسے ہیں؟''

''بس زندہ ہوں__'' کہہ کر اس نے دائیں ہاتھ کی انگلی نتھنے میں گھسیڑ

دی۔ ایک بار پھر طبیعت مکدر ہوگئی۔ اس بار مجھ سے برداشت نہ ہوا۔

''آپ کو کراہیت نہیں ہوتی؟'' وہ انگوٹھے کی مدد سے آلائش کو گولی کی شکل دینے لگا۔ چہرے پر بلا کا اطمینان جیسے میرا مضحکہ اڑا رہا ہو۔

''نہیں ـــ مجھے کراہیت نہیں ہوتی۔''

''تعجب ہے ـــ''

اس نے گولی میرے اور قریب کی۔ نگاہیں اس پر ٹکی ہوئی تھیں۔ لبوں میں پھر جنبش ہوئی۔

''یہ انڈسٹری ہے۔''

''انڈسٹری ـــ کون سی انڈسٹری؟'' میرا چونکنا بالکل جائز تھا۔

''فلم انڈسٹری ـــ اور کون سی ـــ''

''فلم لائن کے بارے میں آپ کتنا جانتے ہیں؟''

''شاید تم سے زیادہ ـــ اٹھارہ سال ہو گئے مجھے بمبئی میں ـــ خیر یہ سب میں تمہیں کبھی فرصت سے بتاؤں گا۔ حالاں کہ میں اس بابت کسی سے بات نہیں کرتا۔''

جی تو چاہا کہ ابھی اس کے پاس بیٹھ کر پوری داستان سنوں مگر یہ وقت مناسب نہیں تھا۔ میں نے طے کر لیا کہ صبح ہی غار میں اسے پکڑوں گا۔ میں آگے بڑھنے ہی والا تھا کہ وہ بولا۔ ''دس روپے دو گے کیا؟''

''ہاں کیوں نہیں ـــ'' اوپر کی جیب میں ٹیکسی والے نے جو روپے واپس کیے تھے، میں نے نکال کر اسے دے دیے۔

''اتنے کیا کروں گا؟''

''رکھ لیں ـــ کوئی زیادہ تھوڑی ہیں۔''

''نہیں صرف دس روپے چاہیے ـــ ابھی بھر کے لیے ـــ شام کی شام کو

دیکھی جائے گی۔'' یہ شخص بھی میری فہم سے بالاتر تھا۔ اس شہر میں کیا کوئی آدمی بھی آسان نہیں ہے۔ دو دو چار کی طرح یہی سب سوچتا ہوا آگے بڑھا تبھی اچانک نوحہ خوانی کی تیز آواز کانوں سے ٹکرائیں۔ تھوڑا ٹھٹھک کر میں نے حواس بحال کیے۔ عاشورہ تو گزر چکا پھر یہ آوازیں___ مگر یہ میرا وہم تھا۔ کسی طرح کی آواز وہاں نہیں تھی۔ گلی میں سناٹا تھا۔ عام طور سے دوپہر کو بھی اتنا سناٹا نہیں ہوتا تھا۔ ضرور یہ واقعہ کربلا کا اثر ہوگا۔ دس دن کی آہ وفغاں اور گریہ وزاری کے بعد سکوت ایسی ہی شکل اختیار کر لیتا ہے۔

میں تیز قدموں سے چل کر اپنے گھر میں داخل ہو گیا۔ بیگ کنارے رکھ کر شرٹ کے بٹن کھولے___ دیویندر چارپائی پر پہلے ہی نڈھال ہو چکا تھا۔

''تو شویتا کو پھنسا لیا تم نے___'' دیویندر پوری تیاری سے تھا۔ میں نے پلٹ کر اسے دیکھا۔ ہونٹوں پر شرارت آمیز مسکراہٹ تھی۔

''ماں پر تو تمہاری توجہ تھی___'' میں نے جوابی حملہ کیا۔ وہ زور سے ہنسا۔

''میری چھوڑ تو اپنی بتا___ معاملہ کہاں تک پہنچا؟''

''وہیں کا وہیں_ فلم ابھی Blank ہے لیکن دو چار دن میں Exposed ہو جائے گی۔''

''شاباش___ اسٹیشن پر بچھڑتے وقت کتنی اداس تھی۔ جیسے برسوں کی پریمیکا برسوں کے لیے الگ ہو رہی ہو۔ تو کتنا بھاؤ کھا رہا تھا۔''

''جاتے وقت اس کے بھاؤ نہیں دیکھے تھے___''

''پر مال بہت زبردست ہے___''

''وہ تو ہے___''

''دیال سے ملوائے گا اسے؟''

''بالکل ملواؤں گا__ میں بے ایمانی نہیں کرسکتا۔''

''کیا کہنے آپ کی ایمانداری کے__''

''میں نے کام دلوانے کا وعدہ کیا ہے۔ پر اپنا کام نکل جانے کے بعد ہی دیال سے ملواؤں گا۔''

''Very good__ ہو گیا تو فلمی آدمی__''

''پتہ نہیں__ لڑکیاں تو مجھے یہاں آنے سے پہلے بھی اچھی لگتی تھیں۔''

''اچھی لگنے سے کیا ہوتا ہے۔ حاصل کتنوں کو ہوتی ہیں؟''

''جس کے پاس Power ہوتا ہے، اسے سب کچھ ملتا ہے۔ پر تو یہ بتا ماں سے اتنی راز داری میں کون سی باتیں کر رہا تھا۔''

''جو تو بیٹی سے کر رہا تھا۔''

''واقعی__''

''اور کیا__ میں آدمی نہیں__ پر مجھے بھرے بدن کی ادھیڑ عورتیں پسند ہیں۔'' کافی دیر تک ہم بات کرتے رہے پھر آنکھیں جھپکنے لگیں۔ چند لمحوں میں دیویندر کے خراٹوں کی آواز آنے لگی۔ شویتا کے بارے میں سوچتا ہوا میں رودابہ تک آ گیا۔ شویتا پس منظر میں چلی گئی۔ دوسری طرف کروٹ کر کے میں نے آنکھیں بند کر لیں۔

چہل قدمی سے فارغ ہو کر طے شدہ پروگرام کے تحت میں پنٹو بابا کے پاس پہنچ گیا۔ پنٹو بابا کا فلم لائن سے کیا تعلق ہے۔ اس بات کی تشویش بڑھ گئی تھی۔ ویسے بھی اس کے بارے میں ابھی معلوم ہی کیا ہے۔ مہا کالی کے لوگ جتنا جانتے ہیں اسے تھوڑا زیادہ ہی معلوم ہے۔ ہو سکتا ہے۔ یہ خیال بھی غلط ہو۔

''مجھے لگا تھا کہ آج تم میرے پاس ضرور آؤ گے___'' دیسی کا زوردار بھبھکا آواز کے ساتھ باہر آیا۔

''اتنی صبح صبح پی لی؟''

''میرے لیے کیا صبح کیا شام__ چائے تو میں پیتا نہیں۔اس لیے تمہاری خاطر نہ کر سکوں گا؟''

''اس تکلف کی ضرورت بھی نہیں۔'' میں سوچ رہا تھا کہ اگر یہاں چائے مل بھی جاتی تو میں کسی قیمت پر نہیں پیتا۔ اتنا گندا آدمی۔ کہاں کہاں انگلی گھسیڑتا ہے۔ اس کے ہاتھوں کی چائے__ خیال سے ہی بدن میں جھرجھری سی دوڑ گئی۔ رومال بچھا کر پاس ہی زمین پر بیٹھ گیا۔

''آپ مجھے یہ بتائیں کہ فلم سے آپ کو کیا نسبت رہی ہے؟'' کچھ لمحوں تک وہ چھت کو گھورتا ہے جیسے میری بات سنی ہی نہیں۔ کہیں گہری سوچوں میں غرق تھا۔ شاید میں نے اس کے ماضی کو چھیڑ دیا تھا۔

''بات تمہیں شروع سے بتائی جائے۔''

''ہاں میں بھی تفصیل سے جاننا چاہتا ہوں۔''

''کیلی کٹ کے ایک ڈگری کالج میں پڑھاتا تھا میں۔''

''آپ کی کیا Qualification ہے؟'' مجھے لگا جیسے اس نے گفتگو کا آغاز ہی جھوٹ سے کیا ہو۔ ''انگریزی میں .M.A کے بعد ناول پر Ph.D کی ہے۔'' لہجے کے اعتماد نے مجھے باور کرا دیا۔ ''میں ایک ڈگری کالج میں پڑھتا تھا۔ کہانی کا شوق بہت پہلے سے تھا جو عمر کے ساتھ جنون بن گیا۔ میرؔ و غالبؔ کو سمجھنے کے لیے اردو ضروری تھی۔ ایک ٹیوٹر رکھ کر میں نے باقاعدہ تعلیم حاصل کی۔ اصل چیز تو میرا شوق تھا۔ کیا خوبصورت زندگی تھی جلد ہی شادی ہونے والی تھی۔ پر اوپر والے کو تو کچھ اور ہی

منظور تھا۔ آر کے چوپڑا کوئی فلم کے لیے کہانی کار کی ضرورت تھی۔ اشتہار دیکھ کر میں بھی جھانسے میں آ گیا۔ تم سن رہے ہو نہ ___؟''

''ہاں ___ بہت غور سے سن رہا ہوں ___''

''پندرہ دن بعد مجھے چوپڑا کا خط ملا۔ مجھے فوراً بمبئی بلایا تھا۔ چوپڑا فلم کی بڑی ہستی تھا۔ اس لیے کسی طرح کے شک وشبہ کی گنجائش ہی نہیں تھی۔ میں تو خوشی کے مارے پھولا نہیں سما رہا تھا۔ کہانی اسے پسند آئے گی بھی یا نہیں۔ اس بات کا ذرا بھی خدشہ نہیں تھا۔ لکھتے پڑھتے کم وبیش پندرہ برس ہو چکے تھے۔ میرے جھولے میں تو ہر طرح کا سامان تھا۔ خواہ وہ Comercial بنائے یا Art کہانی سنانے اور بیچنے کا ڈھنگ البتہ مجھے نہیں معلوم تھا۔ اس کی اہمیت کا اندازہ یہاں آنے کے بعد ہوا۔ کئی روز کے بعد چوپڑا نے ملنے کا وقت دیا۔ میں اس کے سامنے گیا تو تھوڑا گھبرایا ہوا تھا۔ شخصیت کا رعب تو بہر حال پڑتا ہی ہے۔ میں نے پوچھا کہ آپ کو کس طرح کی کہانی چاہیے۔ اس نے پہلے میرے بارے میں تفصیلات معلوم کیں۔ اس درمیان چائے اور سگریٹ پلائی۔ یہ جان کر خوشی کے ساتھ مجھے حیرت بھی ہوئی کہ چوپڑا کی ادب پر گہری نظر ہے۔ اس نے مجھ سے کہا کہ اب تک میں نے جو سب سے اچھی کہانی لکھی ہو وہ سنائے۔ میری مشکل اس نے بہت آسان کر دی تھی۔ میں نے کتاب نکال کر کہانی شروع کی۔ ایک پیراگراف سننے کے بعد اس نے پوچھا ''کتنے صفحے کی ہے؟''

''پندرہ صفحے کی ___'' بغیر گنے میں نے جواب دیا۔ وہ بولا مجھے ابھی ایک میٹنگ میں جانا ہے۔ یہ کتاب آپ چھوڑ جائیں ___ دو تین روز کے بعد فون کر کے آ جائیں پھر بات کرتے ہیں۔ مجھے کیا قباحت ہو سکتی تھی۔ رسالہ میں نے اس کے پاس چھوڑ دیا۔ مسائل کا آغاز اس کے بعد شروع ہوتا ہے۔ اگلی ملاقات کے لیے مجھے پندرہ دن انتظار کرنا پڑا۔ آفس کے کتنے چکر لگائے اور کتنے فون کیے مجھے نہیں یاد۔ ہر

بار کوئی بہانہ بنا دیا جاتا، صاحب باہر گئے ہیں۔ ابھی کسی سے نہیں مل سکتے۔ بہت ضروری میٹنگ چل رہی ہے۔ اس بار چوپڑا کے رویے میں وہ گرم جوشی نہیں تھی۔ میں نے بھی طے کرلیا تھا کہ جو بھی ہونا ہے، آج بات صاف ہو جائے۔ سگار جلا کر اس نے بات شروع کی۔ ''کہانی تو ٹھیک ہے__''

''ٹھیک ہے__'' میں نے دل میں سوچا۔ یہ وہ کہانی ہے جسے لکھنے کے لیے میں نے اپنا خون صرف کیا تھا۔ چھپنے کے بعد اس کہانی نے دھوم مچا دی تھی۔ کئی زبانوں میں اس کے ترجمے شائع ہوئے۔ اس کہانی کے بارے میں وہ کہہ رہا ہے کہ ٹھیک ہے بس__ یا تو یہ آدمی کہانی سمجھتا نہیں یا پھر سرے سے جھوٹ بول رہا ہے بلکہ جھوٹ ہی بول رہا ہے۔ چوپڑا کے بارے میں ایک دم رائے بدل گئی۔ میں اٹھنے ہی والا تھا کہ اس کی آواز سنائی دی۔ ''ایسا ہے تم اسے Script کی شکل دو کیوں کہ تم بہتر لکھ سکتے ہو۔''

''جب آپ کو کہانی زیادہ پسند ہی نہیں آئی تو پھر اسکرپٹ لکھنے کی کیا ضرورت ہے۔'' میرے جواب سے وہ چونکا تھا۔

''نہیں ایسا نہیں ہے__ کہانی اچھی ہے پر فلم کے لیے اس میں بہت سی چیزیں ڈالنی ہوں گی۔''

''اگر آپ مجھے بتا دیں تو میں اسکرپٹ میں شامل کرلوں۔''

''ابھی نہیں__ ابھی تم اپنے طور پر لکھو۔ اس کے بعد ہم لوگ بات کر کے اپنے حساب سے بنالیں گے۔'' اس کی بات مجھے عجیب لگی مگر امید تو بہر حال قائم تھی۔ فلم والوں کے بارے میں مجھے کیا پتا۔ ایک گہری سانس لے کر وہ خاموش ہوا۔ بات کچھ کچھ میری سمجھ میں آرہی تھی مگر پنٹو بابا سے انجام سننا باقی تھا۔ ''ایک مہینے میں دن رات ایک کر کے میں نے اسکرپٹ لکھا__ پیسے بھی ختم ہو گئے تھے۔ گھر سے پیسے

منگوائے۔ حالانکہ میرا دوست جس کے یہاں میں ٹھہرا تھا، ہر طرح سے میری مدد کر رہا تھا۔ میں مسودہ لے کر چوپڑا کے پاس گیا۔ اس نے مسودہ رکھ کر پھر پندرہ دن بعد آنے کو کہا۔ میرے پاس کوئی چارہ نہیں تھا۔ خالی ہاتھ واپس لوٹ گیا۔ اس کے بعد پھر چوپڑا مجھ سے کبھی نہیں ملا۔ کتنے ہی چکر لگائے کہ مسودہ ہی مجھے واپس مل جائے۔

دو مہینے بعد اسکرپٹ مجھے واپس مل گیا اس پر Reject لکھا ہوا تھا۔ میں نے دیکھا پنٹو بابا اس بار ہولے سے مسکرایا تھا۔ میں اس تبسم کا راز جاننے سے قاصر تھا۔

ان دو مہینوں میں میری کہانی پر آدھی فلم بن چکی تھی ___ ہاہا ___ وہ زور سے ہنسنے لگا۔ تھوڑی دیر ہنسنے کے بعد گفتگو کا سلسلہ اس نے آگے بڑھایا۔ اب وہ بہت سنجیدہ نظر آ رہا تھا۔

میرے لیے یہ بہت بڑا Shock تھا۔ اس کے بعد زندگی کا ڈھرّا ہی بدل گیا۔ میں نے چوپڑا پر مقدمہ دائر کیا۔ اتنے بڑے آدمی سے میرے جیسا معمولی آدمی جیت بھی کیسے سکتا ہے؟ ہر شکست کے بعد Drink میں اضافہ ہوتا گیا۔ یہاں آنے کے بعد گھر واپسی بھی بہت مشکل ہو جاتی ہے۔

''کون سی فلم تھی چوپڑا کی؟''

اس نے فلم کا نام بتایا۔

''وہ تو سلور جبلی ہوئی تھی۔''

''ہاں Written & Directed آر کے چوپڑا __'' کہہ کر وہ پھر بے تحاشا ہنسنے لگا۔ ''اب تو بس موت کا انتظار ہے __'' اس کی آنکھوں میں آنسو آ گئے تھے۔ دیر تک ہم دونوں خاموش بیٹھے رہے۔ میں سمجھ نہیں پا رہا تھا کہ کس طرح تسلی کے دو جملے ادا کر سکوں۔ خاموشی سے بہتر کوئی صورت نظر نہیں آئی۔

''ہو سکتا ہے تمہارا تجربہ انڈسٹری کی بارے میں کچھ اور ہو پر میری رائے تو

تمہیں معلوم ہے۔'' مجھے فوراً پنٹو بابا کا وہ جملہ یاد آ گیا۔

''چلتا ہوں پھر آؤں گا___ '' اٹھنے میں حالاں کہ تھوڑا سا تکلف محسوس ہوا۔ نسیم صبح کے خوشگوار جھونکے اندر کے جس کو دور کرنے میں ناکام تھے۔ قدم اتنے بھاری لگ رہے تھے جیسے آہن کی وزنی بیڑیاں پڑی ہوں۔

گلی میں آیا تو رودابہ نل کے پاس کھڑی ہوئی تھی۔ آنکھ نے اسے دیکھا ضرور مگر دیکھ کر بھاگی نہیں تھی، نہ ہی اس کا ہاتھ دوپٹے کی طرف لپکا تھا۔ میں روبوٹ کی طرح کسی بھی طرح کے جذبات و تاثرات سے عاری سیدھے اپنے کمرے میں داخل ہو گیا۔ ایسا پہلی بار ہوا تھا جب میں نے پلٹ کر اس طرف نہیں دیکھا۔

شام ہو گئی۔ سورج غروب ہو گیا مگر اضمحلال کی حدت ویسی کی ویسی ہی رہی۔ من ایک بار پھر اچاٹ ہو گیا۔ دیال آنند نے میرے منصوبوں کی جو ترپائی کی تھی، اس کے تاگے ڈھیلے ہوتے نظر آئے۔ دیال آنند کے پاس جانے کا قطعی موڈ نہیں تھا مگر مجھے معلوم تھا میں نہیں رک پاؤں گا۔ ناگواری کے ساتھ جیسے تیسے تیار ہوا اور نکل پڑا۔ روادبہ اس بار بھی گلی میں نظر آئی۔ مجھے دیکھ کر وہ اپنی جگہ سے ہلی تک نہیں۔ کوئی اور وقت ہوتا تو میں اس کے حوصلے کی داد ضرور دیتا، پر اس وقت کچھ اچھا نہیں لگ رہا تھا۔ آدمی جب اندر کے صحرا میں بھٹک رہا ہوتا ہے تو باہر کا سبزہ کوئی اہمیت نہیں رکھتا۔ کوئی چیز ایک وقت میں تقویت دیتی ہے تو دوسرے وقت میں اذیت ناک ہو جاتی ہے۔ دیال آنند کا فلیٹ Ground Floor پر ہی تھا۔ کال بیل پر انگلی رکھی تو وہ گھن گھنا اٹھی۔ فوراً دروازہ کھل گیا۔ سامنے ایک لڑکی کھڑی ہوئی تھی۔ حلیہ بتا رہا تھا کہ وہ آیا ہے۔ ''صاحب ہیں؟'' میرا مختصر سا سوال تھا۔

''آپ کون؟'' میں جواب دیتا اس سے پہلے پیچھے سے دیال آنند نمودار

ہوئے۔ ''آؤ زید__ میں تمہارا ہی Wait کر رہا تھا۔'' میں ساتھ چلتا ہوا ڈرائنگ روم میں آ گیا۔ اس گھر میں پہلے بھی کئی بار آ چکا تھا پر وہ نوعیت اور تھی۔ چیزوں سے دیال آنند کی عیش وعشرت کا اندازہ ہو رہا تھا۔ پہلی بار چیزوں کو میں نے اتنے غور سے دیکھا تھا۔ ہم آمنے سامنے صوفوں میں دھنس گئے۔ شیشے کی میز پر ایک موبائل فون رکھا ہوا تھا جس کے نیچے ایک کاغذ دبا ہوا تھا۔ مڑا ہونے کی وجہ سے تحریر نظر نہیں آ رہی تھی۔ آیا ٹرے میں سجا کر ایک گلاس پانی رکھ گئی۔ میں نے پانی پی کر گلاس میز پر رکھ دیا۔ دیال آنند کی طرف دیکھا۔

''تم سوچ رہے ہو گے کہ میں نے تمہیں یہاں کیوں بلایا۔ میں Cut to Cut بات کرتا ہوں۔''

میں سنبھل کر بیٹھ گیا۔ کیا جانے کون سی افتاد آنے والی تھی۔

''میں بہت تھک گیا ہوں__ بہت دنوں سے اپنے Subordinate کی تلاش تھی جو بہر حال پوری ہو گئی۔ میری اگلی فلم تم Direct کر دو گے۔''

''کیا__ سر__ میں__ ؟'' میں ایک دم بوکھلا گیا تھا۔

''ہاں یہ میرا فیصلہ ہے__ اور کہانی بھی تم ہی لکھو گے__''

آیا ڈھیر سارا ناشتہ سجا گئی۔ رایل ڈالٹن کے کپ میں چائے آ گئی۔ دن بھر کی افسردگی کا جمع کوڑا دیال آنند کے ایک جملے میں بہہ گیا۔ یقیناً یہ میرے لیے اعزاز کی بات تھی۔ پانچ، چھ برسوں میں یہاں کسے کتنا ملتا ہے۔ میری تو کایا پلیٹ ہونے والی تھی۔ یقین ہی نہیں ہو رہا تھا مگر دیال آنند سے مذاق کا تک بھی نہیں تھا۔

''گھبرانے کی کوئی بات نہیں ہے__ باقی تو میں ہوں ہی__'' دیال آنند نے میری زیر زبر ہوتی کیفیت کو بھانپ کر میری ہمت افزائی کی۔

''ابھی وقت ہے تم اپنے آپ کو Prepare کر سکتے ہو۔''

''کن لفظوں میں آپ کا شکرادا کروں میں۔ سمجھ نہیں پا رہا ہوں۔''

''تم Deserve کرتے ہو۔لٹریری آدمی نہ ہوتے تو شاید میں یہ ذمے داری تمہیں نہ دیتا۔ میں نے تو اپنے سارے ارمان پورے کر لیے۔'' ادبی لوگوں کی میں بہت قدر کرتا ہوں۔

''میں آپ کا احسان کس طرح اتاروں گا__'' جب کچھ نہ بن پڑا تو یہ روایتی سا جملہ ادا کر دیا۔

''بس اس Quality کو قائم رکھنا جس کے نمونے میں نے پیش کیے ہیں۔ مجھے یقین ہے تم کر لو گے۔''

''ظاہر ہے اس کے لیے تو Compromise نہیں ہو سکتا۔'' جملے کی نزاکت کا اندازہ کہنے کے بعد ہوا۔

''ہاں یہ ٹھیک ہے__Compromise فلم میں جن معنی میں استعمال ہوتا ہے اس میں کوئی برائی نہیں۔''

''چلتا ہوں سر__'' میں نے اٹھنے کی خواہش ظاہر کی۔

'' اوکے۔ یہ موبائل تمہارے لیے ہے__ ''میز پر رکھے ہوئے سیل (cell) کی طرف اشارہ کیا۔'' ایک تحفہ میری طرف سے۔'' موبائل واقعی گراں قدر تحفہ تھا۔ ابھی شاذ و نادر ہی لوگوں تک اس کی رسائی ہوئی تھی۔

''میرے لیے؟'' تحیر خیزی کے کچھ باب ابھی کھلنے باقی تھے۔

''Yes for you__ دھیرے دھیرے Life Style بھی بدلنا پڑے گا۔ اس کے بغیر تو کچھ بھی ممکن نہیں ہے۔'' جھجکتے ہوئے میں نے فون اٹھا ہی لیا۔ کاغذ پر میرا ہی نام لکھا تھا۔

''Thank You So Much''

"__It's all right__"

"میں کسی فوج کی طرح کمانڈر کو سلیوٹ مارنا چاہتا تھا۔ کمرے سے باہر نکلا تو سوچنے کا انداز ہی بدل گیا۔ کھل جا سم سم کہے بغیر خزانے کا دروازہ میرے لیے کھل گیا تھا۔ یہ خوش خبری میں سب سے پہلے دیویندر کو سنانا چاہتا تھا۔ ٹرین اور بس کا انتظار چہ معنی دارد۔ ٹیکسی پکڑ کر سیدھے مہا کالی کا رخ کیا۔

انڈسٹری کے بارے میں میری رائے بالکل بدل گئی تھی۔ پنٹو بابا نے صبح جو کچھ بتایا تھا، وہ ایک سرسری سا واقعہ بن گیا تھا جس کی یہاں کوئی اہمیت نہیں ہوتی۔ ہر کسی کے معاملات الگ ہیں۔ اس کے ساتھ جو کچھ ہوا وہ اس کا مقدر تھا۔ میرا نصاب کچھ اور ہے۔ سارا کھیل تو قسمت کا ہے۔ ستارے گردش میں نہیں ہیں تو بات بن جاتی ہے ورنہ بگڑی تو ہے ہی۔ صلاحیت اور مراسم تو بہت بعد کی چیزیں ہیں اصل چیز تو صرف بھاگیہ ہے۔

"کہاں اترنا ہے؟" ٹیکسی والے کی آواز پر میں چونکا۔

"بس وہ داہنی طرف دوکان کے پاس روک لو۔"

گاڑی رکی۔ پیسے ادا کر کے میں تیزی سے گھر کی طرف بھاگا۔ تالا کھلا ہوا تھا۔ اس کا مطلب دیویندر آچکا تھا۔ اندر داخل ہوا تو ضبط کے باوجود خوشی چھپائے نہیں چھپ رہی تھی، جیسے انار چھوٹ رہے ہوں۔ دیویندر کو سمجھنے میں ذرا بھی دشواری نہ ہوئی۔

"کیا بات ہے__ کچھ زیادہ ہی خوش دکھائی دے رہے ہو؟"

"خوشی تو اتنی ملی ہے کہ میں اظہار نہیں کر سکتا__"

"ایسا کیا ہوا؟"

"دیال آنند کی اگلی فلم میں ڈائریکٹ کروں گا۔"

''اے بھائی___ ذرا زمین پر رہو___ مذاق کی بھی کوئی Limit ہوتی ہے۔ ابھی کچھ کہہ دونگا تو پھر منہ سجا کر بیٹھ جائے گا۔''

''میں مذاق نہیں کر رہا___ دیال نے خود کہا ہے___ یہ دیکھ موبائل بھی دیا ہے___ ''اس بار اسے یقین ہو گیا۔ اس نے مجھے سینے سے چمٹا لیا۔ الگ ہوا تو اس کی آنکھیں نم تھیں۔ خوشی کے آنسو تیر رہے تھے۔

''یہ خبر سن کر شاید میں تجھ سے زیادہ خوش ہوا۔''

''اس میں شاید کی ضرورت نہیں___ ''جذبات سے مغلوب ہو کر میری آنکھیں بھی گیلی ہو گئیں۔

''اب اپن بھی Proud سے بولے گا کہ اپنا یار Director ہو گیا۔ اے___ شویتا کی ممی کو رول دے گا کیا؟'' وہ ہنس رہا تھا۔

''پہلے ہیروئن تو ملے اس کے بعد فلم___ میری فلم کی ہیروئن شویتا ہی ہوگی۔''

''کیوں رودابہ کو نہیں لے گا؟'' مجھے معلوم تھا کہ یہ بات اس نے ازراہِ مذاق کہی ہے پر مجھے یہ بات ناگوار گزری تھی۔ میں نے آنکھوں سے اس کی وضاحت بھی کر دی۔ وہ سمجھ بھی گیا۔

''Sorry___Sorry___ میں نے تو مذاق کیا تھا۔''

''رودابہ کے حوالے سے مذاق مت کیا کرو۔ وہ میری محبت ہے۔ پہلی اور شاید آخری بھی___ ستارے اگر ایسے ہی میرے حق میں رہے تو وہ تمہاری بھابھی ہوگی۔''

''پروگرام تو بہت اچھا ہے___ پر اُس کے گھر والے راضی ہو جائیں گے؟''

''وہ راضی ہو جائے بس___ باقی کسی کی ضرورت نہیں___ ''

''ایک اچھی خبر میرے پاس بھی ہے؟'' مشکوک نگاہوں سے میں نے اسے

دیکھا۔

''وہ کیا؟'' آپ ہی آپ زبان سے پھسل گیا۔

''انٹاپ ہل میں ایک تین کمروں کا فلیٹ مل رہا ہے۔ تین چار مہینے میں خالی ہو جائے گا۔ اپن نے بات فائنل کر لی ہے۔ بس کھولی سے چھٹی ــــ'' یہ سن کر میرے چہرے پر فکر کی لکیریں سی کھینچ گئیں۔ بمبئی میں فلیٹ میں رہنے کو مل جائے اس سے اچھی خبر اور کیا ہو سکتی ہے مگر رودابہ کے عوض تو یہ سودا بہت مہنگا ہے۔ میں نے سوچا جلد ہی کوئی راستہ نکالنا ہوگا کیوں کہ آگے جو وقت آنے والا ہے، اس مقام و مرتبے کے لحاظ سے یہ جگہ کسی طرح درست نہیں۔

''آج تو جشن منانے کا دن ہے ــــ'' دیویندر نے خیال کا رخ موڑنا چاہا۔

''اس میں کیا شک ہے ــــ آج کا ڈنر میری طرف سے کسی بہت اچھے ہوٹل میں۔''

''ایک بات کہوں؟'' کہہ کر جواب کے انتظار میں وہ میری طرف دیکھنے لگا۔

''فرمایئے؟'' مجھے لگا کہ وہ کوئی شرارت کرنے والا ہے۔

''اپنی ہیروئن کو بھی بلا لو ــــ وہیں اسے بھی یہ خوش خبری دے دینا۔'' تجویز مجھے پسند آئی۔

''خالی شویتا کو بلا لیتا ہوں ــــ'' میں نے قدرے سنجیدہ ہو کر کہا۔

''ممی گھر میں اکیلے کیا کرے گی؟''

''تم چلے جانا۔''

''اور پھر میرا ڈنر ــــ''

''ہاں یہ تو میں نے سوچا ہی نہیں ــــ''

''ایسا ہے دونوں کو بلاؤ__ بعد میں کسی بہانے ان کے ساتھ ہی گھر نکل چلیں گے۔ اگر انہیں اعتراض نہ ہوا تو__'' دیویندر تو مجھ سے زیادہ اتاؤلا ہو رہا تھا۔ میں نے موبائل سے شویتا کا نمبر ڈائل کیا۔

''مبارک ہو__ پہلا ہی فون ہیروئن کو__'' میں نے انگلی سے اسے چپ رہنے کا اشارہ کیا۔ رِنگ جا رہی تھی۔ اوس میں بھیگی ہوئی شویتا کی آواز سنائی دی۔ میں نے اسے سی راک میں آنے کی دعوت دی۔ ساتھ یہ بھی بتا دیا کہ وہیں Surprise ملے گا۔ وہ فوراً تیار ہو گئی۔ فون بند کر کے میں دیویندر کی طرف دیکھا۔ اس کا منہ کھلا ہوا تھا۔

''Sea Rock__ تو تو پہلے ہی دن دیال آنند سے آگے نکل گیا۔ پتہ ہے کتنے کا بل آئے گا۔''

''جب تک تو میرے ساتھ ہے مجھے کسی بات کی پرواہ نہیں کرنی ہے۔ پاکٹ سے زیادہ بل آ گیا تو موبائل جمع کر دوں گا۔''

''یہ نوبت تو میرے ہوتے نہیں آئے گی__'' دیویندر سنجیدہ ہو گیا تھا۔

''پٹنہ والا پورا پیمنٹ پڑا ہے۔ آج وہی خرچ ہو گا بس اب جھٹا پھٹ تیار ہو جا۔''

آدھے گھنٹے بعد میری ٹیکسی Galaxy Apartment والے موڑ سے Bus Stand کی طرف مڑی۔ میں پہلے ہی جان بوجھ کر دائیں طرف بیٹھا تھا کہ سمندر کا کنارا اسی طرف آتا ہے۔ شام سے نصف رات تک جوڑے چٹانوں پر بیٹھے سمندر کی طرف منہ کیے اندھیرا ہونے کا انتظار کرتے رہتے ہیں Peak Hours میں یہ تعداد اتنی زیادہ بڑھ جاتی ہے کہ اگر آدمی ہوش میں نہ رہے تو پتہ نہیں کون کس

سے فیض یاب ہو جائے۔ کسی کو کسی سے مطلب نہیں۔ تیرگی کے حساب سے معاملہ بوس و کنار سے تجاوز کرتا ہے۔ گلے میں حائل بانہیں سہارا دے کر سخت سنگلاخ چٹانوں پر نازک بدنوں کو لٹا دیتی ہیں۔ جسموں کے چٹخنے کی صدائیں آسمان، چاند، تارے سنتے اور دیکھتے ہیں۔ سمندر کا کھارا پانی سیاہ بن کر رگوں میں اترتا ہے ___ قطرہ ___ قطرہ_

سڑک کے کنارے کتوں کو لے کر چہل قدمی کرنے والوں کی بھی خاصی تعداد ہوتی۔ ان میں لڑکیوں کا تناسب نصف سے زائد ہوتا ہے۔ جو لوگ کتے نہیں رکھتے تھے، وہ ایک بار Walking کو نظر انداز بھی کر جاتے مگر کتا موجود ہو تو پھر نہ ٹہلنے کا جواز ہی نہیں بنتا۔ لڑکیوں کی پوشاکیں اشتعال انگیز ہوتی ہیں۔ اسٹریٹ اور ڈوائنڈ ڈ اسکرٹ۔ ہپ اسٹرس کے ساتھ چھوٹے ٹاپ میچنگ ٹیونک کے ساتھ ان بدقسمتوں کو شام کی رنگینی کا تھوڑا سا لطف فراہم کر دیتی جن کے پاس ساتھی نہیں ہوتے۔ یہ لوگ مذہب اور دیگر بندشوں سے آزاد ہوتے ہیں۔ اگر کوئی لکشمن ریکھا ہے بھی تو وہ نوٹوں کی گڈیوں سے قائم ہوتی ہے ___

دربان نے کورنش بجالانے والے انداز میں سلام کیا اور دروازے کا ایک پلا ہمارے لیے کھول دیا۔ ہم داخل ہونے ہی والے تھے کہ شویتا اپنی ماں کے ساتھ ٹیکسی سے اترتی دکھائی دی۔ ہم دونوں ٹھہر گئے۔ انہیں Wish کیا اور اندر داخل ہو گئے۔ میں نے کنکھیوں سے اس کے سر تا پے کا جائزہ لیا۔ وہ Branded کی سیاہ جینز پہنے ہوئے داخل ہوئی تھی۔ جینز اتنی چست تھی کہ گھٹنے موڑنا محال تھا۔ بالائی حصے میں ٹی شرٹ کی Fitting کا عالم بھی وہی تھا۔ گنبد و مینار کہرے سے نکلتے دکھائی دینے لگے۔ بال کھلے ہوئے تھے۔ ''پوری تیاری سے آئی ہے۔'' میں نے زیر لب کہا۔

''وہ سرپرائز کیا ہے؟'' بیٹھتے ہی اس نے سوال کیا۔ ممی بھی خاصی مشتاق

تھیں۔

''تھوڑا صبر کیجئے ــــ ابھی سب معلوم ہو جائے گا۔ پہلے کھانے کا آرڈر کریں ــــ'' مینو اس کی طرف بڑھاتے ہوئے کہا۔

Oh God ــــ آپ نے تو بڑی مشکل میں ڈال دیا ہے ــــ'' ادائے ناز سے اس نے کندھے اچکائے۔

''آرڈر تو آپ کو ہی کرنا ہے۔'' میں نے اپنا فیصلہ سنایا ہے۔

''Any way ــــ میں پہلے مینو دیکھ لوں۔''

''Drink تو نہیں کرنی کسی کو ــــ'' میں نے اس بار اس کی طرف زیادہ غور سے دیکھا۔

''ہم لوگ نہیں پیتے۔ آپ لوگ چاہیں تو لے سکتے ہیں۔'' اس بار ماں گویا ہوئیں۔

''پینے والا تو ایک ہی آدمی ہے ــــ دیویندر ــــ''

''اکیلے تو میں پینے سے رہا۔ پینے پلانے کا وچار چھوڑ و صرف کھانا کھائیں گے۔ میڈم آپ ترنت آرڈر کریے، بھوک بہت زور کی لگی ہے۔'' دیویندر نے مسئلہ حل کر دیا۔ شویتا نے ویٹر کو آرڈر نوٹ کرایا اور میری طرف اس طرح دیکھا کہ اب تو بتا دو۔

''زید ڈائرکٹر ہو گیا ہے ــــ دیال آنند کی اگلی فلم اسے ہی کرنی ہے۔'' دیویندر نے رمز کھول دیا۔

''بھائی مبارک ہو۔''

''بھائی مبارک ہو ــــ'' ممی نے بھی اپنا حق ادا کر دیا۔

''فلم کے Set up کے بارے میں ابھی کوئی بات نہیں ہوگی۔ وہ ساری

چیزیں وقت آنے پر طے ہوں گی۔ ابھی تو مجھے Script پر کام کرنا ہے۔'' تب تک ویٹر کھانے کی ٹرالی لے کر آ گیا۔ سب کا دھیان اس طرف لگ گیا۔

کھانے کے دوران شویتا سے کئی بار نظریں ملیں۔ آنکھوں سے وہ کیا کہنا چاہ رہی تھی، یہ سمجھنے میں مجھے ذرا بھی دشواری نہ ہوئی۔ شویتا کو فتح کرنے کا احساس تکبر پیدا کر رہا تھا۔ آج میں پوری طرح سے فلمی آدمی ہو گیا تھا۔ شاید یہی وجہ تھی کہ آج کی شام کسی کامیاب فلمی آدمی کی طرح یادگار گزری تھی۔ ایک ایسی شام جو کبھی خیال و گمان سے بھی نہیں گزری۔ میرے اندر کیا واقعی کوئی جشن جیسا ماحول چل رہا ہے، ہم زاد دریافت کرتا ہے۔

آج 31/دسمبر ہے۔ بمبئی میں سال کے اس آخری دن میں جو کچھ ہوتا ہے وہ کہیں اور دیکھنے کو نہیں ملتا۔ دور دراز سے لوگ آتے ہیں۔ وقت کی نبض یہاں ایک دن کے لیے ٹھہر جاتی ہے۔ جب سے میں بمبئی آیا ہوں 31/دسمبر کو میں نے کوئی کام نہیں کیا۔ صبح سے ہی رات کی تیاری اور انتظار ہونے لگتا ہے۔ سجاوٹ کا کام تو ہفتوں پہلے شروع ہو جاتا ہے۔

سال کا آخری دن اور بھی کئی شہروں میں گزرا، پر بمبئی اور گوا جیسا لطف اور کہیں نہ آیا۔ پہلے تو صرف قصے ہی سنا کرتا تھا مگر سب کچھ اپنی آنکھوں سے دیکھنے کے بعد اندازہ ہوا کہ لوگ بتانے میں بھی کتنا بخل کرتے تھے۔ سچ بات تو یہ ہے کہ وہ طور طریقے سے واقف نہیں تھا۔ ایک سردار سے ملاقات ہوئی، وہ علاقائی زبان میں کوئی فلم بنا رہا تھا۔ Equiprnent وغیرہ بمبئی سے بک کر آیا تھا ورنہ آرٹسٹ، ڈائرکٹر اور پروڈکشن تک کے لوگ اس کے عزیز و اقارب ہی تھے۔

30/تاریخ کو جالندھر کے ٹکٹ لے کر آ دھمکا اور بولا ''صبح کی گاڑی سے آپ

لوگوں کو سوار ہونا ہے۔''

مجھے اس پر شدید غصّہ آیا۔

''آپ نے Reservation کس سے پوچھ کر کروایا ہے؟''

''کیا مطلب؟'' وہ چونکا تھا۔

''مطلب یہ کہ ہم لوگ کیا آپ کے ملازم ہیں؟''

''میں نے اڈوانس دیا ہے آپ کو___''

''اڈوانس دے کر خرید لیا ہے___ یہ بالی وڈ ہے___''

''آپ کہنا کیا چاہتے ہیں؟''

''ریزرویشن سے پہلے آپ کو پوچھنا تو چاہیے تھا___''

''پنجاب میں تو ایسا نہیں ہوتا۔''

''پنجاب میں سمندر ہے؟''

''جی___؟'' وہ جس طرح حیرت میں پڑا تھا، اس سے لگا کہ بات اس کی سمجھ میں نہیں آئی لیکن اس کا لہجہ کچھ نرم ضرور ہو گیا تھا۔

''سمندر تو نہیں ہے پر سمندر سے اس کا کیا سمبندھ؟''

''جس شہر میں سمندر ہوتا ہے، اس کا مزاج دوسرے شہروں سے مختلف ہوتا ہے۔ خیر یہ آپ نہیں سمجھیں گے۔ یہ پکڑیے اپنے پیسے اور کسی دوسری کمپنی سے بات کر لیں۔ ہم آپ کے ساتھ کام نہیں کر پائیں گے۔''

''دیکھیے آپ ناراض نہ ہوں۔'' میری دھمکی کا سیدھا اثر ہوا تھا۔ ''دراصل یہاں کے بارے میں مجھے زیادہ کچھ پتا نہیں۔ میں معافی چاہتا ہوں___ یہ پیسے آپ اپنے ہی پاس رکھیں اور جب آپ کو فرصت ہو تب آ جائیں۔ باقی لوگ تو جالندھر کے ہی ہیں۔ ان کی Date کی کوئی Problem نہیں ہے۔ بس مجھے پہلے سے

Inform کر دیں__ ہمارا ایک آدمی یہاں ہے۔ اس کا فون نمبر اس میں درج ہے۔'' اس نے ایک کارڈ میری طرف بڑھایا۔

''ٹھیک ہے__ اگلے ہفتے کی کوئی Date میں انہیں دے دوں گا۔''

''Oh Thank you__'' اس نے ہاتھ جوڑے اور چلا گیا__

''چار پیسے کیا آ گئے فلم بنانے چلے ہیں__'' اس کے جانے کے بعد میں نے کہا تھا۔

بستر سے اٹھنے سے پہلے میں ایک بار سردار کو یاد کر مسکرایا تھا۔ اب میرے نکلنے کا وقت ہو گیا تھا۔ جلدی سے شیو کیا اور بن سنور کر باہر نکل آیا۔ رودابہ اپنے دروازے پر کھڑی تھی، فالسئی رنگ کا سوٹ پہنے ہوئے۔ گلے میں دو پٹہ پھندے کی شکل میں پڑا تھا۔ مجھے تعجب کے ساتھ برا بھی لگا تھا۔ اس تبدیلی کا محرک کیا ہو سکتا ہے۔ میں نے غور کیا مگر جاننے سے قاصر رہا۔ میں کچھ اور آگے بڑھا تو اس نے اِدھر اُدھر دیکھا اور پھر مسکرا دی۔ شاید یہ تبسم میرے لیے تھا۔ میری تو خوشی کی انتہا نہ رہی۔ کتنا وقت لیا تھا اس ایک مسکراہٹ نے۔ معاملہ پوری طرح سے میری سمجھ میں آ چکا تھا۔ اس کے صبر کا پیمانہ چھلک ہی پڑا۔ شاید اسے یقین ہو گیا تھا کہ میں پہل نہیں کروں گا۔ پاس سے گزرتے ہوئے میں بھی جواب میں مسکرا دیا۔ اتنے قریب اور غور سے اسے پہلی بار دیکھا تھا۔ مجھ لگا زیادہ دیر تک دیکھنے سے دودھیا کرنیں مجھے جلا کر خاکستر نہ کر دیں۔ سینے اور گلے کے وسط میں ہلکے بھورے روئیں تک سرعت میں، میں نے دیکھ لیے تھے۔ ''خدا کی پناہ ہے__'' ایک گہری اور گرم سانس کے ساتھ سرگوشی کے سے انداز میں میرے لب وا ہوئے۔ اسے شبہ ہوا کہ جیسے میں نے اس سے کچھ کہا ہو لیکن یہ احساس ہونے کے بعد میں نے اس سے کچھ نہیں کہا۔ وہ کچھ افسردہ سی ہوئی، میں تب تک آگے بڑھ چکا تھا۔ مرنے سے پہلے معمول کے مطابق گلی

میں پھر جھانکا۔ اس بار ہونٹوں کو گول کر زبان تھوڑی باہر نکالی ــــ ''یہ سب آتا ہے تمہیں ــــ ''میں نے خود کلامی کی۔

میری 31 رتو ہو گئی۔ اب آگے جانے کا قطعی موڈ نہیں تھا۔ اس سے بہتر منظر اور کہاں دیکھنے کو ملے گا۔ مگر فرید کو وقت دیا ہے۔ وہ انتظار کر رہا ہوگا۔ اس کے پاس فون بھی نہیں ہے ورنہ فون سے منع کر دیتا۔ دل پر صبر کا پتھر رکھ کر مجھے آگے بڑھنا ہی پڑا۔

ابھی چند قدم ہی چلا تھا کہ وہ نظر آ گئی۔ میں اس کا نام نہیں جانتا کون ہے، کہاں رہتی ہے؟ کچھ خبر نہیں۔ بس اتنا معلوم ہے کہ وہ جوان ہے، حسین ہے اور اکثر سبزی وغیرہ خریدنے آتی ہے۔ اس سے یہ بات صاف ہو گئی تھی کہ یہیں کہیں رہتی ہے۔ کار سے جھانکتا ہوا اس کا پامیرین کتا جیسے اس انتظار میں رہتا ہے کہ کوئی اس پر نگاہ غلط ڈالے اور وہ حملہ آور ہو۔ لڑکی کو دیکھ کر اندازہ ہوتا ہے کہ وہ اپنے بارے میں کس قدر محتاط ہے۔ ہاؤ بھاؤ میں نزاکت کوٹ کوٹ کر بھری تھی پر اس پر زیب دیتی تھی۔ لڑکوں کا کیا پوچھنا لڑکیاں تک پلٹ کر دیکھتی تھیں۔

بمبئی میں پاؤ روٹی اور لڑکی سے زیادہ آسانی سے کچھ نہیں ملتا مگر اس زمرے میں ایسی لڑکیاں آتی ہیں۔ یہ کہنے میں ذرا تکلف ہوتا ہے۔

مچھلی کی تیز بو سے بچنے کے لیے منہ پر رومال رکھنا ضروری ہوتا ہے۔ اس وقت تعفن کا احساس کچھ زیادہ ہی ہوا۔ شاید کسی کے پاس کئی دن کی باسی مچھلیاں تھیں جس کی باس (بو) کی وجہ سے آس پاس کی فضا مکدر ہو رہی تھی۔ دو قدم اور چل کر منہ پر رکھا ہوا ہاتھ آپ ہی آپ نیچے آ گیا۔ کہیں نہ کہیں یہ خواہش دبی تھی کہ شاید وہ بھی میری شکل سے واقف ہو۔ اکثر تو آمنا سامنا ہوتا ہے۔ یہ خیال اگرچہ مجھے خود ہی مضحکہ خیز لگا، پر دوبارہ رومال رکھنے کی ہمت نہ ہوئی بلکہ بدبو اب پیچھے چھوٹ گئی تھی۔ میں دھیرے دھیرے

آگے بڑھ رہا تھا۔ نظر ایک بار پھر جھانکتے ہوئے کتے پر ٹھہر گئی۔ اس بار اس سے تھوڑی حسد ہوئی۔ خیال تھا کہ یہ ضرور لڑکی کے ساتھ ہی سوتا ہوگا بلکہ چپک کر سوتا ہوگا۔ کتے نے بھی کیا نصیب پایا ہے؟ میں اکثر سوچتا ہوں کہ پتہ نہیں کیوں آفت کی یہ پرکالائیں کتے، بلیوں کو اپنے ساتھ سلاتی ہیں۔ اس کے پیچھے شاید یہ خیال کارفرما ہو کہ ان بے زبان جانوروں پر ان کا پورا اختیار رہتا ہے۔ جس بات کا حکم ہوا تعمیل ہوگئی۔ کسی کو کچھ معلوم بھی نہیں ہو پاتا۔

اتنے نازک وقت میں مرد بھلا کہاں قابو میں آئے گا۔ زبان کے علاوہ دوسرے اعضا کو تابع داری کے علاوہ کچھ سُوجھے گا بھلا۔ وہ تو بس یہی چاہے گا کہ لڑکی خاموشی سے لیٹی رہے اور وہ اپنے فطری برش سے اس کے بدن کے کینوں پر چتر کاری کرتا رہے۔

میرے قدموں کی رفتار پہلے سے بھی سست ہوگئی۔ حالاں کہ اسٹاپ پر بس کھڑی ہوئی تھی پر میں نے کوئی عجلت محسوس نہ کی جب کہ فرید کو دیے گئے وقت میں اس طرح تاخیر یقینی تھی۔ وہ کوئی اہم مسئلہ نہیں تھا۔ آخر تو وہاں جا ہی رہا ہوں۔ جذباتیت نے سطح سے نیچے ڈھکیل دیا اور میں اپنے پرانے کام میں مصروف ہوگیا۔ تمام کائنات عورت کی ایک چشم التفات کا ثمرہ ہی تو ہیں۔ قبل اس کے کہ میں کچھ اور سوچ پاتا، اس نے پھولوں کا کڑھا ہوا بیگ انگنت آنکھوں کے بوجھ کے ساتھ اٹھایا اور گاڑی کی طرف مڑ گئی۔ میں بوجھل قدموں سے بس اسٹاپ کی طرف بڑھا۔ زوں کی آواز کے ساتھ گاڑی میرے قریب سے گزر گئی۔ اوجھل ہوتی گاڑی کے ساتھ فضا میں پھیلے دھنک رنگ ہلکے ہوتے چلے گئے۔ اندھیری تک من بہت بوجھل سا رہا۔ رہ رہ کر دماغ میں ایک شعلہ سا لپک رہا تھا۔ کبھی وہ شویتا کی ہیئت میں نظر آتا تو کبھی رودابہ میں ـــــ تیز قدموں سے چلتا ہوا پلیٹ فارم پر آ گیا۔ اگلی ٹرین فاسٹ تھی اور میں یہی

سوچ رہا تھا کیوں کہ پہلے ہی کافی دیر ہو چکی تھی۔ یہاں ٹرینوں کا نظام بھی سمجھنا بڑا مشکل کام ہے۔ کتنے دنوں تک میں پس و پیش میں رہا تھا۔ پرانا آدمی اگر ساتھ نہ ہو تو یہ دشواری ہر کسی کو جھیلنی ہوتی ہے خواہ وہ کتنا ہی ہوشیار کیوں نہ ہو۔ ان برقی لوکل ٹرینوں کی وجہ سے ہی سارا نظام قابو میں ہے۔ بھولے بھٹکے جب کبھی ایک آدھ روز کی ہڑتال ہو جاتی ہے تو سب کچھ درہم برہم ہو جاتا ہے۔

گھڑی پر نظر ڈالی گیارہ بج رہے تھے۔ بھیڑ کم ہو گئی تھی مگر اتنی کم بھی نہیں کہ ٹرینیں خالی نظر آئیں۔ ورنہ صبح و شام ایسی بھیڑ کہ سروں کے علاوہ کچھ نظر نہیں آتا۔ پل اور پٹریوں کے اس شہر میں اس قدر ہجوم کے باوجود تنہائی اور بے حسی کا اس درجہ احساس جو کسی دوسرے شہر سے عبارت نہیں۔ کم سے کم میری جانکاری میں تو ہرگز نہیں۔

لپکتا جھپکتا میں کسی طرح ٹرین میں داخل ہوا اور کھڑکی کے پاس والی سیٹ پر جگہ بھی مل گئی۔ ٹرین چھوٹنے سے قبل ایک گندمی رنگ کی جواں سال لڑکی میرے برابر میں آ کر بیٹھ گئی۔ نگاہ اٹھا کر سرسری طور پر اُسے دیکھا۔ وہ ایک معمولی شکل و صورت کی متوسط طبقے سے تعلق رکھنے والی لگی۔ بالوں میں کنیر کا گجرا اُس کے گھاٹن ہونے کا ثبوت فراہم کر رہا تھا۔ پہلا تاثر کچھ خوشگوار نہیں تھا۔ اس لیے میں کھڑکی کی طرف تھوڑا اور سرک آیا۔ ٹرین پلیٹ فارم چھوڑ چکی تھی۔ نگاہ باہر کے منظروں میں الجھی ہوئی تھی۔ وِلے پارلے نکل گیا تھا۔ تبھی غیر متوقع طور پر لڑکی مجھ سے مخاطب ہوئی۔ ''آپ دیال آنند کے اسسٹنٹ ہیں۔''

''ہوں۔'' غیر مرئی انداز میں، میں نے جواب دیا۔

''میرا نام جمیلہ ہے۔ میں جونیر آرٹسٹ ہوں۔'' یہ سن کر جی اور برا ہو گیا۔ پہلے تو نام ہی سن کر کوفت۔ اس پر ستم یہ کہ جونیر آرٹسٹ۔ حالاں کہ یہ اس کا ذاتی معاملہ ہے۔ مجھ سے کوئی سروکار نہیں۔ پر جانے کیوں مجھے معیوب لگتا ہے۔ کسی کے بارے

میں رائے قائم کرنے کا اختیار تو مجھے بھی حاصل ہے۔ بھلے ہی میں اس کا اظہار نہ کروں۔ مجھے لگا جیسے وہ میری طرف کچھ اور کھسکی تھی۔ یہ حرکت مجھے حد درجہ ناگوار لگی۔ میں نے اسے گھور کر دیکھا۔ ایک بے کیف تبسم اس کے خشک ہونٹوں پر تیرتا نظر آیا۔

''آپ اندھیری میں رہتے ہیں کیا؟ میں کئی بار دیکھی آپ کو ادھر۔ اپچ۔''

''کیوں؟'' میرے صبر کا پیمانہ چھلک ہی گیا۔

''یوں ہی پوچھا۔ میں ساکی ناکا میں رہتی۔''

''تو؟'' میری آواز میں درشتی آ گئی تھی مگر اس پر کسی بات کا کوئی اثر نہیں تھا۔

''آپ مسلمان ہیں نا؟ میں بھی۔'' اس کے منصوبوں کا اب تک مجھے اندازہ ہو گیا تھا۔ مذہب کے تعلق سے وہ مجھ سے استفادہ چاہتی تھی۔ جواب کے لیے میں نے خود کو تیار کر لیا تھا۔ ''میرے کو کہیں کچھ کام دلوا دیں آپ جو بولیں گے میں کرے گی۔''

''میں یہ کام نہیں کرتا۔'' میں نے سخت لہجے میں جواب دیا۔

''کون سا کام؟'' وہ تحیر سے میری طرف دیکھ رہی تھی۔

''دلالی کا۔'' اس کو مجھ سے اس جواب کی توقع نہیں تھی۔ برا سا منھ بنا کر وہ دوسری طرف سرک گئی۔ میں بھی یہی چاہ رہا تھا۔ لڑکی سے مجھے ہمدردی بھی ہو رہی تھی۔ کاش اس نے مجھے کہیں سروس دلانے کے لیے کہا ہوتا تو میں ضرور اس کی مدد کرتا۔

اس کے برخلاف اگر وہ لڑکی جو ابھی ترکاری خریدتے وقت نظر آئی تھی، جو ایک خوش حال گھرانے سے تعلق رکھتی تھی، اس کے لیے میرا رویہ قدرے مختلف ہوتا۔ بھلے ہی بعد میں میری آنکھوں کے سامنے دیال آنند کی رانوں پر بیٹھ کر مجھے منھ چڑھاتی۔

کھارا سٹیشن نکل چکا تھا۔ دروازے تک آنے کے لیے میں اپنی جگہ سے اٹھ کھڑا ہوا۔ ایک اچٹتی سی نظر لڑکی پر ڈالی۔ وہ کچھ اداس ہوگئی تھی۔ یہ لمحہ میرے لیے اور زیادہ تکلیف دہ تھا۔ گاڑی جھٹکے سے کھڑی ہوگئی۔ باندرہ آچکا تھا۔ میں خیالوں کو جھٹک کر پلیٹ فارم پر آگیا۔ سیڑھیوں تک پہنچنے سے پہلے گاڑی پلیٹ فارم سے غائب ہو چکی تھی۔ مجھے جلد سے جلد فرید کے گھر پہنچنا تھا۔ وہ ناگ پاڑے میں کسی ساؤتھ انڈین کے یہاں Paying Guest تھا۔ میں نے اس کے مکان مالک کا نام انا اڑیّلا رکھا تھا۔ فرید بھی اسے پربھاکرن کے بجائے انا اڑیّلا کہتا۔ وہ چنئی سے لنگیوں کا کاروبار کرتا تھا اور آئے دن اسی سلسلے میں گھر سے باہر رہتا۔ فرید نے اس کا اس درجہ اعتماد حاصل کرلیا کہ وہ اپنی جوان سانولی بیوی کو اس کی نگرانی میں چھوڑ جاتا۔ اس میں پربھاکرن کا کوئی قصور نہیں تھا۔ فرید شکل سے اتنا بھولا اور معصوم لگتا تھا کہ اچھے اچھے دھوکا کھا جاتے۔ باتوں کا ہنر بھی اسے بھی خوب آتا تھا۔ اسے خبر بھی نہ لگی کہ کب اس کی گدرائی بیوی فرید کے زیر دام آگئی۔ پربھاکرن اور فرید کے کاروبار میں شوق میں بس اتنا فرق تھا کہ اسے لنگی اٹھانے مدراس جانا پڑتا تھا اور فرید کو دوسرے کمرے میں لنگی اتارنے میں۔ گلی میں داخل ہوا تو گایتری کمرے کے باہر چبوترے پر جھاڑو لگا رہی تھی۔

مجھے دیکھ کر ہولے سے مسکرائی۔ اسے معلوم تھا کہ میں سب جانتا ہوں۔

کمرے میں داخل ہوا تو فرید میرے انتظار میں بیٹھا ہوا تھا۔ مجھے دیکھتے ہی ڈھیر سارے سوال میری طرف اچھال دیے۔ طے شدہ جواب سن کر وہ مسکرایا۔ میں نے اسے فوراً چائے بنانے کا حکم دیا تب تک گایتری اندر آچکی تھی اور چائے والی بات بھی سن لی تھی کیونکہ آتے ہی وہ بولی ''آپ لوگ بیٹھو___ چائے میں بنائے گی۔'' جواب سنے بغیر وہ باورچی خانے میں چلی گئی۔ فرید اسٹول گھسیٹ کر میرے پاس بیٹھ

گیا۔ میں نے اسے چھیڑنے کی غرض سے کہا۔

''یار کوئی ایسا ہی مکان مالک مجھے بھی دلا دے۔'' وہ زور سے ہنسا۔

''مرد نہیں ہے اس کا__ '' گو کہ مجھے معلوم تھا پھر بھی پوچھ بیٹھا۔

''کل رات ہی گیا ہے__ خیر یہ سب چھوڑو__ مسئلہ یہ ہے کہ یہ بھی اپن کے ساتھ چلنے کو بول رہی ہے؟''

''کہاں؟''

''گھومنے اور کہاں؟ کہتی ہے یہاں رات میں اکیلے کیسے رہوں گی۔''

''یار یہ تیرا مسئلہ ہے؟''

''تمہاری کیا مرضی ہے؟''

''میری تو مرضی نہیں ہے کیوں کہ آج کافی لوگ جان پہچان کے ملیں گے۔ ساتھ میں لڑکیاں ہوں تو کم سے کم کنواری اور خوبصورت ہوں اور پھر یہ بھی نہیں پتا آج کہاں کہاں جانا ہے۔ میرا تو سارا دھیان چھپنے میں ہی لگا رہے گا۔ تیرا معاملہ اور ہے۔ تجھے یہاں رہنا ہے۔ میری مان تو اسے اکیلے گھما لا__ مجھے تو کوئی نہ کوئی مل ہی جائے گا۔''

تجویز اس کی سمجھ میں بھی آ گئی۔ تبھی وہ چائے کی ٹرے لیے ہوئے کمرے میں داخل ہوئی۔ ساتھ میں اڈلی اور سانبھر بھی لائی تھی جو یقیناً اس نے بطور خاص فرید کے لیے بنائے تھے۔ ایک روز جنوب کی مدح سرائی میں یہ بھی نکل گیا کہ اڈلی اور سانبھر وغیرہ اسے بہت پسند ہیں۔ یہ جاننے کے بعد وہ دونوں بہت خوش ہوئے تھے۔ پربھاکرن جب موجود ہوتا تو بنوا کر کھلاتا۔ اس کے جانے کے بعد گائتری بھی ٹھوسم ٹھاس مچائے رہتی جب کہ حقیقت یہ ہے کہ اس سے زیادہ بری چیز اسے کھانے میں کچھ اور نہیں لگتی۔

تھوڑا نمک مرچ میں نے بھی لگا دیا جس کی وجہ سے گایتری نے زبردستی اور

ضرورت سے زیادہ اسے کھلا دیا۔ چوں کہ معاملہ قوت برداشت سے باہر ہو گیا تھا۔ اس لیے وہ فوراً باتھ روم کی طرف بھاگا اور قے کر دیا۔ انگلی ڈال کر بچا کچھا بھی باہر نکال دیا۔ چائے کا خالی کپ میز پر رکھ کر میں اٹھ کھڑا ہوا۔ شاید گایتری اس کا ازالہ کرنا چاہتی ہو۔ میں نے گایتری کو جانے کی خبر دی اور باہر آ گیا۔

وقت غروب

باہر آ کر سگریٹ جلائی۔ گھڑی پر نظر ڈالی تو ابھی ایک بجا تھا۔ میرے پاس ابھی بہت وقت تھا۔ پروگرام کی ترتیب بدل گئی تھی۔ سوچا دیویندر کوٹرائی کر لیں ممکن ہے دفتر میں مل ہی جائے۔ نمبر لگایا حسن اتفاق سے دیویندر نے ہی فون اٹھایا۔ یہ جان کر کہ فی الحال اس کی کوئی مصروفیت نہیں ہے۔ مجھے خوشی ہوئی۔ میں نے اسے پلازہ پہنچنے کو کہا۔ وہ بولا آدھے گھنٹے میں آتا ہوں۔ فون بند کر کے میں نے آٹو پکڑا اور پلازہ کی طرف روانہ ہو گیا۔

پلازہ میں داخل ہونے سے پہلے سگریٹ کا ایک پیکٹ اور خریدا کیوں کہ میں جانتا تھا آج سگریٹ زیادہ پی جائے گی۔ Reception کے پاس پرشانت کھڑا ہوا نظر آیا۔ پرشانت بھی ان ہزاروں میں سے ایک ہے جو انڈسٹری میں سنہرے روپہلے خواب لے کر آتے ہیں اور وقت کے ساتھ خوابوں پر گرد کی اتنی تہیں جم جاتی ہیں کہ خواب تو پھر خواب ہی ٹھہرے۔ آدمی کا اصل روپ بھی اس میں معدوم ہو جاتا ہے۔ پرشانت کا معاملہ بھی کچھ ایسا ہی تھا۔

بہار کے بکسر ضلع سے اس کا تعلق تھا۔ اوائل زمانے سے اسے Music کا شوق تھا۔ جیسے جیسے بڑا ہوا شوق بھی پروان چڑھتا رہا۔ پڑھائی سے تو جی پہلے ہی اچاٹ تھا۔ ایک آرکسٹرا پارٹی سے جڑ گیا۔ خالی اوقات میں گھر پر بھی ڈرم پیٹتا رہتا۔ باپ کو یہ شوق بہت گراں گزرتا۔ سمجھانے اور تنبیہ کے باوجود جب کارگزاریوں میں کمی نہیں آئی بلکہ مرض بڑھتا گیا۔ جوں جوں دوا کی والی کہاوت سامنے آئی۔ ایک روز

عاجز آ کر پتا شری نے سارا ساز و سامان توڑ ڈالا۔ پرشانت نے اپنے جنوں کا جب اتنا عبرت ناک انجام دیکھا تو اس کے اندر بھی بہت کچھ ٹوٹ پھوٹ ہوئی۔ اس واقعے کے بعد وہ کسی سے ایک لفظ بھی نہیں بولا۔ خاموشی سے ایک فیصلہ کیا اور کسی کو کچھ بتائے بغیر گھر چھوڑ دیا۔ ایسے لوگوں کے لیے ریل کہیں اور نہیں جاتی۔ میں خود بھی تو اس سے الگ نہیں۔

کئی ماہ بعد اس نے گھر پر صرف اپنے زندہ رہنے کی اطلاع دی۔ پتا ٹھکانہ کوئی تھا ہی نہیں۔ جہاں جگہ مل گئی سو گیا، جو کچھ مل گیا کھا لیا۔ زندگی پوری طرح دوسروں کے تابع تھی۔

اس کا خیال تھا کہ یہاں پہنچتے ہی ہاتھوں ہاتھ لیا جائے گا بلکہ اتنی دیر سے آنے پر شکوہ شکایت بھی ہوگی۔ وی ٹی پر اترتے ہی ایک ٹھگ سے پالا پڑ گیا۔ پرشانت کے ارادوں کو تو وہ ذرا دیر میں تاڑ گیا، پر اس کے منصوبے جب پرشانت کی سمجھ میں آئے تب تک بہت دیر ہو چکی تھی۔ وہ ساری جمع پونجی نکلوا کر چمپت ہو گیا تھا۔ گھنٹوں وہیں بیٹھ کر پھوٹ پھوٹ کر رویا۔ گریہ وزاری میں منہ سے ایسے ایسے نئے راگ نکل رہے تھے جو اُس کی کیا استادوں کی معلومات سے بھی باہر تھے۔ پہلی بار پیٹ کی آگ بجھانے کے لیے وہیں ہاتھ پھیلائے۔ اور یہ سلسلہ اب تک قائم تھا۔ مانگنے سے یہاں اور تو سب کچھ مل جاتا ہے گھر کے سوا۔ کبھی اسٹوڈیو کے ڈریسنگ روم میں سو جاتا کبھی فلور پر اور کبھی کھلے آسمان کے نیچے۔ فرق صرف اتنا ہوا تھا کہ اب اسے مانگنے میں شرم نہیں آتی تھی۔ فائیو اسٹار ہوٹل تک میں گھس جاتا۔ بیرونی سیاحوں کو Entertain کرتا۔ بدلے میں کھانے پینے کا جگاڑ ہو جاتا۔ کبھی جب ہوٹل میں جانے کو نہیں مل پاتا تو پیچھے چوپاٹی کی طرف آ جاتا۔ یہاں ننگ دھڑنگ کالے پیلے بچوں کو سیاح ریزگاری لٹاتے۔ بچے جب اس پر جھپٹتے وہ کلک کلک فوٹو کھینچ لیتے۔

بچے رونے لگتے، پر پرشانت سکے جیب میں ڈال کر بھاگ لیتا۔ ہاتھوں کو ساز بنا کر کئی Instrument شاہراہ پر بجاتا ہوا چلتا۔ کبھی کہیں کھڑا ہو کر Music Director بن جاتا۔ دونوں ہاتھوں کے اوپر نیچے کر سازندوں کو ہدایت جاری کرتا۔ کئی بار Recoding Theatre میں ڈائریکٹر اسے ایسا کرنے کا موقع فراہم کرتا۔ تمام لوگ ہنستے رہتے۔ جیسے جیسے اس کے ہاتھوں کی رفتار بڑھتی ٹھٹھوں کی آواز بھی بڑھتی اس شور شرابے میں دل کے رونے کی آواز کون سنتا۔ اتنی فرصت کس کے پاس تھی۔

پرشانت نے مجھے دیکھ کر سلام کیا۔ میں خندہ پیشانی سے اس کا جواب دیا۔

''اور کیا چل رہا ہے؟''

-Show must go on- کہہ کر اس نے ہاتھ اوپر اٹھائے اور شروع ہو گیا۔ تماشا دیکھنے والے خاصے لوگ موجود تھے۔ میں سوچا آج یہ ٹھیک ٹھاک پیسے کما لے گا۔ اسے نظر انداز کرتا ہوا میں اندر چلا آیا۔ دیویندر کو یہیں آنا تھا۔ میں ایک کونے کی خالی میز پر بیٹھ گیا۔ کچھ لوگ ہلکی میوزک پر Twist کر رہے تھے۔ مجھے تھوڑی سی حیرت ہوئی کیوں کہ زمانہ ہوا اب Twist کہیں دکھائی نہیں دیا۔ اب تو اور طرح کے ڈانس ہوئے ہیں، پر ٹویسٹ مجھے اچھا لگتا ہے۔ اگر میرے ساتھ لڑکی ہوتی یقیناً کوشش ضرور کرتا خواہ کتنی ہی پھوہڑ کوشش کرتا۔ ایک لڑکی Shorts پہن کر کیبن سے نکلی اور اور دھن بدل گئی۔ میڈونا کا Who's that girl- بجنے لگا۔ کولہے اور چھاتیاں تیزی سے تھرکنے اور پھڑکنے لگیں۔ سگریٹ کے مرغولوں کے ساتھ میں رقص کا لطف لے رہا تھا۔ تبھی دیویندر آ گیا۔

''تمہارا تو Life Style ایک ہی دن میں بدل گیا۔ سامنے بیٹھتے ہوئے وہ بولا۔'' آج تو صرف تفریح کرنی ہے۔ یہ تو اچھا ہوا کہ تم مل گئے ورنہ میں بڑی الجھن

میں پڑ گیا تھا۔''

''کیوں فرید نہیں ملا؟''

''ملا تھا پر وہ اور طرح سے busy ہے۔''

''یہیں بیٹھو گے یا کہیں اور چلا جائے؟''

''چلتے ہیں پہلے کچھ پی تو لو۔''

''میں اسکاچ پیوں گا۔'' دیویندر نے ایک بوتل بیگ سے نکال کر میز پر رکھی۔

''پورے انتظام سے آئے ہو۔''

''سیٹھ نے New Year کا گفٹ دیا ہے؟'' دیویندر کی باچھیں کھلی ہوئی تھیں۔

''آج ایک پیگ لگا ہی لو__ آخر تمہیں پینی ہے۔''

''یہ کس نے کہا تم سے؟'' میں نے چونکتے ہوئے پوچھا۔

''فلم کا مہورت ہونے کے بعد بھی نہیں پیو گے کیا؟''

''Never__ عورت کا ہی نشہ نہیں اترتا شراب کیا کروں گا۔''

''Women کے ساتھ Wine کا آنند کچھ اور ہی ہے۔'' اس نے تاویل پیش کی۔

''ہوگا__ پر میرے یہاں یہ حرام ہے۔'' یہ جواب دیویندر کی توقع کے برخلاف تھا۔ وہ حیرت سے مجھے دیکھ رہا تھا۔ میں اپنی حماقت پر ہنس رہا تھا۔

''دوسری عورتوں سے سمبھوگ حلال ہے تمہارے یہاں؟'' اس کی بات پر میں بالکل خاموش ہو گیا۔ اس کی بات کا جواب تھا بھی نہیں میرے پاس۔ وہ زور سے ہنسا۔ ''گلاس منگاؤ__ اور تمہیں جو پینا ہے وہ بھی۔'' میں آہستہ سے مسکرایا۔ ویٹر سے ایک سافٹ ڈرنک اور دو Pizza لانے کو کہا۔ ساتھ میں ایک خالی گلاس بھی۔

دو گھنٹے بعد ہم بار سے باہر نکلے۔ دیویندر پر سرور طاری تھا مگر وہ پوری طرح کنٹرول میں تھا۔

''اب کیا ارادہ ہے؟'' اس نے دریافت کیا___

''چلو گیٹ وے آف انڈیا۔''

''چلو___ پر ٹرین سے نہیں چلیں گے___''

ٹیکسی روکی۔ ڈرائیور نے ہاتھ باہر نکال کر میٹر ڈاون کیا۔ ہم دونوں پچھلی سیٹ پر بیٹھ گئے۔ گاڑی زناٹے سے فورٹ کی طرف بھاگنے لگی۔

دکانیں سڑکیں سجی ہوئی تھیں۔ بس اندھیرا ہونے کا انتظار تھا۔ اس کے بعد شہر میں روشنی کا سیلاب امڈتا نظر آئے گا اور ساری نقل و حرکت ایک ساعت میں منجمد ہو جائے گی۔ بھیڑ کا سیل رواں بڑھ رہا تھا۔ میں نے دیویندر سے کہا کہ ''یہیں فورٹ پر اتر جاتے ہیں اور یہاں سے تاج تک پیدل ہی چلتے ہیں۔ تھک جاؤ گے تو پھر گاڑی لے لیں گے۔'' مشورہ اسے پسند آیا۔ میں نے ٹیکسی کنارے روکنے کو کہا۔ پیسے دے کر ہم لوگ آگے بڑھ گئے۔

گیٹ وے آف انڈیا کے پاس حسب توقع بھیڑ تھی۔ غیر ملکی سیاحوں کی تعداد بھی خاصی تھی۔ جب کہ بہت سے تو ابھی ہوٹل سے نکلے بھی نہیں ہوں گے۔

تاج ہوٹل بھی کسی نئی نویلی دلہن کی طرح سجا سنورا ہوا تھا۔ روشن چہروں سے جگر جگر کرتا ہوا۔ شہر دیکھتے ہی بن رہا تھا۔ گھڑی کی سوئی کے ساتھ جوش و خروش بھی بڑھ رہا تھا۔ بارہ بجے جب سال نو رات کی چلمن سے نمودار ہوگا۔ بس اسی ایک ساعت کا انتظار ہے سب کو۔ دیسی اور انگریزی کے نشے میں نظر آتے چہرہ اور بے چہرہ لوگ کیف و انبساط میں ڈوبے ہوئے تھے۔

بارہ بجنے میں ابھی خاصی دیر تھی۔ پر دیویندر ابھی سے نڈھال تھا۔ تھوڑی دیر

چبوترے پر بیٹھ کر رونق اور حسن کا نظارہ کیا اور ایک دم سے چلنے کا فیصلہ کر کے کھڑے ہو گئے۔ ٹیکسی پکڑ کر وی ٹی آئے اور وہاں سانتا کروز کے دو ٹکٹ لے کر ٹرین میں سوار ہو گئے۔ اندھیرا بڑھنے لگا تھا اور موسم بھی خاصہ خوشگوار ہو چلا تھا۔ بمبئی میں ویسے بھی موسم کے لیے حرف شکایت زبان پر نہیں آتا۔ اس وقت بھی خنک ہوا بہت بھلی معلوم ہو رہی تھی۔ ادھر سے جانے والوں کی تعداد کم تھی اس لیے ڈبے خالی تھے پر آنے والی گاڑیاں کھچا کھچ بھری تھیں۔ چرنی روڈ سے ایک لڑکی جس کی عمر بیس بائیس کے پیٹے میں تھی میرے سامنے والی سیٹ پر آ کر بیٹھ گئی۔ دیویندر پر غنودگی سی طاری تھی۔ میں نے لڑکی کا سرتاپا بغور جائزہ لیا۔ بغیر آستینوں کا ٹاپ اور مڈی اس پر جچ رہی تھی۔ گوری پنڈلیوں کی چمک بتا رہی تھی کہ آج Hair Remover کی پوری شیشی خالی ہوئی ہے۔ میک آپ کا سلیقہ اسے آتا تھا۔ جسم کی مناسبت سے دوسری چیزوں میں رنگوں کا انتخاب بھی اسے معلوم تھا۔ اسی وقت اس نے دایاں ہاتھ اٹھا کر اڑتے ہوئے بالوں کی پیچھے ڈھکیلا۔ بغلوں کی صفائی بھی وہی داستاں سنا رہی تھی۔ البتہ وہاں پاؤڈر کی ایک پرت سرمئی رنگ کو دبانے میں کامیاب تھی۔ ریل کے پہیے پٹریوں کے سخت بدن میں گدگدی کر رہے تھے جس کی وجہ سے وہ کھل کھلا کر ہنس رہی تھیں۔ ٹرین کے رخ پر بیٹھے ہونے کے سبب اس کے بال بار بار تنگ کر رہے تھے اور وہ ہر بار انہیں کبھی ایک ہاتھ تو کبھی دونوں ہاتھوں سے سمیٹ رہی تھی۔ کئی بار گیسو چہرے پر بھی بکھرے۔ میں دھیرے سے مسکرا دیا۔ اس اثنا میں کئی بار نظروں کا تصادم ہوا۔ ایک بار تو مجھے شک ہوا کہ جیسے وہ مسکرائی بھی ہو۔ دیویندر سب سے بے نیاز جھپکیاں لینے میں مصروف تھا۔ میرے لیے سفر کا لطف دوبالا ہو گیا تھا۔ وہ کھڑکی سے اور زیادہ سٹ کر بیٹھ گئی۔ ایک بار پھر منتشر ہو گئے۔ گھنیرے بالوں کو اُس نے ہٹایا۔ جانے کیا سوچ کر دونوں ہاتھ اٹھا کر گستاخی کر رہی زلفوں کو اس نے جوڑے کی شکل دے دی۔

میری نگاہیں پھر قلانچے مارنے لگیں۔ اس کی صفاچٹ بغلیں میرے سوئے ہوئے جذبوں کو متحرک کرنے میں کامیاب ہوگئی تھیں۔ اس بار بالکل واضح طور پر دیکھا تھا کہ وہ مسکرائی تھی۔ میں کچھ کہتا، اس سے پہلے وہ بول پڑی۔ ''ادھر کیا دیکھتا ہے۔ اُدھر اس سے زیادہ صاف ہیں۔'' اس نے اس طرف اشارہ کیا تھا جہاں سے عورت شروع ہوتی ہے۔ ''جیب میں دوسو روپے ہوں تو بول___؟''

گاڑی دادر پر کھڑی ہو چکی تھی۔ میرے کاٹو تو خون نہیں___میں سوچ رہا تھا اس کے بارے میں۔ اور وہ کیا تھی۔ تمام سرکش جذبے کہاں غائب ہوئے مجھے کچھ خبر ہی نہ لگی۔ دیویندر کو جھنجھوڑ کر اٹھایا اور فوراً گاڑی سے اتر گیا۔ وہ پوچھتا ہی رہا ہوا کیا ہے؟___ باہر تو آؤ سب بتاتا ہوں___ کسی طرح میں اسے باہر لے آیا۔ وہ حیرت سے میری طرف دیکھ رہا تھا۔ لڑکی کے ہنسنے کی آواز اور کچھ فحش جملے میں نے کمپارٹمنٹ کے باہر آنے کے بعد سنے۔ اس نوعیت کی یہ پہلی تذلیل تھی پر ہتک دوسری بار ہوئی تھی۔ ٹرین آنکھوں کے سامنے سے اوجھل ہو چکی تھی مگر وہ اب بھی آنکھوں کے سامنے موجود تھی۔ جملوں کی بازگشت اور ہنسی کی آواز جو کماٹھی پورہ سے گزرتے بارہا سنی تھی، میرے کانوں میں لاوے کی طرح پگھل رہی تھی۔ دیویندر کے ساتھ وہیں ایک بینچ پر بیٹھ گیا۔ اس شہر کے حساب سے اس واقعے کی کوئی اہمیت نہ تھی۔ یہ تو صبح وشام قدم قدم پر ہوتا ہے پر مجھے لگتا ہے کہ میرے لیے یہ عام بات نہیں ہے۔ میری غلط فہمی بھی دور ہوگئی تھی۔ ادھر مجھے یقین ہو چلا تھا کہ میں پوری طرح فلمی آدمی ہو گیا ہوں لیکن میں تو ابھی بمبئی کا ہی نہیں ہو پایا ہوں۔ میں نے بہت کوشش کی۔ دماغ سے جھٹکنے کی، پر وہ گوہ کے پنجوں کی طرح میرے گوشت کے ریشوں میں کہیں اندر تک پیوست ہو گئے تھے۔

میں نے دیویندر کو پوری تفصیل بتائی۔ اس کا نشہ بھی ہرن ہو گیا۔ وہ بولا ''تو کیا

تیرے پاس دو سو روپے نہیں تھے؟''

''چپ کر یار ــــ میں اس وقت بات کرنے کے موڈ میں نہیں ہوں۔'' بینچ سے سر ٹکا کر آنکھیں موند لیں۔ ماضی کے دھند لکے چھٹنے لگے۔ تقریباً ڈیڑھ ہزار کلو میٹر کی مسافت اور کئی برس پیچھے جانا میرے لیے ناگزیر ہو گیا تھا۔

کتنا فرق ہے دونوں جگہوں کی قدروں میں۔ بد کردار اور پیشہ کرنے والی تو وہاں بھی ہیں پر دونوں میں فاصلہ اتنے کلومیٹر کا ہی تو نہیں۔

گھپ اندھیرے میں کوئی سایہ کہیں سے نکل کر کسی کواڑ کی اوٹ میں چلا جاتا ہے اور علی الصبح مرغوں کے بانگ دینے سے پہلے ڈیوڑھی پھلانگ کر تیرگی میں غائب ہو جاتا ہے۔ مسجد کے چبوترے پر کھڑے ہو کر موذّن اذان دیتا ہے۔ ذرا ہی دیر میں مسجد کی طرف نمازیوں کی چہل پہل دکھائی دیتی۔ اب ان میں اس سائے کو کون تلاش کرے جب کسی کو کچھ خبر ہی نہیں۔ یہ تو رہا شرفا کا طریقۂ کار۔ اچانک مجھے چھم چھم کی یاد آگئی۔ اتنے برسوں بعد وہ بھولی بسری یاد جانے کیسے وقت کی قبر کھود کر باہر آگئی تھی۔ وقت کے تغیر سے یادیں نحیف و کمزور تو ہوتی ہیں پر روح باقی ہی رہتی ہے۔ یہ الگ کہ کبھی کبھی آسیب بھی بن جاتی ہیں۔

میری عمر اس وقت اٹھارہ انیس برس تھی۔ چیزوں کو زیادہ گہرائی سے سمجھنے لگا تھا۔ دوست میرے مقابلے حساس کم تھے مگر یہ سب کو پتہ تھا کہ کس کی بیٹی کس سے پھنسی ہے۔ کس کی بیوی کس کے شوہر پر فریفتہ ہے۔ بڑوں کی صحبت میں بیٹھ کر بے نیازی و بے اعتنائی کا مظاہرہ کرتا اور تمام راز میرے ہاتھ لگ جاتے حالاں کہ بہت سارے لفظ سمجھ سے پرے ہوتے پر میں جوڑ توڑ کر مفہوم اخذ کر ہی لیتا۔ پھر دوستوں کی اپنی زبان میں بتاتا۔

چھم چھم کا ان دنوں بڑا شہرہ تھا۔ ہر زبان پر اسی کا تذکرہ۔ نام تو اس کا کچھ اور

تھا جو ذہن میں اب محفوظ نہ رہا۔ گھنگھرو والی پازیب اسے بہت پسند تھی اور وہ ہر وقت چڑھائے ادھر سے اُدھر چھم چھم کرتی رہتی۔ کچھ لوگ چھم چھم کو پھاپھا کٹنی کہتے۔ اُس وقت یہ لفظ میرے لیے بالکل نیا تھا۔ بزرگوں کا لحاظ اور کراماً کاتبین کا خوف بالائے طاق رکھ کر دیوان خانے میں دادا کے حضور کھڑا ہو گیا۔ دادا کی تیوریاں چڑھ گئیں۔ غصّہ سے مجھے دیکھتے ہوئے بولے۔

''خبر دار جو تمہیں اس فاحشہ کے آس پاس بھی دیکھا۔''

اب سوچتا ہوں تو ہنسی آتی ہے۔ ایسے لوگ بھی ہوا کرتے تھے کبھی۔

چھم چھم کے بہت سارے بھید اس کی پازیب نے کھولے تھے۔ اس کا آدمی کہیں باہر نوکری کرتا تھا اور ہفتے عشرے میں ہی آپاتا۔ اس کی عدم موجودگی میں چھم چھم لوگوں کو اپنا بدن تقسیم کیا کرتی۔ کسی عورت سے اس کی بول چال تک نہیں تھی۔ دوشیزاؤں کے لیے اتنی سخت ہدایات تھیں کہ اگر اُدھر دیکھا بھی تو وہ مار مار کر پتھر کی بنادی جائیں گی۔ پر مجھے وہ بہت اچھی لگتی تھی۔ اس وقت وہ مجھ سے دس سال بڑی تھی۔ ابا کا خوف اور دادا کی چیتاؤنی بھی کام نہ آئی۔ اشارے کنائے تو پہلے ہی شروع ہو چکے تھے۔ کئی بار اس نے بلایا بھی۔

شروع میں جب وہ لوگ آئے تھے تو ان کا میرے گھر باقاعدہ آنا جانا تھا۔ کئی بار وہ چیزیں مانگنے آتی یا واقعی ضرورت ہوتی۔ کبھی تیل کی کپی تو کبھی تانبے کا بڑا سا ہنڈ یا نکالنے والا چمچ لیے کھڑی ہوتی۔ چولہے کی خاطر آگ لینے کے لیے۔ آج جب اس بات کو یاد کرتا ہوں تو کتنا عجیب لگتا ہے۔ آتش کدہ تو وہ خود تھی پھر مٹھی بھر کوئلے جو ذرا میں بھڑک کر راکھ ہو جاتے دوسروں سے کیوں مانگا کرتی۔

''ساری رات کیا یہاں بیٹھنا ہے؟'' دیویندر نے ٹوکا تو خیالوں کا سلسلہ منقطع ہو گیا۔ میں نے دس منٹ اور رکنے کو کہا ''کسی کو وقت تو یاد نہیں ہے۔ آرام سے چلتے

ہیں۔" وہ صبر کر کے بیٹھ گیا اور میں ایک جست میں پھر وہیں۔

اس دن ابا اور دادا دونوں شہر سے باہر تھے۔ میں اماں سے بہانہ کر کے بھاگ کھڑا ہوا۔ وہیں جا کر دم لیا۔ سانسوں کا توازن بگڑا ہوا تھا۔ وہ مٹی کے چولہے کے پاس بیٹھی توے پر روٹیاں تھوپ رہی تھی۔ میں اس کے قریب ہی جا کر بیٹھ گیا۔ وہ مسکرائی تھی۔

"کسی نے آتے تو نہیں دیکھا؟"

"نہیں، کیوں؟"

"بڑا ڈر لگتا ہے نہ تجھے__" اس کی بات پر میں خجل ہوا۔

"کیوں آیا ہے یہاں؟"

"آپ کو برا لگا__" بہ مشکل تمام میرے منہ سے نکلا۔

"مجھے کیوں برا لگے گا۔ برا تو تیرے باپ دادا کو لگتا ہے۔" توے پر اس نے ایک اور روٹی ڈالی تو اس کی گوری کلائی میں سترنگی چوڑیاں بج اٹھیں۔ میں اسے دیکھنے میں گم تھا۔

"کیا دیکھ رہا ہے؟"

"چوڑیاں__" جیسے میری گویائی صلب ہو رہی تھی۔ وہ پھر مسکرائی تو میری جان میں جان آئی۔

"میں اچھی لگتی ہوں تجھے__"

"ہوں__ بہت__"

"کیوں؟" اس سوال پر میں سکپکا گیا۔

"یہ چوڑیاں بہت اچھی لگتی ہیں اور جب آپ ہاتھوں میں مہندی لگاتی ہیں تب اور زیادہ۔"

اس نے ہاتھ ہلا کر چوڑیاں بجادیں اور کھلکھلا کر ہنس پڑی۔ وہ روٹی پکاتی رہی۔ میں غور سے اس کی ایک ایک حرکت کو دیکھتا رہا۔ سینے پر آ کر میری نظر اٹک گئی۔ دو لوئیاں کرتے کے چوڑے گلے کے اندر سے جھانکتی نظر آئیں۔ وہ میدے کی تھیں۔ پسینے کی مہین بوندیں گولائیوں پر ایسی لگ رہی تھیں جیسے درخت کی شاخ پر لگے سیب پر شبنم کے پاکیزہ قطرے۔ جب وہ پٹڑے پر بیلنے کے بعد توے پر روٹی ڈالنے کے لیے جھکتی تو لوئیوں کے وسط میں ایک باریک لکیر نظر آتی۔ لکیر کا دوسرا سرا کہاں تک گیا تھا، میں نہیں دیکھ پا رہا تھا۔ اس نے میری نگاہ پر قدغن لگانے کے بجائے میری حوصلہ افزائی کی۔ میں ناتجربے کار ضرور تھا مگر اتنا تو سمجھتا ہی تھا کہ جو پنکھا کچھ دیر پہلے کئی سمتوں میں ہوا کر رہا تھا، ایک ہی جگہ پر کیوں مرکوز ہو گیا تھا۔ عورت کام میں کتنی ہی منہمک ہو، پر سر کے ہوئے آنچل کا دھیان تو رہتا ہی ہے۔ گھر میں آپا بھی تو ہیں۔ چار دیواری کے اندر ان کا دوپٹہ سرکتے ہوئے میں نے کبھی نہیں دیکھا جبکہ نامحرم کو بے دھڑک اندر آنے کی اجازت نہیں تھی اور جو آتے بھی تو باہر والا کمرہ ابا نے ان کے لیے پہلے ہی مختص کر دیا تھا۔ آپا کو ماموں اور چچا زاد بھائیوں تک سے بے تکلف ہونے کی اجازت نہیں تھی کیونکہ میرے بغیر وہی لوگ تھے جو گھر میں آواز دیے بغیر آتے تھے۔ ایک دن سہیل آپا سے چہل کر رہا تھا جیسی بھائی بہن کرتے ہیں، جانے کہاں سے ابا وارد ہو گئے۔ اس کے بعد سہیل میرے گھر کبھی نہیں آیا حتیٰ کہ آپا کی شادی ہو گئی۔ وہ بلاتے تھک گئیں پر نہ آنا تھا نہ آیا۔ آپا لڑکی نہ ہوتیں تو شاید میری طرح انہیں بھی گھر چھوڑنا پڑتا۔

ابا اچھی طرح جانتے تھے کہ آپا ایسی نہیں تھیں۔ مجھ میں اور سہیل میں وہ کوئی فرق نہیں سمجھتیں۔ وہ لڑکیاں اور طرح کی ہوتی ہیں جو ہاتھ بڑھا کر شاور کی طرح مردوں کو اپنے اوپر کھول لیتی ہیں جیسے چھم چھم تھی بلکہ وہ تو جھرنا تھی جس کے اطراف غسل

خانے کی فصلیں کوئی معنی نہیں رکھتیں۔ چھم چھم نے چینی کے بڑے سے پیالے میں آٹے کے سنے ہاتھ دھوئے۔ میرا مطمح نظر اب بھی وہی تھا جہاں جلی حروف میں لکھا ہوا تھا کہ میری شناخت مٹی کا وہ گھروندا نہیں جو ایک بارش میں ڈھل ڈھلا کر پانی کا مقدر بن جاتا ہے۔ بلکہ میں ایک ایسی سنگلاخ چٹان ہوں جس کا وجود صدیوں پر محیط ہے۔

''جا کر دروازہ بند کر دے__ '' اس کی آواز پر میں چونکا۔ پھرتی سے اٹھا، پیچھے رکھی پانی سے بھری بالٹی نہیں دیکھ سکا اور بالٹی سمیت لڑھک گیا۔ وہ ہونٹوں پر ہاتھ رکھ کر ہنسنے لگی۔ بالٹی کا پانی میرے اوپر آ گیا تھا۔ مجھے اٹھانے کے بجائے وہ مسلسل ہنسنے میں مشغول رہی۔ جھینپ مٹاتے ہوئے میں بھی مسکرا دیا۔ اس نے خود ہی جا کر کواڑ پر کنڈی چڑھا دی۔

''اتنی جلدی ہے عورت نگر چوراہے جانے کی__ ''

''عورت نگر چوراہا__ '' میں ہونق بنا اسے دیکھے جا رہا تھا۔ اس نے کھونٹی سے اپنی جمپر اتار کر مجھے دی ''اس سے پانی پونچھ لے__ '' میں نے جمپر لے لیا۔ اگلے ہی لمحے مجھے احساس ہوا جیسے اس میں وہ خود بھی موجود ہوں کیوں کہ اس میں سے بھی وہی بو آ رہی تھی۔ جو ابھی تھوڑی دیر پہلے روٹی پکاتے وقت اس کے بدن سے اٹھ رہی تھی۔ وہ کوٹھری سے باہر نکلی۔

''قمیص اتار کر تار پر ڈال دے جلدی سوکھ جائے گی__ '' اس نے تو آسانی سے کہہ دیا تھا پر مجھے شرم آ رہی تھی۔ آگے کچھ اور سوچنے سے پہلے وہ ہاتھ پکڑ کر تقریباً گھسیٹتے ہوئی کوٹھری میں لے گئی۔ خود ہی قمیص کے بٹن کھولے__ ''بھوک بھی لگ رہی ہے__ شرم بھی آ رہی ہے__ '' میری دھڑکنیں بہت تیز ہو گئی تھیں جیسے بہت دور سے دوڑ کر آیا ہوں۔ حلق میں خاصہ تھوک جمع ہو گیا تھا جو مجھے اندر ہی سٹکنا پڑا۔ ہاتھ بڑھا کر اس نے میرا ازار بند گھسیٹ لیا۔ چوڑی موری کا پاجامہ زمین پر__ اس کے ساتھ

اور بھی بہت کچھ اترا تھا۔

اتصال کا یہ میرا پہلا تجربہ تھا۔ وہاں سے نکلا تو ابا کا خیال آیا پر جس سحر میں مبتلا ہو گیا تھا، وہاں ابا کا خوف اپنے آپ نکل گیا۔ لذت سے زیادہ سزا تو مہابلی بھی سلیم کو نہیں دے پائے تھے۔ ایک ٹرین پلیٹ فارم پر رکی تھی۔ بھیڑ کا ریلا باہر آیا تھا۔

''یار! اب بہت ہو گیا ___ تمہیں بیٹھنا ہو تو بیٹھو میں چلا ___ '' میں ماضی کے سفر سے لوٹ آیا تھا۔ دیویندر کی شکایت کا مجھ پر اثر ہوا تھا۔ ہڑبڑا کر میں بھی اٹھ کھڑا ہوا۔ کیا کچھ سوچ ڈالا تھا اتنی سی دیر میں۔ حالاں کہ یہ عادت چھوٹ رہی تھی۔ آج کتنے دنوں کے بعد بچپن کی یادیں ابھری تھیں ورنہ پہلے یہ صورت نہیں تھی۔ کوئی دن ایسا نہیں گزرتا جب میں ماضی کی بازیافت نہ کرتا۔ اب تو اتنے جھمیلے بڑھ گئے ہیں کہ اپنے بارے میں سوچنے کا موقع نہیں ملتا۔ کبھی کبھی تو خود سے ملاقات کیے کئی دن گزر جاتے ہیں۔ ٹرین والی لڑکی کا تاثر اب کچھ کم ہو گیا تھا لیکن آگے بڑھ کر ہم بوگی میں سوار ہو گئے۔ سیٹ پر کوئی لڑکی یا عورت نہیں تھی۔ میں نے راحت کی سانس لی۔ بیٹھ کر سامنے والی سیٹ پر پیر پھیلا دیے۔ دیویندر کے چہرے سے شکنیں غائب ہو چکی تھیں۔ گھڑی پر نگاہ ڈالی۔ ساڑھے دس بج رہے تھے۔ دیویندر نڈھال نظر آ رہا تھا۔ میں کچھ باز پرس کرتا کہ وہ خود ہی بول پڑا۔

''یار میں سوچ رہا ہوں گھر ہی نکل جاؤں ___ ''

تھوڑی دیر کی بات اور ہے۔ رکو ابھی ساتھ ہی چلتے ہیں ___ '' میرا جواب سن کر وہ خاموش ہو گیا۔ سانتا کروز اتر کر ہم ہالی ڈے ان والی گلی سے چوپاٹی کی طرف بڑھے۔ پتھریلی زمین سے جب چوپاٹی کی ریت پر قدم رکھے تو ہجوم کا سیلاب نظر آیا جیسے میلا لگا ہو۔ فضا میں آتش بازیاں محو رقص تھیں۔ پنج ستارہ ہوٹلوں سے Westerm میوزک اور نغموں کی آوازیں آ رہی تھیں۔ حسیناؤں کے نیم عریاں

بدن، دیدوں سے غمزے اور شرارت برس رہی تھی۔ باہر کی کائنات میں صرف سمندر تھا جو اندر بغیر کوئی ہیجان برپا کیے فقط تماشائی بنا ہوا تھا۔ چاند البتہ لہروں سے ٹھٹھولیا کر رہا تھا۔

مختلف زبانوں میں لوگ نئے سال کی مبارک باد ایک دوسرے کو دے رہے تھے۔ بگھی اور اونٹ کی سواریاں کرنے والوں کی تعداد بھی خاصی تھی اور آج تو معاملہ بچوں تک ہی محدود نہیں تھا۔ ہر لمحے سے زندگی کا لطف کشید ہو رہا تھا۔ Excitement اپنی انتہا پر تھا۔ اسی شور شرابے میں کچھ فاصلے پر ایک نوجوان پیٹے ٹیکس کی مشہور دھن Blue Sea & Dark Clouds بجا رہا تھا۔ تھوڑا اور قریب ہو کر میں نے زیادہ غور سے سننے کی کوشش کی۔ مجھے لگا کہ وہ انصاف نہیں کر پا رہا ہے۔ یہ تو صرف پٹنک کے لوگوں کے مضبوط پھیپھڑوں کا ہی کام ہے اور اس کے لیے ایک عمر کی ریاضت درکار ہوتی ہے۔ اس کے باوجود وہ تہنیت کا حقدار تھا۔ میں نے ایک پچاس کا نوٹ نکال کر اس کے حوالے کیا۔ وہ خوش ہو گیا۔

رنگ برنگی آتش بازیاں دیکھ کر بچے تالیاں بجا رہے تھے۔ ہم لوگ تھوڑا آگے بڑھے۔ بھیڑ کی وجہ سے چلنے میں دشواری ہو رہی تھی۔ تبھی ایک طرف کھڑی رودابہ پر نظر پڑی۔ ایک لمحہ کو تو اپنی بینائی پر شک ہوا۔ وہ عزیزوں کے ساتھ آئی تھی۔ میرا وہم دور ہو گیا تھا۔ اسے یہاں دیکھ کر میری خوشی کی انتہا نہ رہی۔ اس اجر کی تو توقع ہی نہ تھی۔ نئے سال کی پہلی گھڑی میں رودابہ کی زیارت۔ اپنی موجودگی کا احساس اسے کس طرح کراؤں، میں سوچنے لگا۔ یوں ہی سامنے آجاتا ہوں تو باقی لوگ بھی دیکھ لیں گے اور میں یہ نہیں چاہتا تھا اور تبھی اس کی نگاہ مجھ پر پڑ گئی۔ سب کی نظر بچا کر وہ مسکرا دی۔ چہرے پر تھوڑی سی حیرت بھی ابھر آئی تھی جیسے کہنا چاہ رہی ہو ــــ

"ہائے اللہ ــــ آپ یہاں ــــ"

میں نے دیویندر کو بھی اطلاع دے دی۔ ایک بار دیکھ کر وہ ان کی طرف پشت کر کے کھڑا ہو گیا جس سے مجھے آسانی ہو گئی۔ نظریں چرا کر وہ بار بار مجھے دیکھ رہی تھی۔ شاید کچھ کہنا بھی چاہتی تھیں۔

مجمع آمد سال نو کی بہار میں مست تھا۔ برقی ستارے جو بانس بلیوں پر بندھی آتش بازی کا لباس پہننے ہوئے تھے، ایک ایک کر کے عریاں ہو رہے تھے۔ یہ سب کچھ میرے اندر بھی ہو رہا تھا۔ میرا وجود روشنیوں کا گھواہ بن گیا۔

میں کچھ اشارہ کرنے کے موڈ میں تھا کہ وہ کارواں آگے بڑھ گیا۔ باقی ماندہ لوگ بھی اس کے پیچھے چل پڑے۔ جوہو بس اسٹینڈ کے پاس وہ لوگ ایک ٹیکسی میں سوار ہو کر غائب ہو گئے۔ ہم کچھ فاصلے پر کھڑے ناریل پانی والے کی طرف بڑھے۔ وہاں ایک کونے میں کار کے پاس وہ کھڑی نظر آئی۔ میں اسے دیکھتے ہی پہچان گیا تھا۔ یہ وہی لڑکی تھی جسے اکثر مہا کالی میں سبزی وغیرہ خریدتے ہوئے دیکھا ہے۔ وہ یہاں اکیلے کیا کر رہی ہے تبھی مجھے یاد آیا کہ جوہو میں کوئی ایسی جگہ ہے جہاں اے گریڈ کی پیشہ کرنے والیاں اپنی گاڑیوں میں مشتبہ لگ رہی تھیں۔ دماغ کو ایک جھٹکا سا لگا۔ دل نے دعا کی۔ خدا کرے کہ ایسا نہ ہو، میرا خیال غلط نکلے۔ تبھی میری گناہ گار آنکھوں نے دیکھا وہ ایک نوجوان سے بات کر رہی تھی اور چند ثانیوں میں دونوں کار میں بیٹھ گئے۔ لڑکی نے کار بیک کی اور فراٹے بھرتی ہوئی آنکھوں سے اوجھل ہو گئی۔ ''یہ لڑکی بھی__ ؟'' خیال کے ساتھ زبان کا ذائقہ برا ہو گیا۔ کس عہد میں جی رہے ہیں ہم لوگ__ کتنا آسان ہو گیا ہے یہ سب کچھ__ کسی کے بارے میں کوئی کیا رائے قائم کرے۔ شکل وصورت اچھی ہے تو قیمت زیادہ مل رہی ہے ورنہ یہ بھی کسی بوگی میں بیٹھ کر سو دو سو روپے والا خریدار ڈھونڈتی پھرتی۔ کہاں سے کہاں دیکھ لیا اسے۔ سارا لطف غارت کر دیا۔ ایک واقعہ یا حادثہ سے ذہنی طور پر

آزاد ہو نہیں پاتا کہ کوئی دوسرا درپیش ہوتا۔ سچ میں حیران کر دینے والا شہر ہے۔ دیویندر نے ایک ٹیکسی بلائی۔ بہت ہوگئی تمہاری تفریح ___ اب سیدھے گھر چلو۔ میں ہارے ہوئے جواری کی طرح گاڑی میں سوار ہو گیا۔ ذرا دیر پہلے جو میں تازہ دم نظر آرہا تھا، اب دیویندر سے زیادہ تھکاوٹ محسوس کر رہا تھا۔ راستے بھر ہم دونوں خاموش رہے۔ گاڑی گھر کے پاس رکی۔ دیویندر دروازہ کھول کر سیدھے گھر کی طرف بھاگا جیسے اسے سنڈاس جانا ہو۔ پیسے دے کر میں آگے بڑھا۔ نکڑ پر پنٹو بابا بیٹھا ہوا تھا۔ میں اس وقت اسے نظر انداز کرنا چاہتا تھا۔ گہرے نشے میں ہونے کے باوجود اس نے مجھے پہچان لیا۔ حالاں کے روشنی بھی مدھم تھی۔

ہر شام ہوتی صبح کو اک خواب فراموش
دنیا یہی دنیا ہے تو کیا یاد رہے گی

''اتنی رات میں کہاں سے آرہے ہو؟''

''بس یوں ہی ذرا گھومنے گیا تھا___''

میں اس وقت اس سے بات کرنے کے موڈ میں قطعی نہیں تھا۔ شاید اسے اندازہ ہو گیا تھا___ جائیے آرام کیجئے___ بہت تھکے لگ رہے ہیں___''

''ہاں تھک تو بہت گیا ہوں___'' کہہ کر میں آگے بڑھا۔ اس کی آواز میرا تعاقب کرتی رہی۔

"We look before and after
and pine for what is not
I wish there would be a
Device to erase memories"

دہلیز تک پہنچنا مشکل ہو گیا۔ ہر بار یہ شخص بھی میری دکھتی رگ پر ہاتھ رکھ دیتا

ہے۔اس وقت میں صرف بستر میں گھس کر آنکھیں بند کر لینا چاہتا تھا اور میں نے یہی کیا بھی۔ دیویندر پہلے ہی لڑھک چکا تھا۔ جلدی سے کپڑے تبدیل کیے اور بتی بجھا کر دھڑام سے بستر پر___

صبح جب میری آنکھ کھلی تو دس بج چکے تھے۔ تو وہ سب خواب تھا۔ بیدار ہونے کے بعد مجھے معلوم ہوا۔ دیویندر کا بستر خالی تھا۔ وہ جانے کب جا چکا تھا۔ اس آدمی کو گھر تو بالکل اچھا ہی نہیں لگتا اور میرا خیال ایک بار پھر سے خواب کی طرف لوٹ آیا۔

خواب بھی کیا چیز ہے کب کسے کیسے دکھائی دے جائیں کچھ نہیں معلوم۔ دیویندر ہوتا تو اس سے کچھ رائے مشورہ کرتا یا کوئی معتبر جس سے میں واقف ہوتا تو اس خواب کی تعبیر ضرور دریافت کرتا۔ جانے کیوں یہ خواہش پیدا ہوئی تھی۔ کیا مطلب ہوسکتا ہے۔ ایک پہاڑ کے ریزہ ریزہ ہو کر بکھرنے کا جیسے ڈائنا ماٹ سے اڑایا گیا ہو۔ پتھر دھماکوں کے ساتھ پاش پاش ہو رہے تھے۔ میں دوڑ کھڑا اپنے آپ کو بچاتا یاں واں بھاگ رہا تھا۔ میرے دیکھتے دیکھتے ایستادہ پہاڑ اپنی جگہ سے غائب ہو گیا۔ وہاں ایک چٹیل میدان نظر آرہا تھا۔ جانے کہاں تک۔ دوسرا سرا نظر نہیں آرہا تھا۔ کوشش کے باوجود میری سمجھ میں کچھ نہیں آیا۔ خیال کو جھٹک کر میں حوائج ضروری میں مصروف ہو گیا۔

ایک گھنٹے کے بعد میں تیار ہو کر باہر نکلا۔ گلی کے موڑ کے پاس کچھ بھیڑ نظر آئی جو اس بات کی غماز تھی کہ ضرور کچھ گڑ بڑ ہے۔ میں تیزی سے آگے بڑھا___ وہاں پنٹو بابا کی لاش پڑی تھی۔ ایک دم مجھے چکر سا آ گیا۔ جس جگہ رات میں اسے بیٹھے ہوئے دیکھا اسی جگہ وہ ڈھیر ہو گیا تھا۔ پاؤں کے نیچے سے زمین سرکتی ہوئی محسوس ہوئی۔ میں نے ضبط سے کام نہ لیا ہوتا تو آنسو چھلک ہی پڑتے۔ لوگ کھڑے ہوئے چہ می گوئیاں کر رہے تھے۔ سب سے پہلا کام تجہیز و تکفین تھا۔ مجھے خبر تھی یہ لوگ صرف تماشائی

ہیں۔ زندگی میں جب خراب سلوک روا رکھا تو مرنے کے بعد کون پوچھے گا۔ میں نے دیویندر کو فون کر کے بلایا تو چار بزرگوں کو بھی رحم آ گیا۔ پولس کی جیپ بھی آ گئی، شاید کسی نے خبر کر دی ہو مگر انہیں یہ سمجھنے میں دیر نہیں لگی کہ ایک طرح سے ہم انہیں کا کام کر رہے ہیں۔ ورنہ وہ لاوارث میں اس کا Funeral کر ہی دیتے۔

پٹھو بابا کو راکھ کا ڈھیر بنتے ہوئے دیکھتا رہا۔ شعلوں سے وہ نکلتا ہوا دکھائی دیتا۔ لکڑیوں کے چٹخنے کی آواز پر اس کی آواز کا دھوکا ہوتا۔ اس کی ایک ایک بات یاد آ رہی تھی۔ مرنے کے بعد اس کی قدر و قیمت کتنی بڑھ گئی تھی۔ حالانکہ میرا رویہ اس کے تئیں مخلصانہ تھا مگر جو کیفیات اب ہیں وہ تو پہلے نہیں تھیں۔ تھکی ہوئی اس کی آنکھیں ــــ پپڑی جمے ہونٹ ــــ الجھے ہوئے بال ــــ وہ سچ مچ قلندر تھا۔ ناک میں انگلی ڈالنے کی وہ گندی عادت میں آج کوئی برائی نظر نہیں آتی۔ اس بار میں اپنے آنسو روکنے میں ناکام رہا۔ دو قطرے کوروں سے ٹپک کر گالوں پر ڈھلک گئے۔ ایسے غیر معمولی شخص کے ساتھ کتنی سفاکی سے پیش آیا تھا یہ شہر۔ سارے لوگ جو جنازے میں شریک ہوئے تھے، کتنے مطمئن ہوئے ہوں گے۔ مجھے ابھی کتنی ساری باتیں کرنی تھیں مگر یہ کہاں معلوم تھا کہ پٹھو بابا اتنی عجلت میں ہے۔ دیویندر مرا ہاتھ پکڑ کر شمشان سے باہر لایا۔ اچانک مجھے پٹھو بابا کے اسباب میں شامل ان کتابوں کا خیال آیا۔ ٹیکسی پکڑ کر ہم غار تک پہنچے۔ تیزی سے اتر کر میں اندر بھاگا۔ سارا سامان ویسے ہی بکھرا ہوا پڑا تھا۔ کتابیں ایک طرف رکھی ہوئی تھیں۔ ایک ڈائری بھی رکھی ہوئی تھی۔ میں نے آدھی کتابیں اٹھائیں اور باقی کے لیے دیویندر سے اشارہ کیا۔ اس نے کتابیں اٹھالیں اور ہم ٹیکسی میں بیٹھ کر گھر آ گئے۔

گھر آنے کے بعد کتب کو غور سے دیکھا۔ وہ ادب کی بہت اہم کتابیں تھیں۔ ان میں سے بیشتر اب بازار میں فراہم نہیں تھیں اور کئی کتابیں میرے پاس بھی نہیں

تھیں۔ غالب کا دیوان بھی تھا۔ سدھا کرن کے افسانوں کا پہلا مجموعہ بھی شامل تھا۔

ڈائری کا پہلا صفحہ پلٹ کر دیکھا تو میں جیسے اچھل گیا۔ جلی حرفوں میں سدھا کرن لکھا ہوا تھا۔ میرے بدن میں چیونٹیاں سی رینگنے لگیں۔ میرے خطوط کا جواب آتا بھی کہاں سے؟ اس کہانی گر سے ملنے کی کتنی تمنا تھی اور ملا بھی تو کب؟ میں نے ڈائری کنارے رکھ دی اور تاب باقی نہیں بچی تھی۔ پلنگ پر لیٹ کر میں نے آنکھیں بند کر لیں۔

''چائے پی لو۔'' دیویندر نے مجھے آواز دی۔ چہرے پر سے ہاتھ ہٹا کر میں نے اُسے دیکھا۔ اٹھ کر جیسے تیسے چائے حلق میں انڈیلی اور پھر سے لڑھک گیا۔ اندر سے برسوں کا بیمار لگ رہا تھا۔

نیم شب

آج تین دن بعد میں گھر سے نکلا تھا حالاں کہ دل ابھی بھی نہیں چاہ رہا تھا۔ دیال آنند سے بیماری کا بہانہ کر دیا پر اب مزید گھر پر نہیں بیٹھ سکتا تھا۔ فلم عنقریب ریلیز ہونی تھی۔ شوٹنگ کے بعد کے ابھی بہت سے کام باقی تھے۔ کام سے حالاں کہ دل بالکل اچاٹ تھا مگر دیال آنند کی کرم فرمائیوں کا تقاضہ یہ نہیں تھا۔

کھڑکی کے پاس بیٹھا اداسی کی چادر میں لپٹا ہوا میں اپنے ہی خیالوں میں گم تھا ۔تبھی ٹرین ایک جھٹکے سے رک گئی۔ میں نے باہر جھانکا۔ یہ کوئی اسٹیشن نہیں تھا۔ مجھے تعجب ہوا۔ لوکل ٹرین عام طور پر سے اس طرح بیچ میں نہیں رکتی۔ شاید کچھ خرابی آ گئی ہو۔ میں نے سوچا تبھی دروازے کے پاس سے آواز آئی ___ ''ایک چھوکرا کھلاس ہو گیا۔'' میں دم بخود رہ گیا۔

''کھلاس ہو گیا تو باجو ہٹاؤ___ اپن کو کھالی پیلی کائے کو لیٹ کرتا ہے___'' یہ کسی اور کی آواز تھی۔ میرا دل لرز گیا، آنکھیں بند کر لیں کہ احتجاج کا یہی ایک طریقہ تھا یہاں۔

آدھے گھنٹے بعد گاڑی دوبارہ چلی۔ اس اثنا میں کئی لوگ آٹو ٹیکسی اور بسوں سے جا چکے تھے۔ میں نے باہر دیکھا لاش کنارے کر دی گئی تھی۔ اس پر کپڑا پڑا ہوا تھا۔ پولس پنچ نامہ بھر رہی تھی۔ خون کے دھبے جم کر کالے پڑ رہے تھے۔ بدن میں ایک جھرجھری سی دوڑ گئی۔

بوجھل قدموں سے آفس میں داخل ہوا تو دیویندر میری طرف لپکا___

''میں تجھے موبائل پر فون کرنے ہی والا تھا__ اچھا ہوا تو آ گیا__''

''ہوا کیا__ اتنے گھبرائے ہوئے کیوں ہو؟'' میں نے استفسار کیا۔

''ملک سے ابھی تیری ماں کا فون آیا تھا۔ چچا میاں کی طبیعت خراب ہے، تیرے فون پر بھی ٹرائی کیا پر تیرا فون نہیں ملا۔ آف کر کے رکھا ہے کیا؟ تجھے فوراً بلایا ہے__'' یہ سنتے ہی میرے ہاتھ پاؤں شل ہونے لگے۔ کسی طرح حواس پر قابو کیا۔ ''کیا ہو گیا ابا کو__ ابھی پچھلے ہفتے ہی تو فون کیا تھا تب تک ایسا کچھ نہیں تھا۔'' اندیشے ستانے لگے۔ فوراً گھر پر فون لگایا۔ آپا نے فون اٹھایا، وہ گھبرائی ہوئی تھیں__ میری آواز سنتے ہی رونے لگیں__ سسکیوں کے ساتھ سنائی پڑا__

''زید تم فوراً آ جاؤ۔ ابا کی طبیعت ٹھیک نہیں ہے۔ تمہیں بہت یاد کر رہے ہیں۔''

''میں ابھی نکلتا ہوں__ آپ لوگ پریشان نہ ہوں__ ؟'' میرا گلا بھی رندھ گیا تھا۔ ایسے دقتوں میں پردیس بہت ناگوار گزرتا ہے۔ آفس سے باہر آیا تو دیویندر وہاں نہیں تھا۔ میں نے لڑکے سے پوچھا تو اس نے بتایا کہ ''ابھی دس منٹ میں آنے کا کہہ کر گئے ہیں آپ کو رکنے کو بولا ہے__''

''اس آدمی کو بھی ہر وقت کام کی دھن رہتی ہے۔ کوئی مرے یا جیے، اس کی بلا سے__'' میں بڑبڑایا۔ انتظار تو مجھے بہر حال کرنا ہی تھا۔ پانچ منٹ بعد وہ آ گیا۔ بیگ سے دس ہزار کی گڈی نکال کر میری طرف بڑھائی ''بینک گیا تھا__'' روکے ہوئے آنسو آخرکار بہہ ہی نکلے۔ اس نے سینے سے لگا کر تسلی بخش ادا کیے۔

''ٹرین میں تمہیں Reservation ملے گا نہیں، جہاز سے چلے جاؤ__'' اس نے مشورہ دیا۔ میں نے اثبات میں گردن کو جنبش دی۔ اس نے فون کر کے فوراً جہاز میں سیٹ Confirm کرائی۔ فلائٹ میں ابھی دو گھنٹے تھے۔ ہم دونوں ساتھ

باہر آئے۔ وقت کم تھا۔ ابھی سامان وغیرہ بھی رکھنا تھا۔ ٹیکسی سے سیدھے گھر پہنچے۔

بریف کیس اٹھا کر کپڑے ڈالے اور ضرورت کی کچھ چیزیں ___ الماری سے اپنے پیسے نکالے اور ائیر پورٹ کے لیے روانہ ہو گئے۔ راستے میں دیال آنند کو فون کر کے اطلاع دے دی۔ اس نے میری ہمت افزائی کی۔ دل کو تھوڑا اطمینان ہوا۔

دیویندر نے تاکید کی کہ پہنچتے ہی فون کرنا ___ ایک بار پھر اس کے سینے سے لپٹ کر میں پھپھک پڑا۔

گھر میں داخل ہوا تو اماں اور آپا مجھ سے لپٹ کر رونے لگیں ___ میں بھی زار و قطار رو رہا تھا۔ آس پڑوس کے لوگوں نے ہمت بندھائی۔ کمرے میں گیا تو ابا بے سدھ پڑے تھے۔ میں چار پائی پر پینتانے بیٹھ گیا۔ میز پر دوائیوں کا ڈھیر لگا ہوا تھا۔ میں نے طبیعت کے بارے میں تفصیلات معلوم کیں۔ آپا نے بتایا کہ اب پہلے سے کافی ٹھیک ہیں ___ کل ہی اسپتال سے گھر آئے ہیں ___ وہاں دوسروں کو دیکھ کر اور زیادہ ہولن ہوتی ہے ___"

"ہاں یہ تو ہے ___ اسپتال کا ماحول اچھے بھلے آدمی کو بیمار کر دیتا ہے۔" ابا نے شاید میری آواز سن لی تھی۔ آنکھ کھول کر مجھے دیکھا۔ اشارے سے قریب بلایا۔ میں سرہانے اسٹول پر جا بیٹھا۔ ابا نے ہاتھ بڑھایا۔ شاید مجھے چھو کر دیکھنا چاہتے تھے۔ میں نے ہاتھ ان کی گود میں رکھ دیا۔

"ٹھیک ہو؟" مسکرانے کی کوشش کرتے ہوئے انہوں نے پوچھا۔

"میں ٹھیک ہوں ابا ___ آپ اب کیسا محسوس کر رہے ہیں؟"

"تم آ گئے ہو ___ اب ٹھیک ہو جاؤں گا ___" پہلی بار انہوں نے محبت کا اظہار کیا تھا۔ آج اتنی سی دیر میں باپ کے معنی میرے لیے بدل گئے تھے۔ میں نے خوشی کا

اظہار کیا۔ مجھے لگا کہ وہ مجھ سے ڈھیروں بات کرنا چاہتے ہیں۔ میں نے انہیں منع کیا آپ اچھے ہو جائیں پھر باتیں ہوں گی۔ ابھی آپ آرام کریں۔ میرے آنے سے ابا کو جتنی خوشی ہوئی تھی، اس کا مجھے اندازہ ہو گیا تھا اور یہ بات میرے لیے مسرت وتقویت کا باعث تھی اور یہ خبر میں دیویندر کو سب سے پہلے دینا چاہتا تھا۔ باہر آکر P.C.O سے اسے فون کیا۔ وہ میرے ہی فون کا انتظار کر رہا تھا۔ ابا کی خیرت جان کر اسے بھی اطمینان ہوا تھا۔ ورنہ مجھے پتا تھا کہ اگلی فلائٹ سے وہ خود بھی یہاں آجائے گا۔

نہا دھو کر میں نے کرتا پاجامہ پہنا تب تک کھانا لگ گیا تھا۔ سب کے پاس ڈھیروں سوال تھے۔ اس بار میں آیا بھی تو پورے سال بھر بعد ہوں۔ ورنہ چار چھ مہینے میں ایک چکر لگ جاتا تھا۔ ابا کی طرف سے بے فکر ہونے کے بعد ماحول خاصا خوشگوار ہو گیا تھا اور اس کی اصل وجہ میری آمد تھی۔ اماں نے اظہار تو نہیں کیا تھا پر چہرے کی رونق بتا رہی تھی کہ وہ آج کتنی خوش ہیں۔

بمبئی کے بارے میں فلم کے بارے میں سوال ہونے لگے۔ عزیز واقارب اور محلے کے لوگوں کو جب میرے آنے کی خبر لگی تو تانتا لگ گیا۔ ایک ہی بات دس دس بار بتاتے ہوئے میں بور ہو گیا تھا۔ لوگ یقین اور بے یقینی میں پھنس جاتے۔ اتنے بڑے ہیرو ہیروئن کے ساتھ میں کام کر رہا ہوں اور جلد ہی میری اپنی فلم بھی آئے گی۔ یہ خبر اتنی آسان بھی نہیں تھی کہ لوگ آنکھ بند کر کے یقین کر لیں۔ ابا تیزی سے صحت یاب ہو رہے تھے۔ پتہ نہیں یہ دواؤں کا اثر تھا یا میرے آنے کی خوشی۔

دیویندر کے گھر جا کر اس کی خیریت بتائی اور سب کا حال چال پوچھا۔ میں نے پہلے ہی بتا دیا کہ وہ ہولی میں آئے گا۔ سب سے زیادہ اطمینان بخش خبر اُن کے لیے یہی تھی۔

جانے کہاں کہاں سے لوگ ملنے آرہے تھے۔ ابا کی بیماری میں بھی جنہیں

توفیق نہ ہوئی وہ بھی چلے آ رہے تھے۔ بمبئی نے اتنے سالوں میں جو تجربے فراہم کیے وہ بڑے کام آ رہے تھے۔

دیر رات تک گپیں مارتے۔ آپا کے بچے تو میرے ساتھ بمبئی جانے کو تیار ہو گئے تھے۔ میں نے آپا کو بمبئی آنے کی دعوت دے دی اور انہوں نے اسکول کی چھٹیوں میں آنے کا وعدہ بھی کر لیا۔ ایک دو روز سے میں نوٹ کر رہا تھا جیسے اماں کو مجھ سے کچھ کہنا ہے مگر ان کی ہمت نہیں پڑ رہی ہے۔ آخر کار میں نے پوچھ ہی لیا۔ جھجکتے ہوئے وہ بولیں ''تمہارے لیے ایک پیغام آیا ہے۔ بہت اچھے لوگ ہیں ___ لڑکی بھی بہت خوبصورت ہے ___ میری بات پر یقین نہ ہو تو کشور سے پوچھ لو ___''

''ابا کیا کہہ رہے ہیں؟'' میں نے سوال کیا۔

''وہ تو سر کے بل تیار ہیں بلکہ رشتہ انہیں کے توسط سے آیا ہے ___''

میری آنکھوں کے سامنے روداب کا چہرہ گھوم گیا۔ میں نے اماں کو ساری بات بتا دی۔ وہ سوچ میں پڑ گئیں مگر میں نے انہیں منا لیا۔ آپ لوگ آپا کے ساتھ آ جائیے گا۔ معاملات تو آپ ہی لوگوں کو طے کرنے ہیں۔ اماں کچھ تذبذب میں تھیں پر میرے ارادوں کا انہیں اندازہ ہو چکا تھا۔ انہوں نے ابا کو بھی راضی کر لینے کا وعدہ کیا۔ آپا کو زیادہ تشویش ہوئی۔ انہوں نے فوٹو طلب کیا۔ جب میں نے بتایا کہ فوٹو نہیں ہے تو رنگ روپ کی تفصیل پوچھنے لگیں۔ مجھے جھوٹ بولنے کی ضرورت ہی نہیں تھی۔ روداب جیسی تھی میں نے ویسی ہی بتا دی یا شاید اس سے بھی کم۔ آپا حیرت سے مجھے دیکھ رہی تھیں کہ میں کتنے فیصد غلو سے کام لے رہا ہوں۔

میں نے دوستوں سے چھم چھم کے بارے میں دریافت کیا تو معلوم ہوا کہ اس کے شوہر نے اسے چھوڑ دیا تھا۔ وہ بشیر کے ساتھ بھاگ گئی۔ اب کہاں ہے کسی کو نہیں معلوم۔

بشیر ہم ہی لوگوں کے ساتھ کا تھا مگر وہ اس طرح کا نہیں لگتا تھا۔ ذہن میں ایک سوال ابھرا۔ اس طرح کا تو میں بھی نہیں تھا۔ ہمزاد جواب دیتا ہے اور میں خاموش ہو جاتا ہوں۔

ایک ہفتے میں ابا بھلے چنگے ہو گئے۔ اس بار وہ بالکل دوسری طرح کے باپ تھے جیسے کہ میں تمنا کیا کرتا تھا۔ تمام شکوے گلے دور ہو گئے۔ ابا سے بھی بہت باتیں ہوئیں۔ وہ بھی بہت خوش ہوئے جب انہیں یہ معلوم ہوا کہ دیال آنند اگلی فلم میں مجھے As a director متعارف کرا رہے ہیں۔ اماں نے رودابہ والی بات انہیں بتادی تھی اور انہوں نے منظور کر لیا تھا۔ اس سے زیادہ اچھی خبر میرے لیے اور کیا ہو سکتی تھی۔ اب مجھے بمبئی پہنچ کر سارے معاملات طے کرنے تھے تاکہ ان لوگوں کے آنے پر کوئی کھکھیڑ نہ ہو۔ مجھے حتمی یقین تھا کہ اس کے گھر والے تیار ہو جائیں گے۔ رودابہ نے تو مثبت رخ اختیار کر ہی لیا ہے۔ کسی طرح کے رخنے کے امکان بظاہر نظر نہیں آرہے تھے۔ بس مجھے بمبئی پہنچنے کی دیر تھی۔

ایک ہفتہ بعد میں بمبئی واپس آگیا۔ ٹیکسی گلی کے سامنے رکی تو پہلی نظر اس کونے پر گئی جہاں پنٹو بابا کی موت واقع ہوئی تھی۔ ایک ہفتے کے لیے وہ ذہن سے محو ہو گیا تھا پر واپس آتے ہی یادیں تازہ ہو گئیں۔ وہاں اتنا وقت ہی نہیں ملا تھا کہ اسے یاد کیا جا سکے۔ ایسا کوئی تھا نہیں جس سے پنٹو بابا کا تذکرہ ہوتا۔ تبا نے سے سمجھ میں نے آنے والا انسان کہاں تھا وہ۔

ایک لمحہ کو لگا کہ وہ یہیں کہیں موجود ہے۔ شراب کے نشے میں چور آئیں بائیں شائیں بکتا ہوا۔ لوگ تو یہی سمجھتے تھے۔ بوجھل قدموں سے گھر کی طرف بڑھ گیا۔ دروازہ پر تالا لگا ہوا تھا۔ یعنی دیویندرا ابھی نہیں آیا تھا۔ بیگ سے چابی نکال کر

قفل کھولا اور اندر چلا گیا۔ رات کے دس بج رہے تھے۔ لوگ کھولیوں میں دبک گئے تھے۔ فی الحال مجھے دیویندر کا انتظار کرنا تھا۔ منہ ہاتھ دھو کر فریج کھولا۔ خیال تھا کہ اگر دودھ ہوگا تو چائے بنالی جائے۔

چائے کی پیالی سرکا کر بستر پر دراز ہو گیا۔ اس بار گھر کا سفر بہت خوشگوار رہا۔ اگرچہ جانا ایک بری خبر سن کر ہوا تھا۔ ابا کے رویے میں تبدیلی حیرت انگیز تھی، ساتھ میں مسرت انگیز بھی۔ ایک کے بعد ایک سب کے چہرے آنکھوں کے سامنے ابھر آئے۔ غیروں نے بھی خندہ پیشانی سے خیر مقدم کیا تھا۔ پٹو بابا کی طرح اگر میں بھی ناکام ہوتا___ ؟ جانے کہاں سے یہ سوال کوند گیا۔ ناکامی کے بعد یہاں سے واپسی کتنی مشکل ہوتی ہے۔ اس بات کا حالانکہ اندازہ مجھے پہلے ہی تھا پر شدت میں تھوڑا اضافہ ہو گیا تھا۔

اٹھ کر ٹیپ آن کیا۔ غزل کے خوبصورت اشعار عمدہ Composing کے ساتھ کانوں میں رس گھولنے لگے۔ کھڑکی سے جھانک کر گلی کے اندر کا جائزہ لیا، جیسی کہ امید تھی وہ نہیں دکھی۔ اسے تو شاید میرے آنے کی اطلاع ہی نہ ہوگی اور بھی کتنی باتوں سے بے خبر ہے وہ۔ میں نے سوچا دیویندر سے مشورہ کر کے جلد از جلد کوئی سبیل نکالنی ہے۔

دروازے میں کچھ حرکت ہوئی۔ اس سے پہلے کہ میں اٹھ کر دیکھتا، دیویندر اندر آ گیا۔ مجھے دیکھتے ہی اس کی باچھیں کھل گئیں۔ ایک ساتھ ڈھیروں سوال کر ڈالے۔ یاد کر کر کے لوگوں خیریت پوچھی اور میں ہر سوال کا جواب دیتا رہا۔ مجھے لگا کہ اس کے سوال ختم ہو گئے۔ اب میری باری تھی مگر شاید ایک سوال باقی رہ گیا تھا۔

''رودابہ تیرے بارے میں پوچھ رہی تھی؟''

''کیا واقعی؟'' میرا چونکنا بالکل جائز تھا۔

''میں جھوٹ بول رہا ہوں کیا؟''اس کی تیوریاں چڑھ گئی تھیں۔

''تم نے کیا کہا__ ''میں چاہتا تھا کہ وہ ایک ایک لفظ بیان کر دے۔ دیانت داری کا تقاضہ بھی یہی تھا۔ اس کے سامنے جذبوں کو قابو میں رکھنا ضروری نہیں تھا۔ دل کی حالت کا پہلا انکشاف تو اسی پر کرنا چاہتا تھا جو اَب مرا مقدر بننے والی تھی۔

''میں نے بتا دیا کہ ملک گیا ہے__''

'' کچھ اور پوچھ رہی تھی؟''اندر کی ہوائیں تیز آندھیوں میں بدل چکی تھیں۔

''یہی کہ کب تک آئیں گے؟''

''تم نے کیا بتایا؟''

''ارے بتا دیا جو بتانا تھا__باقی اسی سے پوچھ لینا__ ''آخر وہ جھنجھلا ہی گیا۔ اپنی سنجیدگی کو کم کرنے کے لیے زور سے ہنسنا ناگزیر ہو گیا تھا۔ میرے ساتھ وہ بھی ہنسنے لگا۔ چہرے کے تاثرات بتا رہے تھے کہ جو کچھ میں چھپانا چاہ رہا تھا، وہ اچھی طرح جانتا ہے۔ مجھ سے زیادہ وقت ہو گیا ہے اسے بمبئی میں۔

''اگلے ہفتے فلیٹ خالی ہو رہا ہے__ ہمیں شفٹ کرنا ہے۔'' مجھے نہیں پتہ تھا کہ اس کے پاس یہ بری خبر بھی ہے۔ اس وقت اس موضوع کو چھیڑنا مناسب نہیں لگا۔ ابھی تو ایک ہفتہ ہے۔ کوئی نہ کوئی راستہ نکال ہی لوں گا۔ مجھے پختہ یقین تھا۔

''کھانا کھا آئے تم؟''میں نے بات کا رخ موڑا۔

''ہاں__ تو نے نہیں کھایا؟''جواب کے ساتھ سوال بھی آیا۔

''نہیں__ اور میرے کو بہت زور کی بھوک لگی ہے__''

''تو اٹھو__ باہر چلتے ہیں__ کچھ سامان بھی لانا ہے__''

''پتّی بھی ختم ہو گئی ہے__ ''میں نے اطلاع دی۔

''مجھے پتہ ہے__ آپ اٹھیے تو سہی__ ''معاملہ چوں کہ تم سے آپ تک پہنچ

گیا تھا۔ میں بجلی کی سی سرعت سے اٹھ کھڑا ہوا اور ہم دونوں باہر آ گئے۔

سڑک پر آتے ہی پنٹو بابا پھر یاد آ گیا۔ رات میں تو روز ہی وہ کہیں نہ کہیں دکھائی پڑ جاتا تھا۔ لگا کہ کسی سمت سے ابھی کوئی شعر سنائی دے گا۔ پر یہ کیسے ممکن تھا؟

حسب معمول صبح چہل قدمی کی غرض سے اوپر پہاڑیوں کی طرف گیا تو قدم آپ ہی آپ غار کی تاریکی کی طرف بڑھ گئے۔ پنٹو بابا کا سامان غائب تھا۔ لڑھکتے ہوئے ٹھیکرے بھی ندارد تھے۔ وہ مگر مجھے کونے میں بیٹھا ہوا دکھائی دے رہا تھا۔ در و دیوار میں رچی اس کی بُو موجودگی کی شہادت تھی۔ معمول کے برخلاف میں کافی دیر تک وہاں رکا۔ آخر کار مجھے گھر واپس آنا تھا۔

گلی میں آتے ہی رودابہ پر نظر پڑی۔ اس نے بھی مجھے دیکھ لیا تھا۔ بغیر بتائے جانے پر آنکھوں میں خفگی سی محسوس ہوئی مگر وہ اسے تا دیر قائم نہ رکھ سکی۔ زیر لب مسکرائی۔ اس بات کا احتیاط رکھا کہ لوگوں کی نظر نہ پڑے۔ پانی بھرنے والوں کی بھیڑ جمع تھی۔ میں اپنی دہلیز پر پہنچ کر ٹھہر گیا۔ پلٹ کر پھر اس طرف دیکھا وہ آنکھ کے کونوں سے میرا ہی جائزہ لے رہی تھی۔ شاید اس نے اپنے آپ سے کہا ہو کہ گھوم کر دیکھوں گا یا نہیں۔ بہر حال وہ شرط جیت گئی تھی۔ بالکل غیر متوقع طور پر اس نے نصف زبان نکال کر ہونٹوں کو گول کیا جیسے سیٹی بجاتے وقت کرتے ہیں۔ کیسے کیسے تیر ہوتے ہیں ان کے ترکش میں۔ اس کے حوصلے کی داد بھی دینا چاہتا تھا۔ گھر سے اس کا بلاوا آیا تو وہ اندر چلی گئی۔ مجبور ہو کر میں بھی چوکھٹ پھلانگ کر کمرے میں آ گیا۔ دیویندر نہا رہا تھا۔ میں کرسی پر بیٹھ کر اخبار پڑھنے لگا۔ کئی خبروں پر نظر پڑی مگر دھیان تو کہیں اور تھا۔ میں نے فیصلہ کیا کہ مجھے خط لکھنا چاہیے جس میں ساری باتیں تفصیل سے لکھ دوں۔ رہا مسئلہ دینے کا تو وہ بھی حل ہو جائے گا۔ کسی وقت آتے جاتے پکڑا دوں گا

جسے وہ فوراً دوپٹے میں چھپالے گی۔ دیویندر کے جاتے ہی میں یہ کام انجام دے لوں گا۔ دل میں سارے تانے بانے بنے۔ اطمینان کی گہری سانس لے کر اُٹھ کھڑا ہوا۔ دیویندر نہا کر نکل چکا تھا۔ اب میری باری تھی۔ میں چائے کا پانی چڑھا کر غسل خانے میں جا گھسا۔

تین دن گزر گئے۔ خط میری جیب میں پڑا رہا۔ جلد بازی میں کوئی غلطی نہیں کرنا چاہتا تھا۔ اب تک مناسب موقع نہیں ملا تھا۔ کاغذ کے ٹکڑے میری جیب میں سانپ بنتے جارہے تھے۔ صبر کے علاوہ میرے پاس کوئی چارہ نہیں تھا۔ اس بات کا یقین تھا کہ دیر سویر موقع میسر آہی جائے گا۔

رات کے گیارہ بج رہے تھے۔ دیویندر اب تک نہیں آیا تھا۔ یہ بات مجھے معلوم تھی۔ گلی میں سناٹا چھایا ہوا تھا۔ کچھ فاصلے پر ایک سایہ سا نظر آیا___ کون ہوسکتا ہے؟ خود سے ہی سوال کیا۔ اندھیرے کی وجہ سے پہچان نہ پایا۔ کچھ اور آگے بڑھا تو یہ دیکھ کر کہ وہ رودابہ ہے۔ میرا ہاتھ جیب کی طرف بڑھا۔ قبل اس کے کہ میں وہ نکال کر اسے تھماتا۔ ایک مڑا تڑا کاغذ اس نے میری طرف بڑھا دیا۔ 'السلام علیکم' کہہ کر وہ پردے کے اندر روپوش ہوگئی۔ میرا دل زور زور سے دھڑکنے لگا۔ رک کر آگے پیچھے دیکھا کہ کسی نے دیکھ تو نہیں لیا ہے۔ خدا کا شکر تھا کہ اس کے علاوہ کسی نے نہیں دیکھا۔ میں تیز قدموں سے گھر کی طرف بھاگا۔ تالا کھول کر بھڑام سے دروازہ بند کیا۔ سانسوں کا زیروبم اب تک منتشر تھا۔ مڑا ہوا کاغذ سیدھا کیا۔

''سوئٹ زید___ '' تخاطب کی بے تکلفی پر دل بلیوں اچھلنے لگا، آنکھیں بند کر کے ایک گہری سانس لی۔ چند لمحوں کے توقف کے بعد آگے کی تحریر پڑھنی شروع کی۔

میں آپ کو بہت چاہتی ہوں___ بہت___

آپ فلموں میں کام کرتے ہیں دیویندر بھائی نے بتایا کہ جلد ہی آپ فلم

بنانے جا رہے ہیں۔ کیا اس میں مجھے کوئی رول مل سکتا ہے۔ چھوٹا موٹا کیسا بھی چلے گا پر ڈائیلاگ ہونا چاہیے۔ آپ چاہیں تو سب ہو سکتا ہے۔ آپ سے ملنا بھی چاہتی ہوں۔ وقت اور جگہ آپ بتائیں۔ جواب کا انتظار کروں گی۔

صرف آپ کی

رودابہ

کاغذ کا پرزہ میرے ہاتھ سے چھوٹ گیا۔ میں نڈھال ہو کر بستر پر گر پڑا۔ خوابوں کا محل جسے تنکا تنکا بٹور کر بنایا تھا دھڑام سے میرے اوپر گرا۔ دو قطرے آنکھوں سے نکل کر تکیہ میں جذب ہو گئے۔ میں نے کس کر آنکھیں موند لیں۔ دل سے صدا اٹھی کہ اب نہ ہی کھولنی پڑیں تو بہتر ہے۔ پنکھے کے ساتھ سب کچھ گردش میں تھا۔

زندگی کا نقشہ ہی بدل کر رکھ دیا تھا اس ایک چھوٹے سے کاغذ کے ٹکڑے نے۔ کبھی وہم و گمان میں بھی نہیں آیا۔ کیا سوچ رہا تھا میں اور ___ ذہن ماؤف سا ہونے لگا۔ میرا کھیل بگڑ چکا تھا اور فوراً ہی میں نے واپس جانے کا فیصلہ کر لیا۔ چلا تو مجھے بہت پہلے ہی جانا چاہیے تھا۔ کئی مواقع ایسے آئے تھے جب لگا تھا کہ اب یہاں مزید رہنا مشکل ہو گا پر ہر بار بات ٹل گئی۔ دیویندر آ گیا تھا۔ اس نے مجھے آواز بھی دیں پر میں سونے کا بہانہ کر کے پڑا رہا۔ لائٹ آف کر کے وہ بھی لڑھک گیا۔

دماغ میں جھکڑ دار آندھیاں چل کر دھیمی پڑ گئی تھیں۔ ٹھنڈے دماغ سے بھی کافی دیر تک سوچتا رہا۔ مسئلے کا کوئی حل نظر نہیں آ رہا تھا۔ شاید اب میں تلاش بھی نہیں کرنا چاہتا تھا۔ جانے کے لیے صرف دیویندر تھا جسے کوئی عذر بتانا تھا۔ وہ تو بہر حال مل ہی جائے گا۔ ایک سے دوسری کروٹ بدلتے پوری رات گزر گئی۔ میں نے اپنے گھر واپسی کا فیصلہ کر لیا تھا۔ خیال تو کئی بار آیا مگر میں تذبذب میں رہا۔ دیال آنند کے آفر

نے مجھے وہ بنانے کی کوشش کی جو اندر سے میں ہوں ہی نہیں۔

ٹرین چھوٹنے میں ابھی وقت تھا۔ دیویندر کے جانے کے بعد آفس میں فون کر کے میں نے پیغام چھوڑ دیا تھا کہ ابا کی طبیعت پھر سے بگڑ گئی ہے۔

بڑی تگ ودو کے بعد بھی برتھ نہیں مل پائی۔ چالو ڈبے میں سفر کرنے سے بہتر ہے کہ Reservation میں ہی کہیں گھس جاؤں پر وہاں بھی بیٹھنے کی جگہ نہیں ملی۔ تھک ہار کر ٹوائلٹ کے پاس چادر بچھائی اور سامان وغیرہ کنارے رکھ کر بیٹھ گیا۔ جانا بھی اسی پہلی گاڑی سے تھا___ دوسری گاڑی میں حالانکہ وقفہ بہت زیادہ نہیں تھا پر میں یہاں اب ایک ساعت نہیں رکنا چاہتا تھا۔

جرمانے کی ادائیگی کے لیے بھی ذہنی طور پر تیار ہو گیا تھا۔ اس سے زیادہ تو نہیں لے گا جو تاوان میں ادا کر کے آرہا ہوں۔

ٹرین کے چلتے ہی ٹی سی آگیا۔ کچھ دیر تک مجھے غور سے دیکھتا رہا۔ شاید میرے بارے میں کوئی رائے قائم کرنا چاہتا تھا۔ اسے یقین ہو گیا تھا کہ میں ایک شریف آدمی ہوں۔ لہجے کی شائستگی سے یہ اندازہ ہوا ہو شاید۔

میں نے رسید بنانے کو کہا___ ساتھ میں پانچ سو کا ایک نوٹ اس کی طرف بڑھایا۔ اگر کوئی سِیٹ دے دیں تو یہ احسان زندگی بھر رہے گا مجھ پر۔

''باقی آپ رکھ لیں___ ''اس بار وہ حیرت میں پڑ گیا۔ کچھ لمحوں تک اپنے خیالوں سے الجھنے کے بعد گویا ہوا۔

''یہاں تو ٹوائلٹ کی وجہ سے بہت بد بو آئے گی۔ تم کیسے برداشت کر پاؤ گے۔''

میرے ہونٹوں پر ایک زہریلی مسکراہٹ تیر گئی___

''بد بُو یہاں۔۔۔نہیں تو۔۔۔اس جگہ سے تو میں نکل کر آ رہا ہوں، یہاں بد بُو نہیں ہے۔'' میری بات کا مطلب وہ نہیں سمجھا تھا۔ اس کی حیران آنکھیں تو یہی بتا رہی تھیں۔

ہاتھ میں دبے نوٹ کو لے کر بھی وہ تذبذب میں تھا__ عام طور سے یہ لوگ اتنے شریف کہاں ہوتے ہیں۔

''رکھ لیجئے۔'' میں نے دوبارہ کہا تو اس کی ہمت بڑھی۔ جانے کیوں اسے تکلف ہو رہا تھا۔ گاڑی نے زور سے وِسل بجائی۔ میں نے جیب سے سگریٹ نکالی۔ ایک گہرا کش لے کر دروازے کی کھڑکی کی طرف دیکھا۔ جہاں سے ہوا کے خوشگوار جھونکے اندر آ رہے تھے۔ ٹی سی اب تک حیرت سے مجھے دیکھ رہا تھا۔

مشاہیر کی آرا

شاہد اختر کے افسانوں نے مجھے ہی نہیں بلکہ ادب کے ایک بڑے حلقے کو ششدر کیا ہے۔ وہ فکشن کی عصری حسیت سے آگاہ اور اظہار و بیان کی جمالیات کے رمز آشنا ہیں۔ خوبیاں تو بہت سی ہیں مگر بولڈ اینڈ بیوٹی فل ایک ایک ایسی خوبی ہے جو انہیں دوسرے افسانہ نگاروں سے ممیز کرتی ہے۔

پروفیسر گوپی چند نارنگ

شاہد اختر کے افسانے لمحہ موجود میں سانس لیتے ہیں۔ ان کے افسانوں کا آج دراصل آج کی خبر ہے یا دوسرے لفظوں میں تاریخ کی بالائی سطح کا تموج ہے جس میں انسان کی ملکی اور بین الاقوامی سیرت اور معاشرے مقلوب و منفعل ہے۔ ان کے بیان میں ان کا اپنا تخلیقی گھنا پن جاری و ساری ہے۔ شفاف اظہار کے ساتھ روانئ بیان قرأت خیزی پیدا کرتی ہے۔ وہ جگہ جگہ چھپی باتیں اس طرح کر جاتے ہیں کہ اوٹ میں موجود حسن کا تصوراتی لطف بڑھ جاتا ہے۔

مہدی جعفری

شاہد اختر کا فکشن زندگی کے ہمہ گیر محسوسات کو گرفت میں لینے اور تجزیاتی یا مفہومی تاثر قائم کے بغیر ایک ناظر کی نگاہ سے افسانوی سچویشن دیکھنے کا عمل ہے۔ انہوں نے Surrealistic انداز میں منظر نامہ کو کردار بنانے کا انفرادی عمل تخلیق کیا

ہے اور فکشن کو یک جہتی مفہوم کے بجائے ہمہ جہتی مفاہیم میں تبدیل کرنے کی کوشش کی ہے۔ شاہد اختر کے افسانوں میں نفسیاتی دروں بینی نہیں بلکہ نفسیاتی تصورات کا اجتماعی اثر اور تہذیبی زوال کے وہ زلزلے نمایاں ہوتے ہیں جس کو دیکھ کر پڑھنے والا خود بھی لرزہ براندام ہو جاتا ہے۔

محمود ہاشمی

نئے لکھنے والوں میں شاہد اختر نے مجھے بطور خاص متاثر کیا ہے۔ مجھے ان سے بہت امیدیں وابستہ ہیں۔ 'ربو' پڑھ کر تو میں حیرت زدہ رہ گیا۔

پروفیسر سید محمد عقیل

شاہد اختر کا افسانہ 'ایک بلی کی موت' پڑھ کر احساس ہوا کہ لکھنے والا بہت ذہین اور طباع ہے۔

پروفیسر شمیم حنفی

شاہد اختر کے افسانے عصری، معاشرتی، سماجی تضادات اور اقدار کے زوال کی جس انداز میں تجسیم کرتے ہیں وہ ان کی تخلیقی قوت کا حوالہ ہے۔ ان کے لکھنے کی صلاحیت کی داد دیتا ہوں۔

بلراج کومل

شاہد اختر کی تحریریں گہرے اندھیروں میں بھی روشنی کی ان کرنوں سے دور نہیں ہوتیں جن کو دردمندیوں نے فنکارانہ آب و تاب عطا کی ہے۔ ان کی کہانیاں

بھی مجھے پسند اور ان میں جس زبان کا استعمال کیا گیا ہے اس کی روانی، سادگی اور شفافیت بھی متوجہ کرتی ہے۔

ندا فاضلی

جنس میں مستر تخلیقی امکانات کو شاہد اختر نے جس طرح خاطر نشان کیا ہے اس کی مثال شاذ ہی ملتی ہے۔ شاہد اختر کے افسانے بیانیہ کی بحالی کے ضمن میں مثال کے طور پر پیش کئے جا رہے ہیں۔ ان کے افسانوں میں جو چیز سب سے زیادہ توجہ انگیز ہے وہ اس کی Story Line ہے۔

شافع قدوائی

شاہد اختر کی دنیا نئی ہے میری مراد ان کے افسانے کی فضا بندی سے ہے۔ یہ اپنے بولڈ انداز کی وجہ سے صاف پہنچانے جاتے ہیں۔ ان کا مستقبل ہر لحاظ سے روشن معلوم ہوتا ہے۔

پروفیسر وہاب اشرفی

میرا خیال ہے کہ نئی نسل میں شاہد اختر ایک اہم ترین کہانی کار ثابت ہوں گے اور فکشن کا مستقبل ان کے نام سے معنون ہوگا۔

عبدالصمد

شاہد اختر نے 'برف پر ننگے پاؤں' جیسی بے حد منفرد کہانی لکھی ہے۔ یہ کہانی پڑھ کر مجھے خاص خوشی ہوئی۔ انہوں نے اردو فکشن کا ہر نظریے سے مطالعہ کیا ہے اور

پر اردو کی کلاسکی شاعری کے
عر نہیں کہتے مگر شعر گوئی کے
عمل سے بھی گزرتے ہوں گے۔ انہوں نے اپنے عہد کے تمام موضوعات کو اپنی کہانیوں کے سپرد کرنے کی کوشش کی ہے اور یہی چاہا ہے کہ لمحوں کی رفتاری سے تخلیق ہونے والا کوئی بھی پیکر انکی نگاہوں سے نہ بچ سکے اور اپنے وقت کو اس طرح سمیٹ لیں جس طرح مٹھی میں جگنوں کو بند کیا جاتا ہے۔

عشرت ظفر

شاہد اختر کے یہاں علامت اور استعارے ایسے بے ساختہ اور فطری طور پر در آتے ہیں کہ ان پر تصنع کی گرد کا ایک زرہ بھی نظر نہیں آتا۔ زبان کے ساتھ یہ رویہ حیرت کی حد تک مستحسن ہے۔ ان کے یہاں بھی منٹو کی طرح بمبئی اور اس کے پس منظر کی ایک خاص اہمیت ہے مگر دونوں کی بمبئی میں بہت نمایاں فرق ہے جسے ہم وقت کا جبر کہہ سکتے ہیں۔ اب مسائل اور موضوعات زیادہ پیچیدہ ہو گئے ہیں۔

شعیب نظام

شاہد اختر نے اپنی کہانیوں میں عورت مرد کے رشتوں جنسی و جذباتی رویوں کو بڑی باریکی اور نزاکت کے ساتھ پیش کیا ہے۔ عورتوں کے مزاج، کمزوری اور جذباتیت کو لے کر بڑے خلاقانہ جملے بھی قلم سے نکالے ہیں۔ یہ کہانیاں ان کی محنت، ریاضت اور بھرپور تخلیقیت کی غماز ہیں۔ یہ کہانیاں فرد و معاشرہ کے درمیاں تلخ و شیریں واقفیت و حقیقت مال و معاش نقدیمیت پر گہرا تاثر پیش کرتی ہیں۔

علی احمد فاطمی